自叙の迷宮

自叙の迷宮

近代ロシア文化における自伝的言説

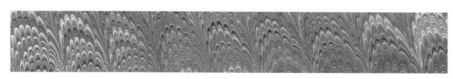

中村唯史・大平陽一 編
三浦清美・奈倉有里・武田昭文・梅津紀雄

水声社

目次

序——自叙についての迷宮的前書き

中村唯史

その感情は追憶に似ていた。だが何についての追憶だろう？　かつて一度も起きなかったことを思い出しているような気がしたものだ。

レフ・トルストイ『幼年時代』第十一章(1)

本書が扱うのは、近代ロシア文化における「自叙」——手元にある広辞苑第三版の定義を借りるなら、「自分で自分のことを述べ記す」言説である。対象となるジャンルは自伝的小説、自伝、回想、日記、手紙などである。広辞苑の定義のとおり、自叙とは「私」を「私」の立場から叙述し、定位する言説だ。ただしそれは、厳密に言えば、「書かれる私」についての「書く私」による表象である。ひとは、何らかの行為をしているとき、何らかの思惟が生起している瞬間には、その行為や思惟をそれと認識したり、表象したりすることができない。認識や表象はたとえ一瞬であれ行為や思惟に遅れるのであり、認識されたその時には行為や思惟自体はすでに過ぎ去っている。「書かれる私」は過去の私であり、「書く私」は現在に在る。両者は必ずや時によって隔てられている。

ソ連期の文芸学者ミハイル・バフチン（一八九五～一九七五）は、その論考「美的活動における作者と主人公」の中で、小説における作者と主人公の関係を「絶対的な、できごとの性格をもった相互矛盾の関係(2)」と呼んだ。主人公は自分の生を刻一刻と生きていくが、生きているその瞬間の自分を認識したり表象したりはできない。

表象することは、現在進行形で生きている主人公の外に在る者、作者の役割である。作者は主人公に対して「空間的、時間的、価値的、意味的な外在の位置」[3]にあり、そこから主人公の「生」を、主人公自身が見たり知ったりできないものも含めて見、知ることができる。作者は主人公の生とは別の、「美的形式にかかわる」[4]次元に在って、そこから主人公の生を観照し、表象するのだとバフチンは言う。

自叙における「書かれる私」と「書く私」の関係は、バフチンが示した主人公と作者の関係に相当するだろう。「書く私」は、先を見通すこともできずに手探りで進んでいた過去の自分――「書かれる私」を、そこから時間的にも空間的にも意味的にも隔たった現在から振り返り、評価し、記述していく。

考えてみれば「私」というのはふしぎなもので、実際には心身ともに刻一刻と移ろい、変化しているのに、自分が自分であるという同一性の意識を失わない。そのため、「書かれる私」と「書く私」の懸隔は忘れられがちだが、両者はバフチンの言う「絶対的な相互矛盾の関係」にある。いうまでもなく「書く私」も先の見えない生の一瞬一瞬を試行錯誤しながら進んでいるのだが、「過去の私」に対しては外在の立場から観照し、認識し、形象化するのである。

したがって、自叙は過去の事実それ自体とは違う。「書く私」は、現在有している価値観に基づいて、過去の自分の経験から何を書き、何を書くべきでないかを意識的・無意識的に取捨選択する。さらに、それらをどのように評価し、形象するかを判断する。自叙において過去の私は、必ずや現在の私のフィルターを通して立ち現れる。言い換えれば、「書かれる私」それ自体は、自叙においてあらかじめ失われている。

けれども、ひとは自叙に事実を期待する。自伝や回想に書かれていることがかつて実際にはなかったことだと知れば、読者は幻滅や落胆を覚え、ときにはそれが小説であってすら、歪曲や捏造と呼ぶ。だが、この場合の「事実」とはいったい何だろう――自叙において、過去それ自体が、避けがたくあらかじめ失われているのだとすれば。

フランスの文芸学者フィリップ・ルジュンヌ（一九三八〜）は、言説そのものの構造や強度のうちに事実の確かさを触知しようと試みたという。自伝が事実に基づくことを前提とし、自伝的小説は虚構を交えることができるジャンルであると考えた彼は、両者の「相違を根拠づけるための明白な基準」を、言説のうちに――「物語の構造、叙法、もしくは態のレベル」に見いだそうとした。だが彼の試みは、両者のあいだには「テクストの内的分析の次元に留まるならば、どの様な差異も存在しない」という結論に終わっている。「自伝が、その物語の信憑性を私達に納得させるために用いる方法一切を、小説は真似ることが出来、そしてしばしば真似てきたのである[5]」。

言説それ自体の内部に事実が事実であることの感触を求めようとして果たせなかったルジュンヌは、その後、自伝とは社会的な協約に基づくジャンルであると考えるようになる。この「自伝契約」のほとんど唯一の基準は、「名前（作者―語り手―登場人物）の同一性[6]」である。この同一性が保たれるかぎり、作者が虚構を交えたり、過去の再構築を行ったりしたとしても、それはかつてあった事実として受容されるとルジュンヌは言う。その際には「書く私」と「書かれる私」の差異が忘却されてしまうのだが、まさにそのことによって、自叙の「事実性」が読者の意識に確保されるのである。

実際、受容者にしてみれば、目の前にあるのはただ作者による言説だけで、それが事実かどうかは確かめようのないことなのだ。なるほど作者の伝記情報を詳細に調べ、関係者の言説や回想や証言と照合することで、自叙に書かれていることが「事実」か否かを明らかにできる場合もあるだろう（ちなみに、徹底した伝記的研究において、ロシア／ソ連文芸学の伝統は他の追随を許さない）。だが、関係者がたとえ「誠実な書き手」だったとしても、そこに書かれた「事実」もまた、意識的であれ無意識的であれ、やはり彼らの価値観のフィルターを通したものなのである。

書き手の側についてはすでに述べた。よしんば彼ないし彼女が誠実な書き手で、過去の事実を忠実に書こうとしても、それは書くという行為そのものによる変容を避けられない。

おそらく自叙の問題は、過去と現在、事実と虚構といった二項対立の枠組で語るには適していないのである。「現在の私」は、過去の事実の記憶をさらに取捨選択して、価値づけ、たがいに、あるいは虚構とすら結びつけていく。自叙を考える際に問題とすべきは、むしろ、この選択や構成の機構である。

「書く私」は自分の価値観に基づいて選択や構成を行うわけだが、そこには意識的にせよ無意識的にせよ、また程度の差はあれ、既存の価値観や既成の様式、ルジュンヌが指摘したような社会的協約などの影響が及んでいる。たとえばルジュンヌは、ジャン＝ジャック・ルソー（一七一二〜七八）が、その自叙である『告白』第一巻において、自分の青少年期の人格形成過程を、人類が「黄金時代」から「銀の時代」「青銅の時代」を経て「鉄の時代」に至るという神話的時代観に沿って構成していると指摘している。[7] もっとも、ルソーも含めて多くの著者は、既存の枠組に依拠しつつも、そこからの偏差を確保することで、自身の構成原理を生み出している。読者とのあいだに共有されている「自伝契約」を逆手に取って、この協約を遵守しつつ、虚構だけからなる自叙を書く試みも現れてくる。

だが、それでもやはり、過去の事実が現在の表象によって完全に「上書き」されているとは言い切れないのだ。確かにこれは多分に直感的なものではある。しかし過去の事実が「書く私」によって自叙のための素材と化され、既成の価値観や様式を含むその構成原理によって本来とは異なる文脈でたがいに結合させられてもなお、多くの場合、過去にそのような事実があったという感触は残るのである。

フランスの批評家ロラン・バルト（一九一五〜一九八〇）は、最後の著書『明るい部屋』（一九八〇）で、撮影者がアングルや構図を決めるにしろ、被写体自体は機械的な過程によって定着される写真から、「それはかつてあった」という感触が拭われることはないと述べているが、[8] この観察は自叙にも当てはまるだろう。たとえ、すべてが「現在の私」の意識や心理を経る言説では、「思い出は、（思い出され、語られる度毎に）解釈されることに抵抗する」[9]という陰画的、否定的なかたちを取るにしてもである。「それはかつてあった」という感触なしに、ひとが自分の過去を胸にせまるように、せつなく思い出すなどということがあるだろうか。

人間とは過去の事実を現在の構成原理によって表象するしかない存在だが、過去の事実は、すでに失われているにもかかわらず（あるいはそれゆえにこそ）、しばしば現在の「私」の前に如何とも動かしがたいものとして立ち現われてくる。歴史哲学者のフランク・アンケルスミト（一九四五～）は、そのような「事実」のありようを指して「崇高な歴史の体験」と呼んだ[10]。

「書く私」と「書かれる私」、現在と過去。前者の後者に対する構成の原理、そこに浸透してくる既存の価値観や枠組。その一方で、失われているのに確かに認められる事実の感触。自叙とは、要約するなら、これらの錯綜のあいだに生起してくるものというよりほかにはない。

けれども、この定義は、「あいだ」という使い勝手の良い語の内実を語るのでなければ、何も言っていないに等しいこととなってしまうだろう。本書は、萌芽も含めて近代のロシア文化におけるいくつかの自叙を取り上げ、それらをめぐる多様な相関を個別的、具体的に考察しようとする試みである。

ソ連の文学研究者・批評家のボリス・トマシェフスキー（一八九〇～一九五七）は、小論「文学と伝記」[11]で、自叙の観点からの近代ロシア文学史の見取り図を示している。

作家や詩人の伝記に関心が高まり、作者の側でも自身の伝記的要素を作品に導入する傾向は、時代によって強まったり弱まったりしてきたとトマシェフスキーは言う。ロシアにおける自叙は十九世紀前半のロマン主義の時代に興隆し、続くリアリズムの時代には減退した。たとえば「ロシア国民文学の父」アレクサンドル・プーシキン（一七九九～一八三七）の詩に「私」が現れるとき、たいていの読者が詩人本人の個性や人生を思い浮かべるのに対して、十九世紀後半の詩人ニコライ・ネクラーソフ（一八二一～一八七八）やアファナーシー・フェート

（一八二〇～一八九二）、劇作家のアレクサンドル・オストロフスキー（一八二三～一八八六）らの作品を読むとき、かならずしも作者の個性や伝記が必要とされないのはこのためである。

だが現代の文学は、再び「ドキュメンタリズム」――事実性への志向を強めているとトマシェフスキーは言う。それは創作における自叙への顕著な傾斜、作者の伝記に対する読者の関心の高まりとして現れている。彼はその例として象徴派の詩人アレクサンドル・ブローク（一八八〇～一九二一）や、ロシア未来派の代表的な詩人ヴラジーミル・マヤコフスキー（一八九三～一九三〇）の名を挙げている。

一九二三年に発表されたこの小論でトマシェフスキーが「現代」として想定していたのは、十九世紀末からのいわゆる「銀の時代」以降である。当初から意図していたわけではないが、本書に収録された論考の多くが「銀の時代」を生きた人々の自叙を対象としていることは、この時代に自叙が切実な表現形態として求められていたことと無関係ではないだろう。付言するなら、それは、書き手も読者も一九一七年のロシア革命をはじめとする歴史の激動に翻弄されていた時代だった。

トマシェフスキーの小論は、残念ながら、ロシアにおける自叙の盛衰と「銀の時代」における再度の興隆という文学史的事実を指摘するだけで、なぜそのように推移してきたかの説明を試みてはいない。本書は自叙をめぐるメカニズムをロシア文化におけるいくつかの事例に即して考究することを主眼としており、かならずしもロシアの自叙の系譜の概括をめざすものではないが、もしも各論考の個別的な考察を通して、自叙が大きな比重を占めてきたロシアの文芸・文化を考える一助となるなら、望外の喜びである。

［註］

（1） L. N. Tolstoj. *Sobranie sočinenij v 22 tomax*, 1 (Moskva, 1978), 40. 著者訳。

（2） ミハイル・バフチン「美的活動における作者と主人公」『ミハイル・バフチン全著作第一巻〔行為の哲学に寄せて〕〔美的活動における作者と主人公〕他』伊東一郎・佐々木寛訳（水声社、一九九九年）二七〇頁。

（3） バフチン「美的活動における作者と主人公」一三四頁。

（4） バフチン「美的活動における作者と主人公」一二〇頁。

（5） フィリップ・ルジュンヌ『自伝契約』花輪光監訳、井上範太、住谷在昶訳（水声社、一九九三年）三一頁。

（6） ルジュンヌ『自伝契約』、三一頁。

（7） ルジュンヌ「II　読解　『告白』第一巻」、『自伝契約』一二二～二四〇頁。

（8） ロラン・バルト『明るい部屋——写真についての覚書』花輪光訳（みすず書房、一九八五年）。

（9） ルジュンヌ『自伝契約』二一四頁。

（10） Frank Ankersmit. *Sublime Historical Experience* (Stanford University Press, 2005).

（11） B. V. Tomaševskij, "Literatura i biografija," in *Kniga i revoljucija*, 4 (1923): 6-9.

宗教説話に滲出する自叙

ポリカルプと逸脱の精神

三浦清美

俺はこの神の世界を認めないんだ。それが存在することを知っているものの、まったく許せないんだ。俺が認めないのは神じゃないんだよ、そこのところを理解してくれ。

イヴァン・フョードロヴィチ・カラマーゾフ

一、『キエフ洞窟修道院聖者列伝』とは何か──洞窟と修道生活

『キエフ洞窟修道院聖者列伝』という作品

『キエフ洞窟修道院聖者列伝』という、全三十八話からなる中世ロシアの宗教説話作品がある。この作品集は、聖者伝、聖者にたいする頌詞、修道士にかんする物語、説教など様々なジャンルを横断する作品集で、ヴラジーミル主教シモン、キエフ洞窟修道院の一介の修道士ポリカルプがその主な作者として知られている。(1) この作品集の舞台となった場所は、正式には《キエフ洞窟大修道院 Kievopečerskaja lavra》といわれるロシア、ウクライナの古刹で、十一世紀の半ば(一〇五一年以降)に創建された。キエフ洞窟大修道院のある場所は、現在はキエフの町がすっかり拡大して町のなかに収まってしまったが、もとはペレスヴェトヴォと呼ばれ、鬱蒼とした森におおわれた町のはずれであった。ペレスヴェトヴォの洞窟にはじめて住みついて祈りと瞑想に没頭したのが、説教

『律法と恩寵について』の作者でのちにキエフ府主教となるイラリオンである。一〇五一年にイラリオンが府主教に就任すると、ペレスヴェトヴォの洞窟はふたたび無主の地となった。そこへ聖山アトスからアントーニイが帰国し、その静謐を愛して居住の場と定めたことが、キエフ洞窟大修道院のそもそものはじまりである。

洞窟と修道院の関係

洞窟とキリスト教の関係は深い。イエス・キリストが誕生したのも、馬小屋となっていた洞窟であった。聖書外典である『ヤコブ原福音書』は、神の御母であるマリアがイエスを出産した場所が洞窟であったとはっきり記している。ベツレヘムのキリスト生誕教会はいまも洞窟のなかにある。ローマ帝国による弾圧時代に、原始キリスト教徒たちは地下墓地（カタコンベ）でひそかにキリストを礼拝していたが、カタコンベも一種の洞窟である。小アジア半島カッパドキアにあるキリスト教の修道院群もそのほとんどが洞窟のなかにある。キエフ・ルーシでキエフに次ぐ第二の有力都市であったチェルニーゴフにも、アントーニイが瞑想したと伝えられるアントーニイの洞窟があるし、ロシア北西部の町、プスコフにも十五世紀に創建されたプスコフ洞窟修道院がある。(2)

そもそも太古から、すなわち、ラスコー、アルタミラの昔から、洞窟は地上世界と地中世界をつなぐ重要な聖なる場所で、神殿を造営する習慣ができる以前には、あらゆる宗教儀礼が洞窟で行われていた。バーバラ・ウォーカーによれば、「洞穴は、全世界的に、母なる大地の子宮と同一視されていた。生誕と再生を象徴する場所としてはもっともな場所であった」(3)。聖なる大地母神の子宮としての洞窟という位置づけは、キエフ・ルーシのキリスト教でも受け継がれた。キエフ洞窟大修道院も、プスコフ洞窟修道院も、主聖堂は神の御母の就寝（死）に捧げられているし、チェルニーゴフでも洞窟は当初、神の御母の修道院と呼ばれた。修道士の禁欲生活、すなわち、童貞の誓いとは、本質として、神の御母との、肉欲を介さない擬似的な婚姻関係である。修道士たちは、神の御母に操を立てて他の女性との交わりを断ち、洞窟という母の胎内で神の御母と合一することを目指したのだ。

『キエフ洞窟修道院聖者列伝』は、その執筆の動機がかなりはっきり分かっているという点で、中世ロシア文学では異例の作品である。キエフ洞窟大修道院の修道士ポリカルプは、ノヴゴロド、スモレンスクないしはユーリエフの主教の地位を狙って、フセヴォロド・ユーリエヴィチ大巣公の子供たち、ゲオルギー、ヴェルホスラヴナに働きかけたが、念願が実現しかけたとき、師でかつてキエフ洞窟大修道院の修道士であった、ヴラジーミル主教シモンに厳しい叱責を受けた。シモンは、ポリカルプが主教への登位の運動を止めるように、詰問の書簡（第十四話）を送るとともに、キエフ洞窟大修道院縁起にまつわる七篇の物語、修道院の修道士たちにまつわる九篇の物語を書き送った。シモンの叱責にたいしてポリカルプは、キエフ洞窟大修道院長アキンディンに改悛の気持ちを伝え、修道院の修道士たちの物語を執筆する志を明らかにした。ポリカルプは、その結果として、十一篇の物語を執筆した。本章の筆者はこの外面の下のもう一つ深いところに、童貞の誓いをめぐる別の、真実の物語の層が隠れていると考えている。

堕落した修道士も描く《聖者列伝》というジャンル

シモンによる作品群は、ポリカルプを説諭するために書かれた。そのために反面教師として、そうなってはならない修道士の例も多く引き合いに出されている。D・チジェフスキーは、《聖者伝 žit'ë》とは異なる《聖者列伝 paterik》のジャンルの特徴を次のように述べている。「『聖者列伝』は、よく言われるように、聖者伝の集成ではない。それは、敬虔な修道士たちの人生の断面を集めた、それぞれは孤立したエピソードの混成体である。それはまた、『堕落した』修道士たちについての物語を含むこともある。それは、たしかに一つの例外を除いては、『堕落した』修道士の改悛で終わる」。チジェフスキーはまた、つぎのように述べている。「いずれの著者〔シモン、ポリカルプ〕も修道士たちの生活の退廃について非常に明け透けに語っている(4)」。

本章における私たちの課題は、キエフ・ルーシの凋落に起因する修道院内外の退廃のなかで、信仰がいかに生きられたかを、奇しくも修道士たちの自叙が反映されることになった物語群のなかに探ることである。

二、『キエフ洞窟修道院聖者列伝』に滲出する自叙

宗教説話に反映された実生活

本章の筆者と『キエフ洞窟修道院聖者列伝』との付き合いは四半世紀を超えたが、そのなかで出会った論考のなかで、プーシキンが端的に「着想と素朴さの美」と評したこの作品の魅力をもっとも的確にとらえたものをあげるとすれば、V・P・アドリアノヴァ＝ペーレッツとT・N・コプレーエヴァによる著作である。アドリアノヴァ＝ペーレッツは、『キエフ洞窟修道院聖者列伝』が、修道の理想を描くという定説的な聖者伝文学の課題を大きく踏み越えて、悪徳も欲得も含めた人間の真の姿に肉薄した作品であると主張し、次のように述べている。

聖者伝のカノンからのこれらの逸脱のなかに、私たちは宗教的な理想の抽象性からの離脱、宗教的な外皮の向こうに生の状況を開示する、心理分析や真実の世態の描写の諸要素を見出す。それは、自分自身と戦う人間の姿であったり、その周囲、つまり、人間は修道院へと逃れてきたわけだが、そのもとの生活様式との衝突であったりした。私たちの目に飛びこんでくるのは、修道院生活のある側面、外部の者たちの目からは隠された、洞窟修道士たちの日常生活の見栄えのしない諸側面である。そこではっきりしたことは、彼らは祈り、斎戒し、奇跡をおこなったばかりではなく、喧嘩をし、羨み、ケチで、虚栄心が強く、富を夢見たりもしていたことである。(5)

ブルガリアの碩学、I・ドゥイチェフは、この作品に修道生活のレアリアを見るアドリアノヴァ＝ペーレッツを批判した。祈りの力で盗賊の身体の自由を奪う奇跡を起こしたグリゴーリイ（第二十七話）を、アドリアノヴァ＝ペーレッツが「奇跡の無邪気な着想によって花開いた、修道院生活習俗の真実の情景によって、奇跡成就者グリゴーリイの話は面白いのだ[6]」と評したのにたいして、ドゥイチェフは祈りの力で盗賊の身体の自由を奪うモティーフは、旧約聖書『列王記上』十三章一―六節のヤロブアム王に遡り、数多くの教父文学のなかで繰り返し用いられた、いわば手垢にまみれたモティーフであることを示した[7]。

ドゥイチェフの批判はアドリアノヴァ＝ペーレッツにとって酷なところもある。アドリアノヴァ＝ペーレッツも、現代ロシア語への翻訳によって、パッラディウスの『ラヴサイク』、ヨアニス・モスクスの『精神の牧場』など教父文学にも目配りしていて、これらの作品が図式的で硬直しているのにたいして、『キエフ洞窟修道院聖者列伝』が躍動的で生き生きしているという結論を導いている。アドリアノヴァ＝ペーレッツのこの結論は至極妥当である。

甦るポリカルプという個性――第十五話オニシフォル

本章の筆者が考えるところでは、アドリアノヴァ＝ペーレッツの論考の問題点は別にある。『キエフ洞窟修道院聖者列伝』の生き生きとした躍動感は、次に述べるこの作品の特殊な性格に由来するものであって、アドリアノヴァ＝ペーレッツがそこに見出した特徴を、中世ロシア聖者伝文学一般に敷衍して当てはまるものと考えるのは、いくぶん無理があるということだ。その特殊な事情とは、コプレーエヴァが注目する、作者の一人である逸脱の修道士ポリカルプの個性である。

すでに述べたとおり、『キエフ洞窟修道院聖者列伝』は、中世ロシア文学のなかで珍しく、作品執筆の事情が明らかになっている作品で、キエフ洞窟大修道院の修道士ポリカルプは、主教の地位を狙ったが、師でヴラジーミル主教シモンに厳しい叱責を受けて、野心を社会的な栄達から物語の執筆へと振り向けた。コプレーエヴァは、ポリカルプの内面について次のように記している。「しかしながら、この自己卑下は見せかけだけのものであった。ポリカルプの個性は抑圧されたが、根絶はされなかった。ポリカルプの個性は、実際の教会人としての活動のなかではなく、作家としての仕事のなかに、自己にたいする確信を見出した」[8]。コプレーエヴァはまた、シモンが感情をかなり露わにしてポリカルプを叱責した原因を追究して、ポリカルプがヴラジーミル主教であったシモンの地位を直接的に脅かしたからであると推測している[9]。我の強いポリカルプという男はなぜか自らの野心を投げ出すのだが、この謎を解く手がかりをあたえるのが、「第十五話ヴラジーミル・スーズダリ主教シモンの洞窟修道院の最初期の修道士たちの話。どうして至尊なるアントーニイとフェオドーシイに誠意と愛を寄せるべきなのか」である[10]。その話は、次のようなものである。

オニシフォルという、神から透視の才を授けられ、人間の罪を見破ることのできる男がいた。オニシフォルには、愛で結ばれた修道上の息子（弟子）がいた。だが、この男は嘘いつわりで斎戒者のふりをして、純潔にふるまうようでいながらもひそかに飲んだり、食べたりして汚く生きていた。ある日、健康だったこの男が、何の理由もなく死んでしまった。この男の遺体が発する腐臭のために誰一人遺体に近づくことはできなかった。修道士のなかのある者たちが鼻腔をふさぎながら遺体を洞窟の中に運びこみ、それを置いたが、いっそう悪臭が強まったので、一言も発さずに洞窟から逃げかえってきた。

ある夜、最初の洞窟修道士ですでに他界したアントーニイが険しい顔つきで、オニシフォルの夢枕に立って、なぜ不浄で無法で罪多き者をこの聖なる場所に埋葬したのかと詰問した。また、天使が現われてオニシフォルに悔い改めぬすべての者たちの見せしめのためにこのような結果になったのだと言った。オニシフォルが祈りつづけていると、アントーニイが現われて言った。「私はこの兄弟がかわいそうになった。ここに埋葬されたすべての者たちは、もしも罪を犯していても憐れみを受けるという自らの誓いに、私は背くことができないからだ」。

修道院長はすべての兄弟たちを集め、オニシフォルの精神上の息子が埋葬された洞窟に行くと、悪臭は芳香に変わっていた。この物語のあとで、シモンは次のようにつけ加える。「私、罪深い主教シモンは遠い地で痛みと嘆きのなかで悲しみに暮れながら、私がかの神々しい土のなかに埋葬されることを切に祈り、主イエス・キリストを慕う聖なる師父、アントーニイとフェオドーシイゆえに、わが犯した数多くの罪についてささやかな許しを得ているのである」。

この物語の含むものは明らかである。それ自体、けっして面白い物語とはいえないが、オニシフォルにシモンを、汚く生きたその「修道上の息子」にポリカルプを重ね合わせて読む必要がある。シモンはこのささやかな物語によって、ポリカルプは主教位を望むことによって神の御前で大きな罪を犯していること、もしも悔い改めないならば、神の懲罰として突然の死がポリカルプを襲うかもしれないこと、死が彼を襲ったとしてもそれは不名誉極まりないものであること、悔い改めなければ魂の救済は望めないこと、自分シモンはポリカルプが改悛するように祈りつづけていること、洞窟修道院にとどまっていればアントーニイとフェオドーシイの祈りによって救済されること、自分シモン自身もけっして罪から逃れているわけではなく、ポリカルプ同様、キエフ洞窟修道院の救済の力に頼るほかないこと、などなどが示されている。

本章の筆者は、キリスト教教父文学のもつ深淵を突きつけるドゥイチェフではなく、作品のなかにキエフ洞窟大修道院のレアリアと人間の普遍的な真実を見出す、アドリアノヴァ＝ペーレッツとコプレーエヴァと立場を共有したい。アドリアノヴァ＝ペーレッツとコプレーエヴァが私たちに教えてくれるのは、物語のなかに中世ロシア人の自叙が息をひそめて生息しているということだ。地上の天国と称揚されている修道院の生活がじつは、俗世間とそう変わりはないことを確認したうえで、私たちは、物語自身が中世人の内面を語りだすのをじっと待ちたいと思う。そこで出会うものは、ポリカルプというユニークな個性をもった魂が成長していく軌跡であるが、それを追跡することはとりもなおさず、物語に滲出する中世ロシア人の自叙に耳を傾けることでもある。

三、地上の天国の悲しい現実

堕落した修道士たち――第二十二話エラズム、第二十三話アレファ、第二十四話チットとエヴァグリイ

キエフ洞窟大修道院は、東スラヴ世界の宗教的、精神的な中心地で、孤住をこよなく愛したアントーニイ、大修道院の実質的な創始者である愛の人フェオドーシイ、チェルニーゴフ公の地位を捨てて一介の修道士として一生を送ったニコラ・スヴャトーシャのような優れた宗教者を輩出したことも事実なのであるが、シモンとポリカルプがここで生きた十二世紀はじめにおいて、しばしば「地上の天国」と讃えられるこの修道院の現実はかなり嘆かわしいものであった。それを証立てているのは、キエフ洞窟大修道院の聖性を疑うことがなかったシモンによる物語である。

「ひそかに飲んだり食べたりして汚く生きていた」オニシフォルの弟子の物語はさきに述べたとおりであるが、シモンによる次の物語、「エラズム（第二十一話）[11]」、「アレファ（第二十二話）[12]」、「チットとエヴァグリイ（第二十三話）[13]」は、けっして理想化されえない修道院のレアリアを伝えている。

エラズムにかんする物語は以下のようなものである。

エラズムという修道士がいた。エラズムは多くの財産をもっていたが、財産を教会のために使いつくしてしまった。エラズムが極度の貧困にあえぐようになると、誰からも顧みられなくなり、この人は絶望に陥っ

た。悪魔の唆しで、エラズムは自分の生活に喜びを覚えなくなり、無気力に日々を送るようになり、ついに重い病にかかった。周りの者たちは口々に言い合った。「何たることだ、この兄弟の魂の痛ましさは。怠惰と罪のうちに暮らしたばかりに、いま何かを見て乱心し、この世から出ていくことさえできないのだ」。エラズムの喜捨にたいして神は沈黙する。修道士たちも財産のないエラズムをもはやちやほやしないばかりか、病は無気力への罰であると断じて顧みようとはしない。隣人愛を実践したフェオドーシイがなくなった百年後のキエフ洞窟大修道院の厳しい現実がここにある。

しかし、乱心しているかに見えたエラズムは実は、アントーニイとフェオドーシイが神の御母とともにいる幻を見ていた。神の御母は、「私たちの教会を飾り、イコンによって神々しいものにしたのですから、私はおまえをわが子の王国に入るにふさわしいものといたしましょう」と言った。エラズムは、病など罹っていなかったかのように起きあがり、みなのまえで懺悔をはじめ、三日後にこの世を去った。

アレファの話も、富にたいする執着をテーマとしている。

アレファは自らの僧房にたくさんの財産を貯めこみ、一文たりとも一片のパンといえども貧者に喜捨したことがなかった。シモンがユーモラスに語るには、「あまりにも吝嗇で無慈悲だったので、自らが飢え死にしそうだった」。ところが、ある夜、盗賊がやってきてすべての財産を盗んだ。アレファは修道士たちを疑い、容赦なく詰問した。長老たちがアレファに詮索を止めるように頼んだが、アレファは聞き入れず、乱暴な言葉であらゆる人に怒りをぶちまけた。アレファはひどい病にかかり、夢うつつに幻を見て叫んだ。「主よ、憐れみたまえ。主よ、私は罪を犯しました。それは主のものです。私は惜しいとは思いません」。病から平癒したアレファは周囲のものに告白した。幻のなかで、天使たちと悪魔たちがアレファの魂をどちらが取るかで論争していた。悪魔はアレファの魂は自分たちのものだと主張したが、天使たちはアレファを説諭した。「誰かが喜捨をしたなら偉大なことだ。しかし、自らの意志で行うがよい。むりやりに奪われた財産のことで神を讃えるなら、それは喜捨をするより偉大である。神にすべてをゆだねるならば、それは感謝の念のともに喜捨を行うことにまさるのだ」。恐れおののいたアレファは改悛した。

チットとエヴァグリイの話でも、自分自身にもどうにもならぬ人間の業が問題になっている。

チットとエヴァグリイは仲の良い兄弟修道士であったが、悪魔が災厄をもたらしたので、激しく憎み合うようになった。あるとき、チットが病にかかり、死の床に伏した。チットはエヴァグリイに許しを求めたがエヴァグリイは拒絶した。「私はいつになろうと赦しません。この世においても、あの世においても」。とりなそうとする長老たちの手をふりほどいたまさにそのとき、エヴァグリイは倒れて死んでしまった。一方のチットは、病にかかっていたのが嘘のように元気になった。人々は、エヴァグリイの不慮の死とチットの回復を見て畏怖した。

チットは、病の床で、天使たちが自分から遠ざかり、悪魔どもが自分の怒りを喜んでいるのを見て改心し、エヴァグリイに和解を乞うたのだった。エヴァグリイがチットを赦そうとしないのを見て、槍をもった天使がエヴァグリイを刺し貫くのをチットは見た。

たわいのない話であるが、シモンが自分とポリカルプの関係（かつて非常に親しかったが、仲たがいした）を、チットとエヴァグリイに託していることもたしかである。物語のあと、シモンはポリカルプに「兄弟よ、おまえは激情から身を守るがよい。憤怒の悪魔に身をゆだねてはならぬ」と、完全に「上から目線」で教え諭しているが、本心では、頼むから意地を張らず、主教位を諦め、洞窟修道院に戻ってくれと、拝みたおしているようにも見える。自分の心が自分自身でもコントロールできなくなる心の闇は、やむにやまれず主教位を望んだポリカルプの欲望とも共通するものだ。

堕落した修道士たちを死後に待ちうける裁き——第十九話アファナーシイ

これにたいして、アファナーシイの話はいささか趣を異にしている(14)。

アファナーシイは神の御心にかなった生活を送っていたが、あるとき病んで死んだ。遺骸は湯灌され、屍衣を着せられたが、そのまま埋葬されずに放置された。アファナーシイは非常に貧しく、この世に所有物は何もなかったので、蔑ろにされたのである。おそらく、埋葬するには墓掘りそのほかに金が必要だった。そんなとき、夜、修道院長のもとに誰かが訪れて「この人は二日間埋葬されずにいた。そなたは喜ぶことになる」と言った。驚いた修道院長が兄弟たちとともにアファナーシイのところにやってくると、アファナーシイは座って泣いていた。アファナーシイは何も答えずに「救いを求めなさい」と言うばかりであった。そして、アファナーシイは、洞窟に行くと自ら扉を閉ざし、誰にも何も言わずそこで十二年暮らして死んでしまった。

この話は言いようもなく不気味で恐ろしい。『ヨハネによる福音書』のラザロのように復活がテーマなのに、歓喜の要素が全くないどころか、アファナーシイは、埋葬されなかったことを恨むかのごとくに、座って泣くだけだ。あちらの世で何を見たのか。なぜ泣くのか。

エラズム、アレファ、チットとエヴァグリイは、悪魔に懲罰を受ける幻を見て改悛した。一方、アファナーシイは何を聞いても泣くだけで答えない。この話から感じられるのは、心からの改悛さえ受けつけない絶望的な何かである。アファナーシイが見たのは、神の御心に叶わぬ修道士たちが、死後に懲罰を受けている姿ではないか。この話の言うに言われぬ不気味さは、風紀の乱れた修道院の現状を、暗にかつ厳しく非難してはいないだろうか。アファナーシイの話に付された訓諭において、シモンはポリカルプに呼びかけている。「わが弟にして息子よ、このような不信心の輩の真似をしてはならない」。

これこそが、隣人愛の人フェオドーシイが他界してから百有余年後の、地上の天国であるはずのキエフ洞窟大修道院の悲しい現実であった。ヴラジーミル主教シモンは、修道院の現実が情けないほど嘆かわしいものであることを明らかに知っていた。また、周りがこの程度ならば自分の欲望を追求して何が悪いか、というポリカルプの居直りも、シモンはじつはよく理解していた。ポリカルプへの叱責の書簡で、シモンはポリカルプの心中を察し、「おまえは、『私はそのような職責にふさわしくないのだろうか。それとも、私があの執事修道士やそれに忠勤する兄弟よりも劣っているということか』と言う」と忖度している。

厳しく非難はしているが、その一方で、ほんの少し同情してもいる。シモンは、年下の同僚修道士の才能を高く評価していた。もっと正確に言うならば、ポリカルプのなかに眠る才能という神の恵みを畏れたのである。だからこそ、シモンはおのれの才能を浪費するポリカルプを真剣に叱責した。埋もれた才能を見出し、それに敬意を払うことができる人間は、それ自体、稀有な才能とはいえないだろうか。

したがって、シモンはポリカルプが自分の競争者になることに気を揉んでいたというコプレーエヴァの推測は、まったく的外れであると言わざるを得ない。シモンがそのような器の小さい人間ではなかったことは、その最高傑作である「第二十話スヴャトーシャ」の高い宗教性が雄弁に物語っている。シモンはすべてをよく理解し、高飛車に叱りつけながらも、ポリカルプが自分に歩み寄り、改悛してキエフ洞窟修道院に戻ってくれることを心から願っていたのである。

四、逸脱の人、ポリカルプ

逸脱僧ポリカルプ、誘惑に屈する

では、ポリカルプとは、どのような人物だったのだろうか。

逸脱の人ポリカルプの人物像を、以下の史料をもとに再構築してみよう。史料とは、『キエフ洞窟修道院聖者列伝』のなかに収められたものしか存在しないが、シモンのポリカルプへの叱責の書簡（第十四話）[15]、「ポリカルプへ」と題した訓諭（シモンによる修道士たちについての物語九篇のうち七篇にある）、ポリカルプの修道院長アキンディンへの懺悔の書簡[16]、「第二十七話アガピット」の末尾にあるポリカルプ自身による物語執筆の所信表明、以上の四点である。

ポリカルプは、貧しい生まれであった。「第二十話スヴャトーシャ[17]」の訓諭のなかで、公という最高身分を捨てたスヴャトーシャとの対比において、シモンは次のように言っている。「おまえはなにをやってきたというのか。富を捨てたのか。おまえはそもそもそのようなものは持っていなかったではないか。栄誉を捨てたのか。おまえは名誉などとは、端から無縁だったではないか。それどころか、おまえは貧困から身を起こして、栄誉やあらゆる幸福に達したのである」。つまり、ポリカルプにとって、剃髪を受けてキエフ洞窟修道院に入ること自体、貧困を脱して栄誉を受けることだった。「おまえは乞食同然の格好で連れてこられたのに、美しい法衣にくるまれている」（第二十話の訓諭）。

結婚を経験していたかどうかは不明であるが、それ相応に豊かな女性との関係性をもっていたことが、「第三十話モイセイ」の内容から了解される。ロスチラフ公夫人ヴェルホスラヴナ・フセヴォロドヴナがポリカルプを主教位につけるために積極的に運動したという事実も、ポリカルプの女性との関係のうえでの手腕を暗示している。それにしても気になるのが、さきに述べた「第十五話」で、オニシフォルの精神上の息子が、突然の死に見舞われたばかりか、死後も激しい腐臭がするという修道士として最悪の不名誉で罰されたことである。ひそかに飲んだり食べたりするのはたしかに修道士として悪いことにはちがいないが、突然死や腐臭などの神罰に値する罪だろうか。罰は不当に厳しくはないか。

この点を顧慮したとき、ポリカルプが修道士でありながら、ひそかに女性と性的関係を結んでいたのではないかという疑問が、筆者にはぬぐい切れない。神の御母との聖なる約束を破ったのだ。もちろん、シモンはそれを十分に知っていた。オニシフォルが神から人の罪を見透す才を授かっていたというディテールを思い出そう。シモンは、自分もオニシフォルと同様全部お見通しだと、ポリカルプに言いたかったのではないか。このディテールの物語における必然性は、そうでなければ、説明できない。シモンは言外ながら執拗に、ポリカルプにこの秘かな悪徳をただちに離れるよう促していたのではないだろうか。そうだとすれば、シモンの徹底的に高飛車な態度も、ポキンと折れたようなポリカルプの断念も納得がいく。ちなみに、「第十七話ニーコン」のポリカルプへの訓諭において、シモンはこう問いかけてもいる。「私たちに修道士の誓いに背かせ、かかる高みから生活の奈落へと突き落として、人生を一変させてしまうものとは何であろうか」と。

ポリカルプ、主教位を望む

貧困から身を起こしたポリカルプは、しかしながら、剃髪を受けてキエフ洞窟修道院に入ってからは、とんとん拍子に出世をしたようである。シモンがポリカルプの高慢を非難しながら苦々しく述べたところによると、ポリカルプはほどなくしてキエフ洞窟大修道院を立ち去り、クジマとデミアン修道院の修道院長となった。そのあと、ふたたびキエフ洞窟大修道院に戻り、イジャスラフ・ヤロスラヴィチにより創建された聖デメトリオス修道院の院長職を望んだが、公とシモンの反対によってこの話は立ち消えとなった。シモンが非難するように、それが高慢な心から行う悪しき行いであったとしても、ポリカルプが凡庸な人物であったなら、このような栄達は望めなかったであろう。
だから、ポリカルプと面と向かったときでさえ、シモンも少しはポリカルプの才覚を認めている。「高い位を得るのにそこそこ成功を収めても、謙虚さと賢さを失ってはならない。もしも位を失うことになっても、そなたは自らの謙虚なる道を見つけだし、さまざまな災いに陥らずにすむから」。そしてついに、主教位を望むにいたるのである。シモンによれば、「ロスチスラフ夫人ヴェルホスラヴァは、私とポリカルプのために千スレブロを費やしても、そなたをノヴゴロドのアントーニイ、スモレンスクのラザロ、ユーリエフのアレクセイのかわりに主教に就けたいと、私に書簡を送ってきている」。
これにたいして、シモンは猛反対してポリカルプを叱責した。

兄弟よ、そんなに主教の位が欲しかったのか。よきことを望んだものだ。テモテにたいしてパウロが言ったことに耳を傾けるがよい。そうすれば、そなたが主教にふさわしいように生活を改めたか否かがわかるであろう。だが、もしもそなたがそのような位階にふさわしかったならば、私はそなたを身辺から離さずとどめおき、自らの手でヴラジーミル・スーズダリ両主教区を統べるもう一人の主教として叙任しただろう。これはゲオルギイ公が望んだことであったが、私はおまえの狭隘な心を見てかの人に思いとどまるように申し上げたのだ。そして、そなたが私に従わずに権力を望み、主教位であれ、修道院長職であれ、手に入れたとしてもそなたには祝福ではなく、呪いが待っているだけだ。

ポリカルプはこれが欲しいと思ったら、自分にブレーキが掛けられない人間だった。だから、自分の望み通りにならないと、周囲に当たりまくったらしい。ポリカルプが、感情が高ぶるとそれを抑えることのできない欠点を抱えていたことは、シモンがその叱責の書簡においてはっきりと言明している。これはいたるところに見つかる。

兄弟よ、そなたは今日食卓にのぼったものを讃えないかと思うと、翌朝には食事の支度をした料理番と下働きの兄弟のことをあしざまに言い、そのことで長上に不愉快な思いをさせた。おまえ自身は、『修道士列伝』に書かれているとおり、糞を食んでいるのと同じことだ。

また、チットとエヴァグリイの話に付された訓諭で、シモンは次のようにポリカルプを諭している。

兄弟よ、おまえは激情から身を守るがよい。憤怒の悪魔に身をゆだねてはならぬ。この憤怒の悪魔に屈服した者は誰でも、その奴隷となってしまうからである。おまえに敵対する者には、間髪を入れず倒れ伏してお辞儀をするがよい。おまえが仮借なき天使の手に引き渡されないように。主があらゆる憤怒からおまえを守ってくださるように。

シモンはポリカルプへの書簡をしたためてからほどなくして没するから、シモンによる最後の物語を締めくくるこの言葉は、シモンのポリカルプにたいする遺言でもあった。ポリカルプの怒りっぽさを、シモンは心配していた。だが、のちに作品を書くにあたっては、この怒りのパトスが、ポリカルプ作品の基調となっていったのである。

物語作者ポリカルプの覚醒

ポリカルプはシモンの叱責を受けてキエフ洞窟大修道院長アキンディンに懺悔をするが、その懺悔における自己卑下は、不器用としか言いようがない。

　過日、あなたさまは修道士たちの行いについて物語るようにお命じになりました。あなたさまは私の粗忽さと、洗練とはほど遠い私の性格をご存じでおられましたので、私はあなたさまのまえでどんなことを話しても、いつも恐れを感じずにいることはできませんでした。栄えある奇跡のなかで私があなたさまにお話しできたのはほんのわずかであり、大部分は恐れのために忘れ、尊き御身をまえにしてわが身を恥じ入るあまり、物語の語りようもまことに拙いものでありました。

あれだけ尊大で自らの欲するままに主教位を求めたポリカルプが、修道院長のアキンディンのまえで、恐れを感じ委縮している。これが実際のポリカルプの姿であったと筆者は考える。文筆に携わるこの時代の修道士であれば、シモンの場合そうであったように、型に従った自己卑下の言葉が淀みなくすらすらと出て来たであろう。ポリカルプはそのような自己卑下はしたことがなかったのだから、上に私たちが見てきたとおり、懺悔の言葉が不器用きわまりないのは当然である。思わず本音が出た。ポリカルプは自らの罪を自覚し、改悛した。少なくとも、そのつもりではあった。

　これにたいして、作家としての自覚を語るポリカルプの言葉は雄弁である。第二十七話「アガピット」末尾のポリカルプの付言を見よう。

威光あまねき修道院長、わが主人アキンディンさま、私はあなたさまのために、さきに述べたこれら聖なる師父たちのうち、ある者たちの奇跡、ある者たちの禁欲の業、ある者たちの決然たる自己放棄、ある者たちの服従、さらにある者たちの預言の才についてあなたのために書き留めました。これらすべての事柄は信仰によって私の知るところとなり、これらすべての徴や奇跡はアキンディンさまの同僚修道士で、わが師シモンによって知らされたものです。

修道院長アキンディンとヴラジーミル主教シモンの権威によって、自分が聖者たちの物語を書くことを正当化するのは、まずまっとうな振る舞いと言える。ポリカルプはつづける。

しかし、行為の偉大さゆえに物語られたことを、不愉快なものだと考える人もいます。原因は信仰の不足です。彼らは、私があの罪深いポリカルプであると知っているのです。しかしながら、猊下が私に、私の心を捉え、私の記憶が留めた事柄を記録するようにお命じになるならば、ネストルが年代記のなかに祝福された師父たち、デミアン、エレミヤ、マトヴェイ、イサーキイのことを書いたように、私のあとに来る者たちのために、それを書き残すことにいたします。たとえ、あなたさまには不必要なことであったとしても。

修道院長には不必要かもしれないが、という一言はあきらかに不要である。ポリカルプの不器用さがよく出ている。そして、ポリカルプは作家としての強烈な自負を語りはじめる。

なぜなら、私が沈黙を守っていたら、今日まで常であるように、彼らのことはその名前さえ完全に忘れられてしまうでしょうから。いま猊下の修道院長としてのお勤めの十五年目にあたり、私は百六十年間触れられなかったことをお話しいたします。猊下の愛のおかげで、包み隠れていた事柄がお耳に入り、神を愛した者の記憶が永遠に讃えられるでありましょう。なぜなら、神を喜ばせる者たちは神から桂冠を授かるでありましょうから。

イラリオンが府主教になった一〇五一年をキエフ洞窟大修道院の開基とすれば、その百六十年後は一二一〇年代だから話の辻褄が合う。ポリカルプは、修道院開基から現在までの聖者たちを語り尽くすと宣言しているのである。強烈な作家としての自負と言わずして何と言おうか。

私がそのような名前により引き立てを受けることは重大なことであり、私は、私の行為の恥を、次のような方法で包み隠すことにしようと思います。私は単純に私の聞いた事柄を心に呼び起こし、それを書きつけ、これらの人々の事績を探し求めてきたのは自分であると考えるのです。主は仰せです。「悔い改める一人の罪人については、より多くの喜びが天にある」[18]と。

ポリカルプは確かに改悛したつもりになっている。世の中には実にさまざまな人間がいるものだが、悪いことをして改悛したことを、聖書の権威を使って「悔い改める一人の罪人については、より多く喜びが天にある」などと自分から正当化する図々しさは、やはり珍しい部類に属するのではないだろうか。冷ややかな眼差しが注がれるのもムリはないし、そうであればあるほど、自分がほんとうに改悛しているかどうかを他人と自分に納得させるために、作家ポリカルプは書かなければならない。こうした作家としての確固たる意識をもった人物は、それまでのキエフ・ルーシの文学史に存在しえたであろうか。

このように浮き沈みの激しい過去を背負って文学史に登場したポリカルプだからこそ書ける、あるいは逆に、ポリカルプにしか書けないことが山ほどあった。ポリカルプによる物語は、近現代の作家たちの場合と同じくらい自叙的である。宗教説話にはあり得ないという後代の読者の勝手な思い込みのために、誰もがポリカルプのほんとうの顔から目をそむけてきた。プーシキンが「素朴さと着想の美」という評言でわずかに文学史にその爪痕を残しただけだ。望むと望まないにかかわらず、ポリカルプの物語には、波乱万丈の過去を背負ったポリカルプの自叙が滲みだしている。以下、五篇の物語を題材に、宗教説話に滲出する自叙に耳を澄ませてみようではないか。

五、学知と信仰――アガピット

学知への疑問――第二十五話ニキータ、第二十六話ラヴレンチイ、第二十七話アガピット

怒りっぽく憤怒の情に負けてしまいがちなポリカルプに、どうしても我慢できない不正が、『キエフ洞窟修道院聖者列伝』を読むかぎり二つあった。一つは血の通わない、信仰を忘れて博識のみを驕る冷酷な学知であり、もう一つは権力者たちの横暴である。後者の権力者への横暴への怒りのほうは第八節で見ることにして、本節では前者の冷酷な学知への怒りを「第二十七話アガピット」(19)を中心に見てみることにしよう。

冷たい学知へのあからさまな批判は、ポリカルプの初期のものと思われる作品、「第二十五話ニキータ」(20)、「第二十六話ラヴレンチイ」(21)、「第二十七話アガピット」に現われる。

「第二十五話ニキータ」を見よう。第四代修道院長ニーコンの時代にニキータという兄弟がいた。ニキータは神からではなく、人から誉められたいがゆえに、独居隠遁を院長に願い出た。院長はニキータにこれを禁じた。独居隠遁はじっさいに危険な振る舞いで、孤独に耐えられず、狂気に陥るものが少なからずいた。独居をはじめてから数日後に、はたしてニキータは悪魔の誘惑に屈した。悪魔はニキータに予言の才を授けた。予言を得るため

に、公や貴族がニキータのもとに頻繁に訪れた。ニキータには予言の才のほかに、著しい特徴があった。恐ろしく博識になったのである。

誰も彼と旧約聖書の知識を競い合うことができなかった。なぜなら、彼はすべてをそらで知っていたからである。『創世記』、『出エジプト記』、『レビ記』、『民数記』、『申命記』、『列王記』、すべての預言者の書を順番に知っているという具合に、すべてのユダヤ人の書物をじつによく知っていた。一方、福音書と使徒行伝は、私たちの信仰を堅め、悔い改めをさせるために神の恩寵において私たちにあたえられた聖なる書物であるが、これらの書物には見向きもせず、朗誦を聞こうとも、読んでみようともせず、他人がそれを講じようとするのさえ嫌がる始末だった。そして、彼が悪魔の誑かしを受けたことが発覚したのだった。

キエフ洞窟修道院の聖者たちが集まってきてニキータのために悪魔調伏の祈りをささげ、悪魔を追い出した。そのあと、「聖者たちはこの人を洞窟から引きずり出し、何かを聞き出そうと旧約について訊ねた。この人は、金輪際そんな書物を読んだことはないと誓いを立てた。以前にはユダヤの書物をそらで朗唱することができたが、いまや一言一句たりともその文句を知らず、直截に言ってしまえば、言葉そのものを一言も知らなかった」。旧約知識の博識（ヘブライ語ないしはギリシア語によるものだったと思われる）は悪魔の誑かしであり、博識を誇ることは、福音書の愛の教えにたいする無関心につながると論難されている。

つづく「第二十六話ラヴレンチイ」は次のようなものである。

ラヴレンチイという名の兄弟が、周囲の反対を押し切って、聖デメトリオス修道院で独居隠遁生活をはじめた。ラヴレンチイの生活はしっかりしていたので、悪魔の誘惑にはかからず、神から療治の業を恵みとして授かった。ただキエフからこの人のもとに連れてこられた、ある悪魔憑きだけは療治することができなかった。悪魔は強力で、悪魔が取り憑いたこの男は、大の男が十人かかっても持ちあげられない丸太を一人で持ちあげ、投げ下ろすことができた。

人々は困惑し、男をキエフ洞窟修道院に連れていこうとした。悪魔憑きの男は、自分がキエフ洞窟修道院に連行されることがわかると、この男のなかの悪魔が暴れだし、「ヘブライ語で話しはじめ、そのあとで、ギリシア語、ラテン語、一言でいえば、彼が聞いたこともない言語で話しはじめた。彼を連れていった者たちは、話す言葉が次々に変わり、この男がいろいろな言葉を話すことに恐れを抱いた」。だが、キエフ洞窟修道院に着くと、男はすっかり落ち着き、キエフ洞窟修道院の三十人の聖者が聖母とともに自分に会いに来る幻を見たのだと告白した。

聖書のなかで、人間の多言語状態を否定的に評価するものと肯定的に評価するものがある。前者の代表はバベルの塔のエピソード（『創世記』十一章）で、バベルの塔を建造しようとした人間たちがこれ以上共同作業できないように、神は言語を多様にしてたがいに意志を通じないようにした。後者の代表は『使徒言行録』二章で、五旬節に使徒たちに聖霊がおりて、使徒たちはキリストの教えを世界中に広めるために、さまざまな国の言語でいっせいにしゃべりはじめた。『キエフ修道院聖者列伝』のこのエピソードは前者に近く、多言語状態を悪魔の誑かしと捉えている。ポリカルプはこうした学知の傲りにたいして、非常に腹を立てて敵意をもってさえいたことがこの二つの話からよくわかる。

シリア人医師ペトル、洞窟医師アガピット、極悪アルメニア人医師
――第二十話スヴャトーシャ、第二十七話アガピット

この二話につづく「第二十七話アガピット」は学知と信仰のテーマをさらに深めているが、ポリカルプとシモンの師弟関係を考えれば、医師の物語であるアガピットは、シモンによる「第二十話スヴャトーシャ」のシリア人医師ペトルのエピソードを下敷きにしていることは明らかである。

ペトルはニコラ・スヴャトーシャの侍医である。チェルニーゴフ公、スヴャトスラフ・ダヴィドヴィチは剃髪して一介の修道士ニコラ・スヴャトーシャとなり、水運びや門番など奴婢たちがおこなう仕事をした。弟ヴラジーミル・ダヴィドヴィチは、スヴャトーシャのこの行動を、一族に恥をかかせるものと考えてシリア人医師ペトルに監視させた。ペトルは医師としてスヴャトーシャの健康に一定の責任をも負ったらしく、思いやりをこめてその苛酷な節制を諫めている。シリアもアルメニアも十二世紀における医療技術の先進地域だった。病の治癒をもたらすのは医療技術ではなく祈りであるというテーマも、シモン、ポリカルプの物語で共通している。シリア人医師ペトルの物語を見てみよう。

あるとき、このペトルが病に伏したとき、この人のもとにスヴャトーシャが人を送って言った。「薬草を口にしないならば、すぐに良くなるだろう。私の言うことに従わないなら、多くの苦しみを受けて死ぬことになろう」。ペトルは自分の医術を見せびらかそうとして、病を追い払うために薬草を服用したのだが、危うく死ぬところであった。また、別のとき、このシリア人は病に伏せったが、聖者はこの男に人を送って次のように知らせた。「もしも治療を施そうとしないならば、三日後に回復するだろう」。この言葉を聞き入れると、シリア人医師は祝福された人の言葉どおり、三日目に全快した。

一方、アガピットの物語はどうであろうか。

アガピットというキエフ出身のある人が、アントーニイのもとで剃髪を受けた。アガピットはアントーニイのように自分の聖性を隠して自分の食事の一部を分けて病者を治療した。アガピットは病者たちに薬草をあたえているように思われたのだが、その実、病者は彼の祈りによって回復したのだった。

〔……〕

兄弟たちの誰かが病気になったとき、彼は自分の僧房を離れて病気の兄弟のところに行き、その兄弟に仕えた。アガピットの僧房には、盗むに値するものがなかったからである。この人は病者を抱き起こしたり、寝かせたり、自分の手で運び出したり、自分の食事から草を煎じた者をあたえたりしたのだが、病者はその祈りの力によって健康になった。〔……〕このゆえに「医師」というあだ名があたえられた。

アガピットが医療という技術ではなく、心からの祈りによって病者を治したこと、フェオドーシイのような隣人愛を実践したことが強調されている。これにたいして、冷酷な学知を代表するのがアルメニア人医師である。

この聖者が生きたのと同じころ、アルメニア生まれでアルメニアの信仰をもつある男がいて、かつてないほど医療の業において優っていた。病者を一目見ただけでいつ死ぬかがわかり、死の日にちと時間を教えてやった。彼はけっして自分の言ったことを変えようとせず、もはや病者を看てやろうとしなかった。

思いやりのかけらもない正確な計測能力という、ポリカルプが憎んだ冷酷な学知の特徴が、じつに具体的かつ説得的に描かれている。

こうした患者のなかで、フセヴォロド公のもとで高い地位にいたある者が洞窟修道院に運ばれてきた。この人はアルメニア人に八日のうちに死ぬと宣告され、絶望に追いやられていた。祝福されたアガピットはこの人に、自分が食していた薬草をあたえて病気を治した。この評判は国中に知れわたった。しかしながら、アルメニア人は嫉妬の矢に傷つけられてこの祝福された人を非難しはじめた。

かくして、アガピットとアルメニア人の壮絶な戦いがはじまることになった。

アルメニア人は修道院に死を宣告された者を送りこんだ。アルメニア人はこの者に毒の薬草をあたえることを命じ、この者がそれを食したのち、アガピットのまえで倒れて死ぬように画策した。祝福された人は病者が死にかけているのを見ると、修道院の食事から少しの食物をあたえ、祈りによって病者を治した。アガピットは死を宣告された者を救い出したのであった。

アガピットのアルメニア人医師は、スヴャトーシャのシリア人医師ペトルとパラレルな関係にあるが、後者が穏やかな常識人であるのにたいして、前者は紛れもない悪人である。

アガピット、アルメニア人医師を改宗させる

博識や正確な計測に依拠する冷酷な学知にたいするポリカルプの憎しみは、次のエピソードでも繰り返されているが、ここでは医術の競争における勝利によって、アガピットがアルメニア人をギリシア正教に改宗させると

いう展開がある。

このあと、修道士アガピットは病気になった。すると、アルメニア人がこの人を訪れて、どんな薬草がその病気に効き目があるか、療治の技についてアガピットと議論をはじめた。祝福された者は答えた。「主が健康を授けてくださるものが、効き目がある」。アルメニア人は、この僧がきわめて無知であると思い、供の者に言った。「この男は何もわかっていない」。そのあと、アガピットの脈をとると、三日後に死ぬだろうと言った。「これはほんとうのことだ。私の言葉は裏切られないだろう。もしそうならなかったら、私は修道士になる」。

祝福された人は怒りを発してこのアルメニア人に言った。「これがおまえの療治の技なのか。私に死を宣告して助けることができないではないか。もしもおまえに腕があるなら、私に命をあたえてみよ。もしそれができないなら、何のために、三日後に死ぬだろうと宣告して私を苛むのか。主は、私に三カ月後に死ぬだろうとお知らせになっている」。アルメニア人はアガピットに言った。「おまえ自身じきに死ぬとわかっている。おまえは三日もたないだろう」。じっさい、アガピットは非常に病んでいて自分自身で動くことさえできなかった。

このとき、キエフから一人の病人が連れてこられた。アガピットはまったく病んでいなかったかのように立ち上がると、自分自身が食している薬草を取りあげ、アルメニア人医師に見せていった。「ここに私の薬草がある。見よ、これがどんなものかわかるだろう」。アルメニア人はそれを見ると、アガピットに言った。「これは私たちの使う薬草ではない。私はこれがアレクサンドリアから渡来したものだと思う」。祝福された人はアルメニア人医師の無知を笑って、病んだ人に薬草をあたえると、病人はすっかりよくなった。

アガピットはその後、三カ月生きて世を去り、アルメニア人はギリシア正教に改宗をした。物語の主人公である聖人アガピットは、物語のなかで頻繁に怒りをあらわにするが、この怒りっぽさは作者ポリカルプのもって生まれた気質に由来する。客観的学知への憎しみは、貧しい生まれで十分な学識を身につける余裕がなかったポリカルプの生い立ちも影響している。信仰や思いやりを蔑ろにする学知というテーマは、ニキータ、ラヴレンチイ、アガピットの連作で共通しているが、前二者がテーマの彫り方がまだまだ浅い習作であったのにたいし、アガピットではようやく作家ポリカルプの輪郭が現われてきたという印象を受ける。

六、肉欲の誘惑――モイセイ

修道士たちと肉欲――第二十九話イオアン

第四節においてすでに、修道士ポリカルプが女性たちと不適切な関係にあったのではないかという疑念を提出した。この疑念は、キエフ洞窟修道院の聖性を穢すものとして厳しく排斥されるであろうし、現に、学問研究の品位を貶める可能性があるとして、これまでも忌避されてきた。『キエフ洞窟修道院聖者列伝』のエロティシズムに切り込もうとした勇気ある研究者は、管見のかぎり、前出のアドリアノヴァ＝ペーレッツとチジェフスキーだけであるが、いずれも不十分である。(22) 本章であえてこの疑念を再検討するのは、物語に現われるポーランド貴顕女性の人間像が、あまりにもヴィヴィッドで生々しくエロスに満ち溢れているからである。アドリアノヴァ＝ペーレッツは生身の女性を魅力的に描いていると指摘したが、こうした人物像の造形が、女性とまったく没交渉であった人間に可能だったとは思えない。(23)

「肉欲」は『キエフ洞窟修道院聖者列伝』でなかなか重いテーマである。食べない、眠らない、異性と交わりをもたないというのが修道士の生活の基本であるが、なかでも三番目の禁忌が、もっとも難しかったように思われる。フロイト流に解釈するならば、聖者伝文学の幻想性は多くの場合、性的抑圧に拠るものだということになる。「第三十話モイセイ」[24]は、その前の「第二十九話イオアン」[25]と一繫がりで、いずれも肉欲の克服がテーマである。イオアンの話は次のようにはじまっている。

最初の人間から、この地上に生まれた人間たちは同じような姿をもち、似通った欲望に屈服する。なぜならば、かの果実の美しさを見ると、最初の人間は我慢できずに神の言いつけに背き、欲望にまみれた生き方を受け入れたからである。人間は土塊であるから地上のものを愛し、享楽に引き寄せられ、享楽が人間を支配するようになり、以来、人間という種族は欲情に支配され、次々に享楽におぼれ、いつも戦争のような状態なのである。

その一人である私も欲情に屈し、その虜となり、わが魂の思いは乱され、欲情に支配され、罪を犯したいという欲求を克服することができない。今まで犯してきた罪の多さにおいて、この地上に私のごとき者はいない。

文筆に携わる修道士にお決まりの、定型的な自己卑下であるようには見えない。ポリカルプらしい不器用で率直な告白である。自己卑下にも、人間とはそもそも罪深いものだからしてという大上段に構えた理屈を必要とするのが、ポリカルプという男なのである。

しかし、人間のなかでこの人だけが真実を見出し、自らを神の意志にゆだね奉り、その教えを非の打ちどころなく守り、あらゆる汚らわしい肉と霊の欲求を退けて、自らの肉体と魂を清浄に保っていた。思うに、それが尊者イオアンであり、この人はとある洞窟の窮屈な場所に自らを閉じこめていた。

肉欲を克服したイオアンの告白は次のようなものである。

私はあの頃淫蕩な欲望に苦しめられて苦しんでいた。救いのために何をしたらよいか皆目見当がつかなかった。二日も三日も物を食べなかったりしたが、こういう生活を送るうちに三年が経ってしまった。聖大斎期がくると、私は肩までくる穴を掘り、その中に入って自分の手で土をかけて、手と首だけが自由になるようにする。この責め苦のもと、身体をどこも動かすことができぬ状態で、私は全大斎期間を過ごしたのだが、肉の欲求と身体の炎はやむことがなかった。すると、私は恐ろしくきわめて獰猛な蛇をみた。この獰猛な蛇は突如として私に襲いかかり、私の頭と手をその口のなかに呑みこみ、私の頭髪と髭は今おまえの見るごとくに焼け爛れた。私は蛇の咽にいて私の心の奥底から叫び声をあげた。「主、神よ、私の救い主よ！　どうしてあなたは私をお見捨てになったのですか。私をわが無法の不浄から私をお救いください。私を悪魔の口からお救いください」。すると、このとき神の大いなる光が太陽のごとく輝きだし、「イオアンよ！　これがお前への助けだ」という声とともに、ある人が私に向かってやってきた。その人の名前を知らなかったが、のちにそれがハンガリー生まれのモイセイであることを私は知った。

誘惑を峻拒するモイセイとエロス――第三十話モイセイ

いかに肉欲の克服が困難であるかを示すイオアンの告白ののち、肉欲の誘惑を拒みぬいてついに性器を切除されるという悲惨な結末を迎えるモイセイの物語がはじまる。ポリカルプは改悛の証として、多少だらしないところもあった自らの女性関係を清算し切ったことを、衆目に明らかにする必要に迫られたのではないだろうか。抗いがたい力で迫ってくる誘惑を振り切るためには、エロスと対峙し、それを存分に描き出し、そのうえでそれをもっとも激しいかたちで拒絶する筋立てが必要だったのではないか。この目的のために、作家ポリカルプは存分に腕を振るったのである。

モイセイの物語の舞台は、ボリスとグレープの暗殺事件（一〇一五年）時代のポーランドである。ボリスとグレープを暗殺したスヴャトポルクはポーランド王ボレスラフと同盟を結んで、のちに賢公と呼ばれるヤロスラフと死闘を繰り広げたが、スヴャトポルクがポーランドに逃げ去るさいに、ルーシから連れていった捕虜のなかに、この物語の主人公モイセイがいた。モイセイは手足に重い鉄の枷をはめられ、厳しく監視されていた。「というのも、この人は身体も壮健で顔も美しかったからである」。

この人をある貴顕の女が見初めた。女は若く美しく、また、豊かな財と大いなる権勢を誇っていた。そして、この女はこの人の見目麗しさに心を留め、この神聖な人をものにしたいという情欲に心を焼かれ、甘い言葉で彼を口説きはじめた。「あなた、そのような苦しみを受けるのは無意味ですわ。物事を筋道立ててお考えになれば、責め苦と枷から助けてもらえますのに」。この女にモイセイは言った。「神がかくのごとくお望みだ」。女は彼に言った。「もしも、私の言うことをお聞きになれば、私、あなたを助けてリャフ〔ポーランド〕の地で高い位につけてさしあげます。あなたは私と私の領地のご主人様になれるのですわ」。

しかし、祝福された人はこの女の汚らしい情欲に気づくと、この女に言った。「女を娶り、その女の言いなりになった男が、かくあるべき振舞いをしたことがあるか。最初に神がお造りになった男、アダムは女の言いなりになって楽園を追放された。サムソンは力比べでは誰よりも強く、敵には勝ったが、そのあとで女に裏切られて虜囚の身に落ちた。また、ソロモンは知恵の深みに達したが、女の言うことにしたがって偶像を崇拝した。そして、ヘロデは多くの勝利をおさめたが、女の虜となって洗礼者ヨハネを首斬った。自由な私が、生まれた日から女を知らぬ私が、どうして女の奴隷になれるというのか」。

世に鈍感といわれる男どもがあまたいるものだが、禁欲行者と言いながら、モイセイはなかなか敏感に女心の動きを察知している。ここがポリカルプ作品の読みのポイントだ。

女は言った。「私があなたを請け出してあなたを名誉ある身にします。私の家全体の主人に立てます。私、あなたをわが夫にしたいの。私の想いを受け入れて、魂の熱い想いを慰めてほしいの。私に、あなたの美しさをたんと楽しませてはくれないかしら。ちょっとその気になってくださるだけで、私、うれしいわ。あなたの美しさが滅びるのを黙って眺めていることなんか、私、もうできません。私を焼け焦がす心の炎が、どうか、鎮まってくれますように。私も、私の想いが慰められて、こみあげる想いから安らぎを得ることができるし、あなただって、私の美しさをたっぷりご堪能なさって、わが全財産の主人となり、私の権勢を引き継いで貴族たちに君臨してくだされればよいのよ」。

モイセイの拒絶もなかなか人間の芯を感じさせるものがあるが、それ以上に、一途な女心のほうが、文学として段違いに力があることは一目瞭然であろう。どうしてもモイセイを手に入れたい女は、捕虜のモイセイを奴隷として買い、「破廉恥にも彼を憚りある所業へと引き込もうとした。この人に命令できる立場になったこの女は、彼に自分と睦み合うように命じた。この人を枷から放ち、高価な衣をまとわせ、贅を尽くした食事でもてなし、抱擁をおこない、無理強いして彼に自分の欲望を満たさせようとした。この尊者は女の常軌を逸した振舞いを見ると、ますます祈りと禁欲に打ち込んだ」。

モイセイが思い通りにならないことがわかると、モイセイを餓死させようとしたが、神はこの女の奴隷のある者に憐れみを催させてこっそり彼に食事をあたえた。周囲には、聖書の言葉を引いて心変わりを促す人々もいたが、モイセイはけっして肯ずることはなく、剃髪を受けて修道士になることを決意するにいたる。そこへ神のお導きにより聖山アトスから修道士が訪れたのを機に、モイセイは剃髪した。女は自らの望みが断たれたため、モイセイに重い傷を負わせた。この人を横たえると、杖でしたたかに打ち据えるように命じ、地面が血であふれるほどであった。ポーランド王ボレスラフが女の夫になるようモイセイを説得するが、モイセイは峻拒した。そして、最後を迎える。

女はこの人に対して権柄づくに振る舞い、破廉恥にもこの人を罪に引き入れようとした。ある時など、おのれの寝台に無理やりこの人を引き入れるよう命じ、愛撫し、接吻をあたえたが、このような誘惑をもってしても、おのれの欲望を遂げるよう仕向けることはできなかった。女はこの人を一日百回打擲するように命じた。最後には、恥部を切り取るように命じて言った。「わたしはこの男の美しさが惜しいとは思わない。ほかの誰かがこの美しさを味わわないためにも」。モイセイは出血のため、まるで死んだ者のように息も絶え絶えに横たわっていた。

それとほぼ時を同じくして、ボレスラフは原因不明の死を遂げ、リャフ人の地に反乱が起こってこの女も殺された。モイセイは、勇敢なるキリストの勝利者としてキエフ洞窟修道院の聖母のもとにやってきた。物語はそこで終わる。宗教説話のなかに、恋に狂った女の内面が生々しく描かれていることに、読者は驚かないであろうか。

残っているものは、シモンがポリカルプを叱責する激しい文言だけであるから、読者は忘れてしまいがちなのだが、シモンとポリカルプは心を通わせた親しい師弟であった。シモンにとっては、叱責によってポリカルプという年少の友を失うことは、癒しがたい喪失でさえあったかもしれない。チットとエヴァグリイの話を提示することで、シモンはポリカルプに暗に和解の提案をしているからである。であるならば、ポリカルプもシモンを慕っていたと考えて、おかしいことがあるだろうか。周囲はともかくシモンだけは自分のことを理解してくれると、ポリカルプは心のどこかであてにしていたのではないか。しかし、ポリカルプが主教位を望むにおよんで、シモンはきっぱりポリカルプを非難する側についた。これは、ポリカルプにとって思いもかけぬ打撃だったであろう。ここにおよんで、叱責に隠されてシモンがもちかけた和解の提案を、ポリカルプは縋るような思いで受け入れた。シモンのチットとエヴァグリイの話の返答として、ポリカルプはフェオドルとヴァシーリイの話を書いた。師であるヴァシーリイと弟子であるフェオドルは、同時にシモンとポリカルプであり、なぜ主教位を求めるなどという罪を犯してしまったのかというシモンの問いかけにたいして、ポリカルプは物語によって弁明をおこなっている。堕罪にいたる心理描写の鋭利さはじつに卓越したものがあり、近代小説のそれに全く引けを取らない。自分の心をここまでごまかしなく冷酷に突き詰められるということは、ポリカルプの改悛が本物であったことを示しているのではないだろうか。

七、堕罪と改悛——フェオドルとヴァシーリイ

「第三十三話フェオドルとヴァシーリイ[26]」は次のようにはじまる。

フェオドルは世俗の事柄をはなれ、富を貧しい者たちに施して修道僧となり、よく善行に励んだ。修道院長の命令によってヴァリャーグの洞窟と言われた洞窟の住人となり、長い年月そこで禁欲の生活にはげんだ。が、悪魔がこの人に惑わしと、乞食たちに施した財産のために少なからぬ悲しみをもたらしたので、この人は長いあいだ物思いにふけり、身体を疲れさせたので、修道院の食事に満足できなくなった。悪魔はこの人に誘惑をもたらしたので、彼は自分自身で判断ができなくなり、「何を食べるか、何を飲むか、何を着るか、思い悩んではいけない」と主が仰せられたことがわからなくなってしまった。フェオドルは、貧困ゆえに悪魔のために陰鬱な気持ちになり、自分の友達に悲しみをあからさまに物語った。

エラズムには財産を失った喪失感を癒してくれる同僚修道士がいなかったが、フェオドルには先輩修道士のヴァシーリイがいた。

修養をつんで完成の域に近い修道僧のなかで、この修道院の修道僧でヴァシーリイという人がいて、この人に言った。「兄弟、フェオドルよ。そなたにお願い申す。自らへの報いを台無しにしてはいけない。もしもそなたが、財産がほしいと言うのなら、自分が持っているものをすべてそなたに与えよう。そなたは神の前で『私が分かちあたえたものはすべてあなたへの喜捨です』といっておればよい」。

この言葉を聞いたフェオドルは神の怒りを大いに恐れた。フェオドルは喜捨として分かちあたえた黄金を惜しんだがゆえに、コンスタンティノープルで起こった事件を聞いていたのである。その人は教会の真中で倒れて死に、黄金と生命を二つながら失ったのであった。この事件を心にとめながら、フェオドルは自分の罪深さを泣き、そのような不行跡から自分を救い出した友を祝福した。二人のあいだには、大いなる愛が育った。

友愛のなかに芽生える堕罪の芽

エラズムにおいて提起された問題は、この物語の前振りですでに解決されている。これからがポリカルプの腕の見せどころである。頭ではわかっていても、心の底から納得がいかないということがよくあるが、そのあたりの齟齬をポリカルプは鋭くえぐりだしている。

このフェオドルは主の教えをよく守り、主のお気に召すことをおこなった。悪魔は彼を富で誘惑できなかったから、悪魔は傷つき、死の奸計をフェオドルに仕掛けてきた。ヴァシーリイは修道院長の命によって、とある仕事のために遣いに出されたが、悪魔はこれを自分の悪だくみを実行に移すのに絶好の機会が到来したと考え、この兄弟そっくりに姿を変じ、洞窟に入り、はじめは有益なことを言った。「フェオドルよ、そなたはこの頃どうしておる。悪魔との闘いは終わったかや。悪魔はまだ分けあたえた財産のことを思い出させ、富への愛着をかきたてて汚らわしいことをやっているのかや」。フェオドルはこれが悪魔であるとは気づかず、その兄弟がこれを言っているのだと思って、これに答えて言った。「あなたの祈りのおかげで、私は、今はよく過ごしております。あなたのおかげで、わたしは悪魔の吹き込む考えが耳に入らぬようになりました。今はもう、あなたが何をお望みになっても喜んでやりますし、あなたに背くことはいたしません。あなたのご命令のおかげで、魂にとって最高に有益なものを私は見出したのですから」。

フェオドルの分別と知恵がまだ借り物で自律的ではなく、師ヴァシーリイに依存しているにすぎなかったことが示されている。テクストはつづく。

兄弟だと思われることに成功した悪魔は大胆になった。なぜなら、フェオドルが神のことを思いにかけていなかったので、悪魔はこの人に向かってこう言った。「もう一つ、そなたに忠告を与えよう。この忠告によってそなたは魂の平安を得、じきにその報いを受け取るだろう。そなたは神に願い奉るだけで大量の黄金と銀を得ることだろう。そなたの洞窟に誰も入れてはならない。また、そなたも洞窟から外に出ることはまかりならぬ」。洞窟行者はそうすると約束した。そのとき、この人のもとから悪魔は出ていった。

この物語のテーマは、富への欲望への諌めであるが、シモンとポリカルプの関係がこの物語に投影していると考えることもできる。富を主教位に置き換えてみると、この物語における自叙の位相がはっきりしてくる。ポリカルプは、シモンを慕い、シモンのようになりたいと思っていた。シモンのような学識、見識、隣人愛を身につけたいと思うと同時に、シモンのように主教になってみたかった。筆者は、ポリカルプの主教位への渇望に、こうした子供じみたおねだりのようなものを感じる。怒りっぽかったり、虚栄心が並はずれて強かったり、そもそもポリカルプ自身にも問題はあったのであるが、この子供じみた、ある意味では、純真な心もちに、誘惑に屈したそもそもの根っこがあったのではないだろうか。つまり、ヴァシーリイの姿をした悪魔は、主教としてのシモンと、等価だったということである。

この抜け目ない悪魔は、気づかれぬうちに宝物についての想念をこの人に吹き込み、この人が神に「黄金がほしいのです。黄金をいただければ喜捨として分けあたえます」と言って祈るように仕向けた。すると、この人は夢に、悪魔が天使のように輝き、着飾っており、洞窟の中には宝物があるのを見た。このような夢をフェオドルは何度も見たのである。何日も経ってから、この人が指し示された場所に来てそこを掘りはじめると、宝物、たくさんの金銀と高価な器を見つけ出した。

フェオドルの祈りの言葉は、ポリカルプ流に言えば、「主教位が欲しいのです。主教になれば、みごと衆生を導いてみせます」とでもパラフレーズできるだろう。主教位を望むポリカルプにも、たとえば、人々の幸福に貢献したいといったような、ポリカルプなりの動機づけがあったのではないか。物語の以上のくだりは、ポリカルプの弁明にあたる。そこに着飾った光り輝く悪魔が現われるのであるが、悪魔というものはそもそも、得てしてこんな都合のよい夢を心地よく思い描いているときに、どこからともなく現われるものである。このイメージから推し量るに、ポリカルプは、一方でたしかにまた、主教のきらびやかな衣装にも魅せられていたようでもある。

このとき、ふたたび悪魔が兄弟の姿をしてやってきて洞窟行者にこう言った。「そなたに与えられた宝はどこにあるのじゃ。そなたのもとにあらわれた者がわしに言ったのじゃ。たくさんの金銀がそなたの祈りゆえにそなたに遣わされた、とな」。フェオドルは兄弟に宝を見せたくなかった。悪魔は金をもって外国に行こうという考えをひそかに洞窟行者に吹き込みつつ言った。「兄弟フェオドルよ、じきに報いがあると、わしは言ったではないか。あの方は言っておられる。『わたしのために、家、村、財産を捨てた者は百倍もの報いを受け、永遠の命を受け継ぐ[27]』。そして、すでにそなたは富を手中にしておる。その富はお前の好きなようにするがよい」。

ポリカルプの才覚に驚嘆したシモンは、修行を積めば主教になるのも決して夢ではないと、思わず漏らしたことはなかったであろうか。ポリカルプはシモンのそんな言葉尻からすっかりその気になってしまったのではないか。これ以降の堕罪の心理描写も、名人芸と言うほかない。筆者はかつてここにはフォークロアの魔法昔話の影響があると論じたことがある[28]。

ヴァシーリイの姿をした悪魔の誘惑に、フェオドルも必死の抵抗を試みるが、悪魔のほうが一枚上手であった。

洞窟行者は言った。「もしも富をわたしにお与えくださったならば、喜捨をいたしますと、神にお願いして、このために神は私にこの金銀を授けたのです」。悪魔はこの人にこう言った。「兄弟フェオドルよ、前にそうだったように、喜捨をしたためふたたび悪魔がそなたを苦しめぬように、気をつけるがよい。これは、神が、そなたが貧しい者にあたえた富の代わりに、そなたに賜わったものじゃ。それを受け取るようそなたに命ずる。外国に赴いてそこで必要なだけ村を買うがよい。財産を分かち与えるなど、そなたが死んだ後でよい。そうすれば、そなたの忌い出が残るであろう」。フェオドルは悪魔に言った。「わたしは現世と現世にあるすべてのものに別れを告げ、この洞窟で自らの生を終えることを神と約束したのだ。それなのに、今度は逃亡者となって世俗の住人になろうとしている。これは恥ずべきことなのではないだろうか」。兄弟と思われた悪魔は言った。「そなたは宝物を隠すことはできない。すべてが知りわたれば、すべては持ち去られるだろう。わたしがそなたに与える忠告を聞くがよい。もしも神のお気に召さなかったならば、そなたは財を授からなかったであろうし、わしに知らせもなかっただろう」。こうして、洞窟行者は兄弟を信じるかのごとくこの者を信じ、洞窟を出立する支度をした。

フェオドルがそうであったように、ポリカルプも堕罪にいたるまでは、内心の葛藤があったのである。事ここにおよんで、フェオドルもポリカルプ同様に、悪魔の誘惑に完全に屈してしまった。そこに用事で留守にしていたヴァシーリイがもどり、悪魔の奸計に気づいた。ヴァシーリイは、シモンがポリカルプにしたように、フェオドルの目を覚まさせようとするのであるが、悪魔をヴァシーリイであると思いこんでいたフェオドルは完全に混乱してしまう。ポリカルプもシモンの厳しい叱責に当初は動転したのではないだろうか。

ヴァシーリイは言った。「フェオドルよ。いったいそれはどういう意味なのか。そなたは、『昨日も一昨日も、あなたは四六時中私といっしょにいて私を教え導いたのです』と、しかと申したな。それは悪魔の幻であろう。神にかけて隠し事をしてはならぬ」。フェオドルは怒りを帯びてこの人に言った。「何がわたしを誑かしているのですか。なにゆえ、あなたはわたしの魂をかき乱すのですか。あなたは、さっきはああ言ったかと思うと、今度はこう言うのです。わたしは一体どの言葉を信じたらよいのですか」。そして、乱暴な言葉を吐きながら、このまま彼を自分のところから追い出してしまった。

シモンも、自分のふとした言葉がポリカルプを、主教位を望むほど増長させてしまったとは、夢にも思っていなかったことだろう。フェオドルは、ヴァシーリイと洞窟修道士たちの助けで、最終的にそれが悪魔の奸計であったことに気づくことになるが、ポリカルプも自己実現の対象を、主教位の追求から物語の執筆へと変えた。悪魔の誘惑を経験し、それに打ち克つことで、フェオドルは徳高い修道士に成長する一方、「掘り出した宝物は深い穴を掘ってそこに納め、土をかぶせ、以来宝がどこにあるかは誰も知らない」。

ここまではハッピーエンドの展開であるが、さまざまな試練を経て高い徳を獲得した修道士を襲う権力者の暴力について、ポリカルプは見て見ぬふりをすることはできなかった。

八、不条理の超克——ピミン

権力者たちの横暴

——第三十一話プローホル、第二十八話グリゴーリイ、第三十三話フェオドルとヴァシーリイ

権力者の横暴を容赦なく暴露する場面は、『キエフ洞窟修道院聖者列伝』には、主に三つある。権力の正当化のためにあったとさえ言える、中世の書き言葉の文芸においては、この意味で『キエフ洞窟修道院聖者列伝』は稀な例外である。

まずは「第三十一話プローホル」(29)である。この物語では、『原初年代記』の一〇九七年の項に書かれている内乱のために、ガーリチ地方から塩が入ってこなくなったキエフが舞台となる。塩の値段が高騰するなか、プローホルは僧房の灰を集め、祈りによって塩にし、民衆に配った。『キエフ洞窟修道院聖者列伝』を英訳したM・ヘッペルによれば、プローホルが常食としていたアカザという植物は、塩性の土壌で育ち、組織に塩を吸収するため、焼くと塩が得られたのだという(30)。塩商人たちは、儲けを奪われたことに腹を立て、プローホルのことをキエフ公スヴャトポルク・イジャスラヴィチに訴えた。スヴャトポルク公は騒乱を鎮め、富を我がものとしようと考え、プローホルから塩を奪った。

二つ目は「第二十八話グリゴーリイ」(31)である。この物語では、権力者の横暴は次のように描かれている。

洞窟からドニエプル川に水を取りに行ったグリゴーリイは、ポーロヴェッ人への出陣にさいしキエフ洞窟修道院からの祈りを乞いにやってきたロスチスラフ・フセヴォロドヴィチ公の軍勢に出会う。ところが、ロスチスラフ公の兵士たちはこの長老を見ると、恥ずべき言葉を投げかけてこの人を罵りはじめた。グリゴー

リイは、公と兵士たちが溺れ死ぬと予言した。神への畏怖をもっていなかった公は、グリゴーリイの言葉を心に留めず、グリゴーリイの腕と足を縛り、石をその首に結わえつけて水のなかに投げいれるように命じた。

ロスチスラフ公は、戦場から逃れる途中、グリゴーリイの予言どおり溺れ死ぬが、『原初年代記』（一〇九三年）と『イーゴリ軍記』のヤロスラヴナの祈りは、この若い公の死を荘重に悼んでいる。年代記が沈黙する公の別の側面が、『キエフ洞窟修道院聖者列伝』では明るみに出されている。

三つ目が、さきに見た「第三十三話フェオドルとヴァシーリイ」である。

悪魔はフェオドルとヴァシーリイの勝利を屈辱と感じ、この二人の聖人に復讐を企てた。悪魔は「公の従士のなかでも残酷で獰猛で気性も行動も芳しからざる者に目をつけた」。悪魔は「公の従士ふたたびヴァシーリイの姿をして、悪魔はこの従士にこう言った。「私がかつて住んでいた洞窟にいるフェオドルが、宝物、つまり、たくさんの金銀や高価な器を見つけ出し、これを持って外国に逃亡しようとしていたが、私が取り押さえた。もしそんなことにもなれば、そなたも宝を見つけられまい」。

従士は主人のムスチスラフ・スヴャトポルチチにこのことを告げた。ムスチスラフはフェオドルを拷問にかけたが、フェオドルは宝のありかはそもそも答えようがない。そこで、今度はほんもののヴァシーリイが呼び出されて尋問されたが、悪魔の誑かしであると主張するヴァシーリイと、あくまで宝を欲しがるムスチスラフ公とのあいだで話がかみ合わず、ムスチスラフ公は怒り狂った。ムスチスラフ公は酒を飲んで理性を失い、怒りに狂ったまま弓矢を手に取り、ヴァシーリイを刺し貫いた。フェオドルもムスチスラフ公のために命を落とした。

ポリカルプの生きた時代のキエフ・ルーシは、アンドレイ・ボゴリュプスキイ公（一一一一～一一七四）のヴラジーミルを中心とした領域統合の試みが失敗して、ほとんど戦国時代の様相を呈しており、人心も荒廃していた。修行によって悪魔の誘惑に勝ち、徳を獲得したとしても、聖者が権力者の欲得のために殺害されるとは、なんと荒んだ世の中であろうか。「現世において救いはないのか」。ポリカルプはこれらの結末において、激しく、ほとんど絶望的に、こう自問自答していたのではないのだろうか。

不治の病という不条理——第三十五話ピミン

世はまことに不条理きわまりない。権力者の横暴を容赦なく描き出すポリカルプは、それが痛いほどわかっていた。ポリカルプによる最後の物語である「第三十五話ピミン」[32]は、この不条理と悲惨のなかで苦しみもがく人間が、救済と真の信仰を見出す深い物語である。筆者はこの物語を評するのに「感動的な」という言葉を使うことができなかった。ピミンの置かれた状況がそれほどに悲惨で絶望的だからである。

ピミンについての物語をはじめるにあたり、彼が感謝の念をもって勇敢に病を耐えた、その重い苦しみから語らなければならぬ。

この至福の人は病気をもって生まれ育ち、病ゆえにあらゆる穢れをまぬがれて清らかであり、母の胎内にいたときから罪を知らなかった。その両親に何度も、剃髪して修道士の姿になりたいとせがんだ。両親は子供を慈しみ、自分たちの財産を相続する者を欲しがり、この人の意に反対した。だが、ピミンはすっかり弱ってすでに生きる望みがないと思われたので、聖者たちの祈りによって病を治し、修道士たちの手で聖なる天使の形姿を受けるために、洞窟修道院へと運ばれてきた。だが、父と母がピミンに剃髪をさせなかったので、ピミンは悩み苦しみ、自分の願いがかなうよう神に熱心に祈りはじめた。

ある夜、みなが外で寝静まると、輝くばかりの男の子らが蝋燭をもってピミンの横たわる部屋に入ってきた。この人々は福音書、上着、マント、頭巾、そのほか剃髪に必要なものを携えていて、こう言った。「私たちがそなたを剃髪してもよろしいか」。この人は喜んで彼らに約束して言った。「主があなたがたをお送りくださったのです。わがご主人さま。私の心の願いをかなえてください」。彼らは修道規則に書かれているとおりすべてのことを順番に行い、マント、頭巾はじめ必要なすべてをまとわせ、歌を歌い、偉大なる天使の形姿を授けると、この人に接吻し、ピミンと名づけ、蝋燭を灯して言った。「四十昼夜この蝋燭は消えないであろう」。これをすべて行うと、教会にゆき、布地に髪を包み、聖フェオドーシイの柩の上に置いた。

僧坊にいた兄弟たちは歌を歌う声を聞いて周りの者たちを起こした。みなはピミンの寝ている僧坊に集まってきたが、そこでピミンが喜ばしい様子で僧衣を身にまとっている姿を見た。人々は、誰に剃髪されたのかと訊ねると、ピミンは事の次第を話した。修道士たちは奇跡が起こったことがわかったので、これを正式の剃髪と認めることにした。ピミンはこのとき、剃髪をほどこした者たちから、「お前は病に苦しまなければならないが、あの世への門出が近づくと、健康が授けられて自らの両の手で寝台を持ち上げるだろう」と言われていた。

至福のピミンは長い間篤い病の床にあったが、この人に仕える人々がこの人をほったらかしにし、二日も三日も食べ物も飲み物もあたえず彼を放置することがしばしばあった。この人はこのようなことすべてを喜んで耐え忍び、すべてについて神に感謝を捧げた。

シモンによる「第十九話アファナーシイ」と同じく、病者や死者が貧しいがゆえに放置されるというモティーフが出てくるが、ポリカルプは鮮やかな状況設定によって、人間の身勝手さをより深い位相で追究している。病篤き人が洞窟修道院に運び込まれて剃髪を受け、ピミン同様にネグレクトされた。

ピミンはこの病者に言った。「兄弟よ、私たちが発する悪臭のゆえに人々は私たちの面倒を見てくれない。もしも主があなたを立たせてくれたなら、あなたはこの務めをするだろうか」。この病者は至福の人に自分が死ぬまで熱心に病人たちの面倒を見ると約束した。ピミンはこの人に言った。「主がこの人から病を取除いてくださいますように。健康になったらあなたの誓いを果たし、私と私と同じように病篤き者に仕えるがよい」。するとたちまち病者は立ち上がり、この人に仕えたが、至福の人の言葉どおり、病は怠け癖のある者、病者に仕えようとしないすべての者を襲ったのである。

病から治癒した兄弟はしばらくすると、ピミンの放つ悪臭ゆえに心のなかで彼を嫌悪して遠ざかり、飢えと渇きのうちに放置した。自分の部屋で横になっていると、突然、炎がこの男を焼き、三日間立ちあがることがかなわず、渇きに耐え切れずに叫び出した。「主のために、私のことを思い出しておくれ。渇きで私は死にそうだ」。別の僧坊でこの声を耳にした人たちが、この男のもとにやってきて男が病に憑かれているのを見ると、ピミンに知らせてこう言った。「兄弟よ、あなたの面倒を見ていた人が死にかかっています」。至福の人は言った。「一人は蒔いた種を刈るものだ。神に嘘をつき、つらい状態の私を見殺しにして、私を飢えと渇きのなかにほうっておいたので、自分自身がそんな目にあっているのだ。しかし、私たちは悪にたいして悪を返してはいけないと教えられている。行ってあの男に『ピミンがおまえを呼んでいる。立ち上がってここにくるがよい』と言うがよい」。人々がこの男のもとに行くと、病者は元気になり、誰の手も借りずにすぐさま至福の人のもとに行った。

ポリカルプはこの物語において明らかに、つらい状況のなかでは神や聖者にすがり、それを脱するとすっかり恩寵を忘れてしまう人間の身勝手を怒っている。ポリカルプの怒りのパトスは健在である。しかし、その一方で、人間というのはそんなものだという諦念も感じられる。「悪にたいして悪を返してはいけない」というピミンの言葉は、絶望したポリカルプがうつむき唇を噛みながら、自らの胸に呻くようにつぶやいた言葉でもあったにちがいない。ポリカルプの怒りのパトスは妥協することなく、かと言って、不当に他者を傷つけることなく、この世に正しく流れ出す道筋を見出したのである。

どん底で見出す希望の光

ピミンはこのような苦しみのなかに二十年間いて身罷った。亡くなるその日に、ピミンは元気になり、すべての僧坊をめぐった。この世の生から門出することを知っていたピミンは、みなに地に伏すお辞儀をしてお別れの挨拶とし、自分の寝台を担ぎ上げ、自分が葬られるべき洞窟を指し示した。そこには、二人の死者がすでに葬られていた。ピミンの末期の言葉は次のとおりである。

この夏、ここに二人の兄弟が埋葬された。一人は僧衣をまとって葬られ、一人は僧衣なしで葬られた。一方は何度も剃髪することを望みながら、貧しさゆえに兄弟たちから顧みられることはなかった。貧しさは罪の証と思われたのだ。この人は僧衣にふさわしい生き方をしたので、主がこの人に僧衣をおあたえになった。よき行いをした者にはあたえられ、よき行いをしてもいないのにしたと思っている者からは奪われる。よき行いをする者にはいつも報いがある。もう一人の兄弟は僧衣で葬られたが、生きている間には修道士たることを望まず、死にかけてから「この世を去ろうとしているときに私を剃髪してくれ」と言ったために、この兄弟からは僧衣は奪われた。このために彼から恵みは取り去られてしまったのだった。

彼はこう言われているのを知らなかったからだ。「主を賛美するのは死者ではない。私たち、生きたる者こそ主を讃えよう[33]」。「地獄で誰があなたに感謝をささげるでしょうか[34]」。もしも善行が苦しみから救い出すのでなければ、剃髪して僧形となることはこのような者に何の恵みももたらさない。

そして、次の結びの言葉は、キエフ洞窟修道院の修道士ほとんどみんなに当てはまるとポリカルプは捉えていたのではないだろうか。修道士たちへの秘かなる弾劾である。この場合、修道士たちというのは、人から栄誉を受けたいと思うな、神からのみそれを求めよ、とご大層な説教をしながら、結局は自分だけちゃっかりと主教位に収まっていた師シモンをも含む。なぜなら、シモンは、修道院内外のあからさまな不正にたいして、あえて声を上げることはなかったのだから。

もう一人、ずいぶん昔に埋葬された者がここにいる。僧衣は朽ちてはいないが、それは罪が暴かれ、裁きにかけられるために残ったのである。この者は僧形にふさわしくない振舞をし、「多く与えられた者は多く求められる[35]」と主が言われているのを知らず、怠惰と罪のうちに生涯を過ごしたからである。もしもアントーニイとフェオドーシイの祈りが救いをあたえなければ、この者は裁きに委ねられる。

これを最後まで言いおわると、「私を剃髪した人々が私を連れ去ろうとしている」と言った。ピミンはこう言うと、横たわり、主において眠りについた。

世はまことに不条理である。権力者は欲得のために徳高い聖者を殺し、貧しい病気の者は人から顧みられることはなく、その苦しみは蔑ろにされる。正しい生活を送りながら、誰からも褒められもせず、誰からも認められず、誰にも看取られずにこの世を去っていく者も少なくない。修道院の外はもちろん、修道院のなかにも救いはなかった。せめて主教にでもなれれば、少しは気が紛れたかもしれないが、その野心もあきらめざるを得なかった。神に見捨てられたように感じていたかもしれない。いずれにせよ、ポリカルプは、深い絶望に直面した。

なぜこのような没義道《もぎどう》が許されるのか。なぜ神は沈黙するのか。救済はほんとうにあるのか。ポリカルプは自問自答を繰り返しながら、この法衣をめぐるエピソードにおいて、しかしながら、どんなに状況が悲惨であっても神は報いてくださる、裁きは免れない、救いは必ずあるという確信に達したのではないだろうか。貧しいがゆえに現実の世界では人間から法衣をあたえられなくても、信仰があり神の御心に叶う生活をしていれば、死んだあとに神から人知れず法衣があたえられる。怒りっぽく、虚栄心が強く、すぐれた他者を認めることができず、他者を羨み、肉欲の誘惑に容易に屈してしまうポリカルプが、作家としての営みをつうじて成長し、人は人、自分は自分、信仰は自らの心のなかにこそあるという境地に達したのである。そのときポリカルプは、暴力という時代の病と、世の不条理と、自らの御しがたい性格とを確実に超克していた。

九、素朴さと着想の美――スピリドン

怒りのパトスからの脱却――第三十四話スピリドンとアリンピイ

ポリカルプの超克がほんものであったことを暗示する物語が、『キエフ洞窟修道院聖者列伝』に残されている。「第三十四話スピリドンとアリンピイ」[36]である。この物語において、ポリカルプは怒りのパトスから脱している。ポリカルプの精神に、新しい光が差しこんできたのだ。学識はないけれども、心穏やかに信仰を貫く素朴な修道士の起こした、控えめでつつましい奇跡の幻想性は、プーシキンが「発想と素朴さの美」と呼んだ『キエフ洞窟修道院聖者列伝』の魅力のもっとも特徴的なものだと筆者は考えている。物語を見てみよう。

うちに偽りをもたず、心に奸智をいだかぬ素朴な魂はすべて神聖なるものである。そのような魂の持ち主は神に対しても人間に対しても真実なる人間であり、神の御前で罪を犯すことができない。それ以上に、それを望まない。なぜなら、そのような人は神の器であり、自らの魂、身体、心を明るく照らす聖霊の住処だからである。

この神のごとき人、スピリドンは文盲でこそあったが、頭の悪い人では決してなく、町場の出ではなく、とある村から僧門に入った。心に神への畏れをいだき、聖書を学びはじめ、詩篇をぜんぶそらで覚えきった。修道院長、断食僧ピミンの命により聖パンを焼いていたが、この人とともに名前をニコディムというある兄弟が気質も心も同じくして働いていた。ふたりは聖パン工房で長年よく働き、間違いを犯さず敬虔に職務をこなした。スピリドンの口からもれる果実はまさに、生きたる言葉の供儀であり、すべての人々のためにあらゆるものについて神に捧げられたのであった。この人は絶え間なく詩篇を唱え、毎日を詩篇の朗誦に明け暮れた。薪割りであろうと、粉こねであろうと、働きながら絶え間なく口に詩篇を唱えていた。

あるとき、彼があらゆる敬虔さで日ごろの仕事に勤しんでいるときのことであった。そのとき、この至福の人がいつものように聖パンを焼くために竈に火を起こそうとしたが、炎が吹き上げ、パン焼き小屋の屋根を焼いてしまった。この人は自分のマントを取り、竈の通気孔を全部ふさいだ。そして、自分の上着の袖を結ぶとこれをもって井戸へかけてゆき、上着に水を注ぎ込むとすばやく戻ってきて兄弟たちを呼び、竈と聖堂の火を消そうとした。兄弟たちは駆けつけてみると、驚くべき現象を目の当たりにした。上着からは水が尽きることなく流れ出し、それが火を消していたのだった。

ポリカルプが最後に得たものは、突然に心を襲う怒りの発作に似た、突発的な火災という危機にさいして平常心を失わず、水が滾々と湧き出してそれを消し止めるスピリドンの上着のような、いかに日照りがつづこうが汲めども尽きない新鮮な湧き水のような、神への愛と信仰だったのではないだろうか。

宗教説話に滲出する自叙

以上において筆者は、『キエフ洞窟修道院聖者列伝』にはシモンとポリカルプという作家の自叙が潜んでいることを、さまざまな物語を紹介しながら示してきた。聖者伝文学は型の踏襲によって成り立っているという通念から脱して、物語にじっと耳を澄ませていると、彼らの自叙はおのずから聞こえてくる。

キエフ洞窟修道院の修道士であったシモンは、祈りと瞑想と禁欲の行に励み、衆望篤く、ヴラジーミルの主教となったが、その一方で、キエフ洞窟修道院の修道士たちの事績をよく記憶して、物語として再現する才能があった。シモンには、ポリカルプという貧困から身を起こして修道士となった弟子がいた。シモンはポリカルプと修道士たちについての様々な話を分かち合った。ポリカルプには、修道士たちの物語の勘どころを押さえ、それを表現力豊かに再現する特別な才能があった。

しかし、ポリカルプは文学的才能に恵まれていると同時に、自分の欲望を制御できぬという大きな欠点があった。この欠点のゆえに、ポリカルプはキエフ洞窟修道院の修道士たちとしばしば衝突したし、修道士でありながら秘かに女性と情交していた気配が濃厚にある。モンゴル侵寇直前のこの時代、修道院のなかも風紀が糜爛していた。そんななか、ポリカルプはキエフ洞窟修道院を出て、とある修道院の修道院長となり、さらにはキエフ・ルーシの貴顕たちに運動して主教位に就くことを画策した。事ここにおよんで、シモンはポリカルプを激しく叱責する書簡をポリカルプに送りつけ、キエフ洞窟修道院の縁起にまつわる物語と修道士たちの物語をその叱責の書簡に添えた。シモンはポリカルプに修道士としての本分に立ち返って、おのれの才能を物語の執筆に傾注するように促したのである。

シモンを慕っていたポリカルプはシモンの叱責を受け容れ、キエフ洞窟修道院の院長アキンディンに改悛の気持ちを伝える書簡を送り、作家としての自覚をはっきりと持ちつつ、精彩華やかな物語を執筆した。ポリカルプの物語は、その高い質において、文運が隆盛する国ロシアにおいても、屈指の文学である。そのなかで、ポリカルプは自らのだらしない女性関係を懺悔し、堕罪にいたった心理の綾を克明に分析し、修道院内外の当時の退廃を糾弾し、激しく葛藤しながら魂の救済を真摯に希求した。ポリカルプはシモンの叱責にたいして改悛し、自らの御しがたい心と戦いながら、衷心から懺悔をおこなったのである。残されたシモンとポリカルプの物語群は、シモンとポリカルプがその魂の深みにおいて交わした対話にほかならない。

彼らの物語においては、かけ値のない自叙が、静かに目覚めの時を待っている。

［註］

（1） D. Abramovič, Kievo-Pečerskij paterik (Kiev, 1931; repr., *Das Paterikon des Kiever Höhlenklosters*, Nach der Ausg. von D. Abramovic neu hrsg. von D. Tschizewskij. München, 1964).

（2） 『プスコフ洞窟修道院についての物語』は邦訳がある。三浦清美「プスコフ洞窟修道院についての物語――翻訳と注釈」『古代ロシア研究』二四号（二〇一七年）五七～九四頁。

（3） バーバラ・ウォーカー『神話・伝承事典――失われた女神たちの復権――』山下主一郎ほか訳（大修館書店、一九八八年）一二八頁。

（4） D. Čiževskij, *History of Russian Literature: From the Eleventh Century to the End of the Baroque* (The Hague: Mouton, 1960), 95, 98.

（5） V. P. Adrianova-Peretc, “Zadači izučenija ‘agiografičeskogo stilja’ Drevnej Rusi,” in *Trudy otdela Drevnerusskoj literatury* (hereafter *TODRL*) *T.20* (M-L.,1964), 42.

（6） Adrianova-Peretc, “Zadači izučenija,” 54.

（7） Iv. Duičev, “Epizod iz Kievo-Pečerskogo paterika,” *TODRL*, 24 (L., 1969), 89-92. ドゥイチェフは、この旧約聖書のエピソードそのものが、七世紀ビザンツの『復活祭年代記』でふたたび現れることを指摘している。ドゥイチェフはこのモティーフを明確に、「犯罪者がその場から動けなくなり、手や足やそのほかの部位が麻痺するが、そのあと、祈りがその犯罪人に治癒をもたらす」と定義し、同様のモティーフが『ミラノのアンブロシウス（三四〇ころ～三九七）伝』のギリシア語版、ラテン語版、ヘレノポリス主教のガラティアのパッラディウス（三六三または四～四二〇から三〇）、初期ビザンツの作家サゾメノス（四〇〇ころ～四五〇ころ）、ヨアニス・モスコス（五五〇～六一九）の諸著作、コンスタンティノープル教会のシナクサリウムそのほかに現れることを指摘している。

（8） T. N. Kopreeva, "Obraz inoka Polikarpa po pis'mam Simona I Polikarpa (opyt rekonstrukcii)," *TODRL*, T.24 (L., 1969), 112-116, particularly 114.

（9） T. N. Kopreeva, "Inok Polikarp – zabytyj pisatel'-publicist Kievskoj Rusi," in *Duxovnaja kul'tura slavjanskix narodov: Literatura, fol'klor, istorija* (L., 1983), 59-73.

（10） 「第十五話オニシフォル」三浦清美「『キエフ洞窟修道院聖者列伝』解題と抄訳（Ⅳ）」『電気通信大学紀要』二二巻、二〇一〇年、一一八〜一一九頁。

（11） 「第二十一話エラズム」前掲書、一二五〜一二六頁。

（12） 「第二十二話アレファ」前掲書、一二六〜一二七頁。

（13） 「第二十三話チットとエヴァグリイ」前掲書、一二七〜一二八頁。

（14） 「第十九話アファナーシイ」前掲書、一二一〜一二二頁。

（15） 「第十四話シモンのポリカルプへの書簡」三浦清美「『キエフ洞窟修道院聖者列伝』解題と抄訳（Ⅱ）」『電気通信大学紀要』二〇巻、二〇〇七年、六七〜七〇頁。

（16） 「第十四話ポリカルプのアキンディンへの書簡」前掲書、七〇〜七一頁。

（17） 「第二十話スヴャトーシャ」三浦清美「『キエフ洞窟修道院聖者列伝』解題と抄訳（Ⅳ）」『電気通信大学紀要』二二巻、一二二〜一二五頁。

（18） 『ルカによる福音書』一五章七節。

（19） 「第二十七話アガピット」三浦清美「『キエフ洞窟修道院聖者列伝』解題と抄訳（Ⅱ）」『電気通信大学紀要』二〇巻、七三〜七五頁。

（20） 「第二十五話ニキータ」前掲書、七一〜七二頁。

（21） 「第二十六話ラヴレンチイ」前掲書、七二〜七三頁。

（22） チジェフスキーは、「十八世紀、十九世紀において、『キエフ洞窟修道院聖者列伝』のテクストは宗務院の検閲に引っかかった。検閲は『誘惑に傾きがちである』と見なした文章を削除したのである」と指摘している（Čiževskij, *History of Russian literature*, 99）。

（23）　全文は、三浦清美「『キエフ洞窟修道院聖者列伝』解題と抄訳（Ⅱ）」『電気通信大学紀要』二〇巻、二〇〇七年、七九〜八二頁参照。
（24）「第三十話モイセイ」前掲書、七九〜八二頁。
（25）「第二十九話イオアン」前掲書、七七〜七九頁。
（26）「第三十三話フェオドルとワシーリイ」前掲書、八七〜九二頁。
（27）『マタイによる福音書』一九章、二九節。
（28）三浦清美「宗教とフォークロアのはざまで『キエフ・ペチェルスキイ修道院聖者列伝』におけるフォークロア・モティーフ」伊東一郎編『ロシア・フォークロアの世界』（群像社、二〇〇五年）一四一〜一五八頁。
（29）「第三十一話プローホル」三浦清美「『キエフ洞窟修道院聖者列伝』解題と抄訳（Ⅱ）」『電気通信大学紀要』二〇巻、八二〜八四頁。
（30）　Muriel Heppell, "Introduction," in *The Paterik of the Kievan Caves Monastery*, trans. Muriel Heppell (Cambridge, Massachusetts: Harvard University, 1989), xlix.
（31）「第二十八話グリゴーリイ」三浦清美「『キエフ洞窟修道院聖者列伝』解題と抄訳（Ⅱ）」『電気通信大学紀要』二〇巻、七五〜七七頁。
（32）「第三十五話ピミン」三浦清美「『キエフ洞窟修道院聖者列伝』解題と抄訳（Ⅳ）」『電気通信大学紀要』二二巻、一三一〜一三四頁。
（33）『詩篇』一一五章一七〜一八節。
（34）『詩篇』六章六節。
（35）『ルカによる福音書』一二章四八節。
（36）「第三十四話スピリドンとアリンピイ」三浦清美「『キエフ洞窟修道院聖者列伝』解題と抄訳（Ⅳ）」『電気通信大学紀要』二二巻、一二八〜一三二頁。

アレクサンドル・ブローク批評における「同語反復」

奈倉有里

ブロークが死んだ。いや、正確に言うならこの洞窟（1）に、家畜じみた生活に、殺されたのだ。しかるべき時に海外での療養をさせていたら、助けられたかもしれないというのに。一九二一年八月七日は、恐るべき日だ――一八三七年にプーシキンが殺された日のように。

エヴゲーニー・ザミャーチン（2）

プロローグ――終幕

一九二一年八月七日。同年の春から病床に臥せっていたアレクサンドル・ブローク（一八八〇～一九二一）が四十歳の若さで亡くなると、その直後から親交のあった詩人や批評家を中心に、膨大な量の追悼・回想・作品論などが書かれはじめる。以来この詩人の早すぎる死は、ときに神話化され、ときに推理小説さながらの陰謀説なども囁かれながら、論争の的になり続けている。現在の定説では、直接の死因は心疾患であるが、その衰弱と死を早めたのは物語詩『十二』執筆以降の創作意欲の消失や、革命や戦争による疲労と食糧不足などによる複合的な要因とみられている。死因の問題について本章で深く追究することはしないが、当時は「心内膜炎」という診断が下っており、後年の医療関連の専門家も、ブロークが病の本格的な発症のかなり前から扁桃腺の腫れや心臓の不調を訴えていること、いとこのゲオルギーが晩年のブロークについて「指先が腫れて膨らんでいた」と書いていることなどから、慢性的扁桃炎の悪化に伴う感染症性心内膜炎であろうという分析をしている。[3]

また、フィンランドでの療養を希望したブロークとその家族に対し政権側の対応が遅れたことについて、ソヴィエト時代にはレーニンが電報を受け取りそびれたという説など、なんらかの行き違いがあったという伝説めいた噂も囁かれていたが、ソ連崩壊後になってようやくアーカイヴの公開がなされ、その詳細についての研究が進んだ。現在の定説によると、ブロークの出国は、作曲家のセルゲイ・ラフマニノフ（一八七三〜一九四三）をはじめとした当時の亡命文化人がソヴィエトに対し否定的な発言をしていることを理由になかなか認められなかった。なかでも当時チェーカーの幹部であったヴャチェスラフ・メンジンスキー（一八七四〜一九三四）がヴラジーミル・レーニン（一八七〇〜一九二四）に宛てた書簡における「ブロークはいかにも詩人らしい性質の人間だ。なにかしらの出来事に対して良くない心証を受ければ、ごく自然に、我々を批判するような詩を書くだろう。私の見解では、彼を出国させるべきではない。環境のいいサナトリウムにでも入れておけばいい[4]」という判断が、出国拒否の決め手になったと推測されている。その後マクシム・ゴーリキー（一八六八〜一九三六）やアナトリー・ルナチャルスキー（一八七五〜一九三三）の働きかけによってようやく出国許可が降りたのは、死の前日、八月六日であった。七日、エヴゲーニヤ・クニポヴィチ（一八九八〜一九八八）はブロークのパスポート手続きのためにモスクワに出かけようとした矢先に訃報を受け取った。[5]

この問題が研究者の関心を引き続ける原因は、死に至る経緯の不明瞭さや当局との軋轢の問題性のみではなく、ブロークの死とその複合的な要因をいかに受け止めるべきかという問いが、伝記研究のみならず作品研究を進めるうえでも重要な意味を持ってくるからである。そういった視点からこの問題についていち早く重要な見解を示したのは、ブロークの死を「悲劇を演じ終えた俳優の死」と受け止めたボリス・エイヘンバウム（一八八六〜一九五九）であった。

ブロークの死は我々を震撼させた。だがそれは、彼がもう詩を書かないからではない――真新しい墓の前で嘘をつくことはすまい。〔……〕我々が震撼しているのは、ブロークの死が単なる偶然ではなく、あらかじめ用意された悲劇的結末、悲劇の第五幕であるからだ。観客は我々全員である。そしてなによりも、我々の前には混然一体となった二つの死がある――詩人の死と、人間の死である。〔……〕

しかし我々は彼の言葉のなかに、自分たちにとって感覚的に親しみのある「悲劇的遊戯」だけを見いだしていた。〔……〕彼は我々にとって自らを演じる悲劇の俳優となった。真の（むろん不可能な）芸術と人生の融合は、人生をも芸術をも破壊する残酷な舞台の幻影となった。我々は詩人にも人にも目を凝らすのをやめてしまった。我々は悲劇的な俳優の仮面を見、彼の演技の催眠術に身を任せるようになった。我々は感情の表情を追い、ほとんど言葉を聞こうとしなかった。麗しき貴婦人の騎士、空虚を思うハムレットは、人生を燃やす狂気の人であり、酒場のテーブルから離れられずにロマの魅惑に身を任せる混沌と死の暗い予言者であり、それらはすべて我々にとって、あるひとつの悲劇の一貫した、理にかなった進展であり、ブロークはその悲劇の主人公であった。ブロークの詩は我々にとって悲劇を演じる俳優の感情を表すモノローグであり、ブロークは自分自身という仮面を被った俳優であった。

そして――その悲劇に突然の終幕が訪れた。劇の進展のなかで準備された舞台上の死は、しかし本当の死であった……。

そうして我々は震撼している――まるで、悲劇の第五幕で俳優が本物の血を流しているのを見て驚いた観客のように……。

戯曲は終わった。ハムレット――ブロークは本当に死んだのだ。

（エイヘンバウム「ブロークの運命」一九二一）(6)

実際、ブロークは少年時代には俳優を目指していた。十七歳のときに書いたアンケートでは将来の夢を「帝立劇場の俳優」と書いているし、別荘地で行われたアマチュア劇で、のちに妻となるリュボーフィがオフィーリアを、ブロークがハムレットを演じたエピソードはあまりにも有名である。創作の面でも、初期にはシェイクスピア、のちにイプセン、後期にはストリンドベリといった劇作家がブロークの作品に強く影響を与えたことは広く知られている。

しかしエイヘンバウムの慧眼は、ブロークに俳優のイメージを重ねることの妥当性にはとどまらない。重要なのは、ブロークが死んだという「悲劇の終幕」を示すと同時に「我々」─「読み手」の問題を明示していることである。ブロークが演じきった「悲劇」に魅了され、その詩をモノローグと捉える「我々」は、「感情の表情を追い、ほとんど言葉を聞こうとしな」いまま、催眠術にかかったように詩人の言葉を繰り返すことしかできない。舞台上の演出だと思われた死は、生身の人間の死であった。終幕まできてようやく本物の血を見て驚いた我々読み手（＝観客）には、もはやわからない――どこまでが「俳優の演技」で、どこからが「本物の血」だったのか。実人生という、どれほど長大な作品と比べてもはるかに膨大な、そして（書簡や日記や手帳や回想録といった資料は残されているとしても）大部分は文字にもいかなる形としても残されていないものが「舞台」であるのなら、その生きた舞台で演じることのできる唯一の人間の死後に残されたモノローグはいつまでも、真に生きるべき場所を永久に失ってしまった断片でしかない。

言い換えるならここでエイヘンバウムは、のちに批評家や文学研究者を悩ませる、ブロークの詩について叙述することの難しさの重要な要因が、この「舞台」と「モノローグ」の不可分性にあることを、すでに示しているともいえる。

だがもし「舞台」が実人生を指し、「モノローグ」が詩や創作全般を指すというのなら――つまりその「困難」の理由が、実人生と詩の不可分性を指すのなら、むろん詩人の実人生と作品の結びつきの密接さを主張すること自体は決して目新しいことではないし、ブロークに限った問題でもない。それは潜在的に抒情詩一般の抱える問題であるし、とりわけ当時の象徴主義詩人たちは、ヴラジスラフ・ホダセーヴィチ（一八八六〜一九三九）も言うように、意図的に創作と現実の境界をなくそうとしていた(7)。

しかし、いかに詩と詩人の実人生が不可分であり、いかにその「実人生」における「事実」を実証することが困難であったとしても、さらには詩人が自ら意図的に俳優の仮面を被り、読者がその詩をモノローグと捉えることに慣れきって「ほとんど言葉を聞こうとしなかった」としても、のちになって改めて作品を捉えなおすこと、分析することが不可能だということにはならないはずである。実際、ブロークの詩学を分析する試みは二十世紀を通して数多く行われてきたし、ヴィクトル・ジルムンスキー（一八九一〜一九七一）やザーラ・ミンツ（一九二七〜九〇）らの研究に代表されるような個々の詩の詳細な分析も行われてきた。にもかかわらず、たとえばブロークの「詩学」ひとつをとってみても、研究者のあいだに「定説」と呼べるほどの定まった見解が存在しているとは言い難い。ドミートリー・ブィコフ（一九六七〜）は近年の文学講義のなかで、このようなブロークを分析することの困難と定説の不在について「ブローク研究と呼べるような研究分野は存在しない」と断言したこともある。ではそれほどまでに我々に「分析すること」を拒む要素とは、どういったものなのだろうか。

むしろ問題の所在は「実人生と創作」の不可分性といったことではなく、「舞台とモノローグ」の類比を生み出してしまうもの、あるいは我々が常にそう捉えがちであることにある——と考えることはできないだろうか。ブロークの書いたもののうち、詩が「モノローグ」であるならば、論評や自伝的叙述などの散文は、詩≒モノローグよりも「舞台」により近いもの、あるいは「舞台」を創り出すためのものであったとも仮定できる。だとするならば、詩とそれらの散文が密接に合わさることによって、今なお我々を「観客」たらしめんとする——その構造そのもののなかに、分析を「困難」にする要素があるのではないか。

かつてノースロップ・フライが述べたように、「調査研究や学術雑誌と結びつけて考えられる種類の批評は、詩を言語資料として扱い、詩をそこに反映されている歴史や観念とできるだけ深く関係づけようとする。この種の批評にとっては、詩は、最も明示的で記述的であるとき、またその想像的仮設の中核が最も容易に分離できるとき、いちばん価値がある[8]」。

言い換えるなら、この明示的で記述的な要素が低くなればなるほど、詩の学術的な分析は困難になる。エイヘンバウムによる「我々は悲劇的な俳優の仮面を見、彼の演技の催眠に身を任せるようになった。我々は感情の表情を追い、ほとんど言葉を聞こうとしなかった」という批判は、フライがマラルメの詩について指摘するような問題とも重なってくる。それはブロークの詩が、「この意味は何か」という質問に対して記述的内容の回答を求めてはいけない、詩の統一は気分の統一として理解するのが最もよいという読みを引き出すような詩であった——フライの定義でいうところの「純粋」詩、すなわち論述的意味があるとだめになってしまう「情緒喚起的言語構造[9]」に起因することを示唆するものであろう。ブロークの件についていうならば、この問題は二十世紀の文学研究史において、ついに解決の日の目を見ることがなかった。

しかし、ブロークは創作のなかで例外的になにかを「主張」することがある。それは、詩「友人たちへ」（一九〇八）およびいくつかの論評にみられるように、批評の否定、あるいは批評によって損なわれるものの多さへの言及である。

ブロークのこのスタンスと、基調となる詩が「純粋」詩であることを併せて考えたとき、ブロークが十九世紀までの文学史のなかで形成されてきた「詩人」の伝統的な姿勢を踏襲していることは明らかであり、フライのいうように、「［詩が読者に］もし直接的に語りかけるとすれば、詩人は読者や批評家にある不信の念を懐いていて、この連中は手掛りを与えてやらなければ自分の言わんとする意味を解釈することができないと見きわめをつけ[10]」たためであろう。

しかし、そうであるならばブロークの詩の基調となる「純粋」なる部分に焦点をあて、その詩がいかなる意味を含有するかという観点から分析を行おうとすれば、たちまち厚い障壁が立ちはだかる。詩の根本が抒情の喚起を目的とし、そのテクストが固有名詞の定義の曖昧さ、非辞書的な言語定義、撞着語法、パラドクスを多く含む場合、そこから詩の意味、あるいは詩人の意図を回復させるという目論見をたててしまえば、厳密には詩のなかに含まれないものをどこか別の場所から補うことで（概して個々の執筆者の「理念」に引っ張られた）「意図の誤謬」[11]を免れない。また、もしそうでないものが可能であるとしても、それはパステルナークのような詩的オマージュを試みるか、あるいは専門用語を羅列することによってテクストの意味を学術用語の言語空間にスライドさせるという学術めいた遊戯を行うほかなく、いずれの場合も芸術作品の意図は「ある種の同語反復《トートロジー》によってしか表わしえない」[12]ことの再確認にしかならないだろう。

ところがこれまでのブローク研究および批評は、この「誤謬」と「同語反復」という二つの両極に奇妙なまでに引き裂かれることによって、多種多様の解釈のヴァリエーションを生んできた。本章ではまず二十世紀の文芸批評において「同語反復」が優位に立ってきたことを中心に、彼らがブローク自身による批評の否定に少なからぬ影響を受けてきたことを振り返り、研究や教育と結びつけられて考える類の批評とも比較しながら考察を加えたい。

一、批評家を黙らせるブローク

ブロークを分析することが困難であるという言説において現在に至るまで重要な位置を占める発言を残しているのは、コルネイ・チュコフスキー（一八八二〜一九六九）である。ブロークと直接の親交があったチュコフスキーによる『人間としての、詩人としての、アレクサンドル・ブローク』（一九二一〜二四）は幾度も再版されて広く読み継がれており、ブロークについて書かれた研究書においても度々引用される。このなかで、チュコフスキーは次のように語る。

彼ら〔作家や詩人およびその創作〕の影響だとか反映だとか思潮だとかをすべて数えあげることはできるし、それで学術書によく似た本を書くこともできるだろう。その本には学識は多く含まれるだろうが、ひとつだけ足りないものがある――ブロークだ。ブロークは、ほかのすべての詩人と同じように唯一の現象であり、その心は誰にも似ていない。もし我々が彼の心を理解したいと願うなら、我々は彼がたまたま誰かと似ている点を探すのではなく、誰にも似ていない点を探すべきだ。〔……〕文学潮流だとか、流派、影響、反映、伝統、グループ、そういったものの外にあるものを見ることによってのみ、私たちは詩人の作品世界を開くことができる。彼をなにかの流派の代表者として見た瞬間に、私たちにとって彼の詩は死んでしまい、遠ざかってしまう――つまり、詩ではなくなってしまう。詩はそれを学ぶためにあるのではなく、それによって生きるためにある。ブロークがシンボリストであろうと、アクメイストであろうと、新ロマン派であろうと、どうだっていい。彼の詩が私の胸をざわめかせばそれでいい、その贅沢を体験したいと願うのであれば。〔……〕そもそも私たちは彼の詩のなかに、稀有な、不思議な「何か」を見いだしたいのではないのか――ナイーヴで、皆に忘れられた、恥ずかしくて、不名誉な――心というものを。〔……〕ここで心などというものを持ち出すのが場違いなのはわかっている。シンボリズム、古典主義、ロマン主義、バイロン主義、新ロマン主義等々といった立派な分類があるのだから〔……〕。たとえばもしバイロンに心などというものがなかったら、そのほうが、バイロンについての論文を書いている世界中の大学講師たちにとってどんなに都合がいいだろう。まるで彼が生き、創作していたのは、彼について論文を書いている無数の大学講師たちのためであったかのように。けれども詩人には心がある〔……〕。その心は、狂信的分類主義者たちの手からは抜けおち、心でしか理解することはできない。Ante Lucem の意味も知らずに『ブローク詩集』の綴じをヘアピンで切り開いている女子高校生のほうが、ブロークの詩をずっと生き生きと、新鮮に、まるごと理解し、自分の血にしみこませ、詩によって孕み、創造的に詩に達しているかもしれない。心を失ったままひたすら流派だとか影響だとかにとらわれて「心」などというものを忘れている大学の学部全部を合わせたよりも、ずっとだ。文芸批評界隈にはそういった、心を失った批評家が山のようにいて、自らが盲目であることを長所のように考え、自慢さえしている。(13)

ブロークの死後まもなくして書かれたチュコフスキーのブローク伝は全体的にやや感傷的で実証不可能な主張が中心であり、「心」をひきあいに一手に敵に回している「〔文学について〕論文を書いている世界中の大学講師」への批判は一見したところ単なる主観的な偏見にも見える。そのうえ読者が「心」だけを頼りにヘアピンで詩集の綴じを開くことしかできないのであれば、我々はエイヘンバウムが「催眠術にかかった」と呼んだ状況から一歩も踏み出すことができず、いかなる分析も成り立たないし、詩情の分析は不可能であるというありふれた一般論を繰り返すことにもなりかねない。しかしブロークに関していうのならば、この問題は必ずしも一般論や偏見としてのみ処理できる問題ではない、根の深い問題なのである。チュコフスキーはブロークの詩「友人たちへ」を引用し、次のように続ける。

ブロークはいつも熱心に、そういった連中から自らの心を守ろうとしていた。
「黙れ、忌まわしい本よ！／僕は君たちを書いたことなどない！」
と、彼は後年の詩のなかで叫んでいる。どこかの歴史学者が彼のできそこないの心について首尾よく書きあげた大仰な本を思い浮かべたその瞬間に——

「生きることがかくも難しく／つらく、祝祭的なのは悲運だ。／あげく大学講師の功績となったり／新人批評家を生み出したりするなんて」

ブロークは、その困難で祝祭的な人生を、のちに生気のない文学教科書にしてしまうだろう連中を、事前に軽蔑していた。〔……〕

ブロークはこのようにして、心を失った連中から自らの心を守ったのである[14]〔……〕。

ブロークのこの詩は、後述するように同じような文脈のなかで度々引用されるようになるし、ブロークの「批評家嫌い」を証拠づけるものとして引用されることも多い有名なものだが、しかしチュコフスキーの主張は、単にこの詩の一義的な解釈のみから生まれたわけではない。実は、チュコフスキーの論評全体が、生前のブロークとチュコフスキーとの文壇上のやりとりを反映し、ブロークが書いた複数の詩や論評のなかにみられる主張をほぼそのまま引き継いだものなのだ。ブロークの著した文芸批評に関する論評は、研究史上長らくあまり重視されてこなかった。その理由のひとつはむろんソヴィエトにおいて「象徴主義」に関連する論評全体が軽視される傾向にあったことではあるのだが、象徴主義にもブロークにも理解のあったイヴァノフ＝ラズームニク（一八七八〜一九四六）でさえ、ブロークの論評に関しては「ブロークの書いたもののなかで最も弱い」ものとして、まともに扱わなかった[15]。実際、同時代の他の象徴主義の論客――知識欲が旺盛で論理的なヴァレーリー・ブリューソフ（一八七三〜一九二四）や、美学的考察を雄弁に語るヴャチェスラフ・イヴァノフ（一八六六〜一九四九）や、哲学的な洞察力のあるアンドレイ・ベールイ（一八八〇〜一九三四）らと比較しても、ブロークの論評は一見あまりにも無防備で破綻が多く、論評の体をなしていないように見えるものさえある。しかし本章にとって重要なのは論評としての構成の強さでも論理性でもなく、それらがいかに強くブロークの詩学と結びついているかということであり、またいかにその後ブロークについて書かれたものに影響を与えたかということである。以下に、この視点から見たときにわけても重要と思われるブロークの三つの論評――「絵の具と言葉」「抒情詩人について」「現代の文芸批評について」から重要部分を抜粋する。

（一）「絵の具と言葉」――批評家批判の原点

「芸術家は子供でいよう、『見る』ことを学ぼう、考えすぎのおじさんたちの批評を笑い飛ばそう」

「絵の具と言葉」は、一九〇五年の夏から冬にかけて書かれ、一九〇六年『金羊毛』誌の第一号に発表された。この論評は当時の文芸批評に対する批判を中心テーマとしており、冒頭でブロークは当時の現代文学を平野に喩え、批評をその平野に生える木に喩えている。

現代文学に関する一般的な概念について考えるとき、僕は広い平野を思い浮かべる。その平野には天空が毛布のように低く重く覆いかぶさっている。そこかしこに不格好に立っている枯れ木は、神聖な空の布を力なく持ち上げて盛り上げようとする。所によっては枝が空を突き抜けてしまっていて、木は自らの痩せこけた、生気のない裸の幹をさらしている。

そういった見当はずれな、ほとんど枯れている木々こそ、いわゆる芸術批評である。その木々には時折、人工的に新しい枝が接ぎ木されるが、何をしても腐った幹は生き返らない。

これらの木偶の坊のあいだでいま最も好まれているのが「シンボリズム」の概念だ。この概念は大切に手入れされ、接ぎ木をされたり苔を植えられたりしているが、その幹は滑稽で、曲がりくねり、空洞で、乾いている。なによりも重要なのは、その木が空の布を傷つけ、穴をあけてしまったことだ。批評家たちはシンボリストの「潮流」について多言を費やし、芸術家に「シンボリスト」のレッテルを貼る。批評家は芸術家を四方から取り囲み、服を剝ぎとろうとする。ときには、これはまるで太古の昔にやられていたようにまったく非文化的なことだが、服が芸術家に合わない場合に、批評家は芸術家の手足を——最悪の場合は頭を、切り落としてしまうのだ。〔……〕

こういったことが最も頻繁に起こるのは、どういうわけか言葉の芸術家に対してだ。稀に器用な批評家が画家をつかまえることもあるが。僕が思うに、これは往々にして作家が大人の特性を備えていなければならないと思われているせいだろう。けれど、大人の特性などというものは良いところばかりではまったくない。大人は、合理的な判断ができ適度に懐疑的であり、臨機応変に対応し機能性を重視するとともに、たいてい疲れていて、頭が固く、賢くない。大人というものは往々にして賢さや簡明さに欠ける。

画家に関して言えば、そういった「社会的な」立場など、とうに求められなくなっている。〔……〕

絵画は子供でいることを教えてくれる。絵画は、考えすぎの批評を笑い飛ばすことを教えてくれる。〔……〕絵画は語る——「私は自然だ」と。けれども作家は、不満げで活気のない顔をして「私は死した物質を再生成しなければならない」と言う。

けれどもそんなのは、嘘だ。なによりもその活気のなさと形式の抽象性に嘘があるし、大事なのは、多くの生物の住む生きた自然は、その広大さと色彩を粗末にする者には復讐をするということだ。シンボリズム的でもなければ神秘的でもない、簡明だからこそ素晴らしい色彩を。森や野原や沼に住む生物を知らないという者は（そういった無知な人が実際たくさんいるのを僕は知っている）、見ることを学ぶべきだ。

もし見ることを学んだのなら、乾いた幹は斧など入れなくてもおのずから倒れるだろう。そうすればもう、空も穴をあけられることはないだろう。おじさんたちの考えすぎの批評のおもちゃは、家のいちばん隅にでも投げやってしまえば——いや、持ち上げて、ペチカの火にくべてしまえばいい[16]。

「絵の具と言葉」の執筆は、ブロークがシンボリズムと最初に明確な距離を示した時期に重なる。のちのアクメイズムの論客への影響をはじめさまざまな点で重要な論評だが、本章にとって肝心なのは、ブロークが論評を書き始めたその当時から明確に「批評との距離」を表明していることである。

（二）「抒情詩人について」
——「僕は、そうしたいんだ」「詩人の名を文学潮流の表に書き込んではいけない」

「抒情詩人について」は、一九〇七年『金羊毛』誌の第六号に掲載された。批評家同士の対立が激化し、「批評の危機」が話題の中心になっていたこの時期に書かれた論評は、全体として当時の論争の文脈を踏まえてはいるものの、ここでブロークが中心に据えているテーマの発生は一九〇三年のベールイとの書簡にさかのぼるものであり、詩人としてデビューした当初から一貫して持っていた批評に対する問題意識をよりクリアな形で表明している。ブロークはこの論評で、「僕は、そうしたいんだ」という抒情詩人のモットーと、詩人を潮流によって分類分けすることがいかに無意味かという批評の問題を関連付け、次のように主張する。

僕は、そうしたいんだ。もし抒情詩人がこのモットーを忘れ、なにかほかのものに変えてしまうのなら、彼は抒情詩人ではなくなってしまうだろう。〔……〕
詩人は、お互いに異なる点において面白いのであって、共通点によってではない。〔……〕だから、詩の潮流に関する問題は、二義的なものでしかない。〔……〕
だから、潮流や「世界観」や「世界の感じかた」によって詩人をグループ分けすることは、空虚で不適当な行為だ。抒情詩人に蓋をしてはならないし、あれやこれやの表を作ってそこに抒情詩人の名前を書き込むようなことをしてはならない。おあいにくさま、抒情詩人はいくつもの欄を飛び越えて、表を書いた批評家がいちばん行ってほしくない場所へ飛び込んでしまうだろう。詩人はいかなる文学傾向にも届しはしない。

詩人は決して「美学的個人主義者」にも「純粋なシンボリスト」にも「神秘的リアリスト」にも「集団的個人主義者」にもならない[17]。〔強調は原文〕

詩人をなんらかの「潮流」の欄に書き込むことを否定しながら、「僕は、そうしたい」というモットーを唯一のものとして掲げる――この姿勢は生涯にわたりブロークの詩学を貫いている。

（三）「現代の文芸批評について」――「足場のない批評」と「先入観に基づく批評」

「現代の文芸批評について」は、一九〇七年十二月四日付の『時間』紙に掲載された。ブロークはこの論評のなかで当時の文芸批評の傾向について「足場のない批評」と「先入観に基づく批評」の二つの傾向を示したうえで、前者の例としてチュコフスキーを、後者の例としてアンドレイ・ベールイとジナイーダ・ギッピウス（一八六九～一九四五）を挙げて批判した。チュコフスキーについては彼の才能を認め高く評価するとともに、その問題点を次のように指摘している。

チュコフスキーのひとつの傾向として、ある「レッテル」あるいはひとつの考えに固執するというものがある。彼にとってそれはいわば尻尾であり、それを引っ張ってありとあらゆる作家を引きずり回し、ついにはその尻尾を捨てて別の尻尾をつかまえる。アンドレーエフは「世界との闘争」という尻尾をつかまえて引っ張りまわされたし、チュコフスキーの大嫌いな「神との闘争」の尻尾は、瞬く間に〔セルゲイ・〕ゴロデツキー〔（一八八四～一九六七）詩人〕、ヴャチェスラフ・イヴァノフ、〔リディヤ・〕ジノヴィエヴァ＝アンニバル〔（一八六六～一九〇七）作家、ヴャチェスラフ・イヴァノフの妻〕、オシップ・ディモフ〔（一八七八～一九五九）作家〕らが摑まれた。さらにはアイヘンヴァリドとアンネンスキイが「短絡的思考」という尻尾を摑んで引っ張り出された（『レーチ』誌一七〇号）。それからロシア文学の「モザイク性」と、熱狂の喪失というものについて語りだした（『レーチ』誌一七七号）〔……〕。だがこれこそが「モザイク」ではないだろうか。思うに、チュコフスキー自身に「継続的な熱狂的思考」が欠如していて、それで彼は皆のさまざまな尻尾を摑んでは引っ張るばかりで、文学界に起きている現象をまとめようという努力をしない、現代文学の原動力となる神経をどうにかして見つけようとはしないのだ。〔……〕

〔一方〕他の批評家の一部は、題材の不足から、彼らに特有の悪しき慣習によって、なんらかの作家を持ち出しては「神秘的無政府主義」のレッテルを貼り、それを立証してみせようとしはじめた（例えばアンドレイ・ベールイのように）。もしくは、妥当なところで定義を投げ捨てたはいいが、その定義を背負っていたはずの人物をとりあげ、その人物を誹るようになった（これは特にアントン・クライニーやタヴァーリシチ・ゲルマン〔どちらもギッピウスの筆名〕に当てはまる）。

〔……〕もし僕たちがあるとき突然、こういった定義が無意味な言葉だとわかったなら、それらの言葉はその瞬間にすべて死ぬだろう、すべての出来損ないの言葉と同じように。[18]

この論評におけるベールイやギッピウスに対する直接の批判は、象徴主義の理論との対立および実生活での対立によって説明されがちであるが、たとえそういった要因も含まれるにせよ、ブロークは主にこの時期――「絵の具と言葉」が書かれた一九〇五年から論争が激化した一九〇七〜〇八年にかけて発表した論評において表明した文芸批評への懐疑的な見方を、後年まで変えることはなかった。

ここで、チュコフスキーの『人間としての、詩人としての、アレクサンドル・ブローク』がいかにブロークのこれらの主張を引き継いでいるか、あらためて整理してみよう。

①「ブロークは、ほかのすべての詩人と同じように唯一の現象であり、その心は誰にも似ていない。もし我々

が彼の心を理解したいと願うなら、我々は彼がたまたま誰かと似ている点を探すのではなく、誰にも似ていない点を探すべきだ」というチュコフスキーの主張は、「抒情詩人について」における「詩人は、お互いに異なる点において面白いのであって、共通点によってではない」というブロークの主張をほとんどそのまま繰り返している。とりわけ興味深いのは、チュコフスキーが「ほかのすべての詩人と同じように」と書いていることだ。つまりチュコフスキーは単に「ブロークは唯一の存在である」と言っているのではなく、そもそも詩人というものはそれぞれが個々の現象である、というブロークの考え方そのものを受け継いでいることになる。

② 「文学潮流だとか、流派、影響、反映、伝統、グループ、そういったものの外にあるものを見ることによってのみ、私たちは詩人の作品世界を開くことができる。彼をなにかの流派の代表者として見た瞬間に、私たちにとって彼の詩は死んでしまい、遠ざかってしまう――つまり、詩ではなくなってしまう」という主張は、「絵の具と言葉」や「抒情詩人について」のなかでブロークが再三にわたり否定していた「潮流」に詩人を当てはめる批評への批判を受けている。

③ さらに「ブロークがシンボリストであろうと、アクメイストであろうと、新ロマン派であろうと、どうだっていい。彼の詩が私の胸をざわめかせればそれでいい、その贅沢を体験したいと願うのであれば」と念を押すチュコフスキーの文章の発展のさせ方は、「詩人は決して『美学的個人主義者』にも『純粋なシンボリスト』にも『神秘的リアリスト』にも『集団的個人主義者』にもならない」と念を押すブロークの論調によく似ている。

だからチュコフスキーが、ブロークはその人生を「のちに生気のない文学教科書にしてしまうだろう連中を、事前に軽蔑していた」と書いたのは決して大げさな言い回しではないし、一連のブロークの論評と、チュコフスキーが引用したブロークの詩を合わせて考えるならば、「〔文学について〕論文を書いている世界中の大学講師」への批判も、チュコフスキーが自らの見解を述べたものというよりは、ブローク自身の見解を繰り返したものと捉えるほうが妥当である。言い換えるならば、チュコフスキーはブロークの批判が自らに向けられたものであったからこそそれを真摯に受け止め、ブロークがいかにして「心を失った連中から自らの心を守った」かを、誰よりも実感していたのであろう。

一方、ベールイのほうは「現代の文芸批評について」の批判に対し即座に「才能ある詩人ブロークが『混乱した』批評家になった」「ブロークよ、君は子供だ、批評家じゃない！」と反論し、両者の対立関係は深まることになる。この論争の発端となったのは文学観の違いよりもむしろ実人生での対立が重要だと言われているが、二年前に書かれた「絵の具と言葉」のときからブロークが批評家との軋轢のなかで作家や詩人に対し常に守れと呼びかけていたものは、まさにその「子供であること」だったのだから、この反論はある意味では的確でもあった。しかしベールイはのちに「シンボリズム」（一九一〇）のなかで、現代の批評の「主観性」と「インテリゲンツィヤの足場の欠如」についてこのときのブロークに似た批判を展開する。さらにこの「足場の欠如」は、ブロークの「インテリゲンツィヤと革命」（一九一八）のなかでは、インテリゲンツィヤの必須要素として描かれるようにもなる。この経緯については別稿に論ずるが、ブロークがベールイに与えた影響はチュコフスキーと比較すると際立って複雑であり、反発し合いながらもお互いの言葉をどこかで繰り返していくような相互的な引力をもったものであった。こういった論争の末に、ブロークの死後ベールイがブロークについてどのような批評をしたのかについては、次節で述べよう。

二、「後世の歴史家」恐怖症

エスエル党員の文芸批評家アレクサンドル・ギゼッティ（一八八八～一九三八）もまた、ブロークの死の直後に発表した論評「ブロークについて」（一九二二）において、チュコフスキーと同じようにブロークの「友人たちへ」の一節を引用し、次のように論ずる。

ブロークは「立派な論文」を書く「後世の歴史家」が「なんの罪もない子供たちに、生没年や嫌気のさす引用の山を覚えさせて苦しめる」ことを誰よりも怖れていた〔カッコ内は「友人たちへ」の一節〕。

しかし我々はアレクサンドル・ブロークの同時代人として、黙っているわけにはいかない。我々にとってブロークは常に唯一の心の友人であり、我々は彼の創作を時代の声として、この世代の心の開示として感じとっているのだから。まさにそのような個人的な気持ちのつながりによってのみ、とてつもなく深く強いブロークの影響を、「文学的」にはほとんど表現されていない、けれども確かに「我々のなかに」生きている、特別な愛を説明し得るのだから。(19)

ブロークについて記す多くの者が、この「後世の歴史家」になることを怖れていた。このことにのちの教育課程における「教えにくさ」にも通じてくる。義務教育の教諭向けにブロークとエセーニンの「教え方」を書いた『ブロークとエセーニンの詩学、学校教育のための手引き』(一九七八)のブロークの章は、この「友人たちへ」の引用で始まり、「生没年と引用の山で生徒を苦しめる」ことなく、生き生きとブロークの詩を教えるにはどうしたらいいのかを説いている。(20)

これに併せて、ブロークがなんらかの「流派」に属する詩人ではないという主張も、早い時期から繰り返されてきたことのひとつだ。例えばボリス・エンゲリガルド(一八八七〜一九四二)は論評「道半ばに死した者」(一九二二)のなかで、「すでに、ブロークをなにかしらの有名な文学の流派や、文学グループの代表者や、共通の政治思想や宗教哲学思想によって集まったグループの代表者とみなすことはできない」と述べたうえで、ブロークの創作人生を振り返っている。(21)

このエンゲリガルドのような作品解説の典型をブロークの死後最初に提示したのは、アンドレイ・ベールイであった。一九二一年九月に行われたブロークの追悼式典における演説の中で、ベールイはまず、その場に集まった人々がそれぞれに様々な価値観の持ち主であり、ブロークを「我々の」詩人であると考えていることによってのみ繋がれていることを述べたのち、次のように続ける。

彼〔ブローク〕の名は、党派の外にあり、過去・現在・未来のすべての文学潮流の外、美学的基準の外、文学史の外にある。彼は民衆の心と繋がっている。ブロークの名は我々にとって、レフ・トルストイ、ドストエフスキー、チュッチェフ、プーシキンといった名と同じように馴染み深いものになると言っていいだろう。このようなスケールで、僕はブロークに近づきたい。これこそが、今日ここに集まった我々を繋ぐ唯一のものである。

詩人の創作全体を見ていくときは、まずなにより、それらすべての創作、すべての形象を生み出している根本的な内核となるものを探らなければならない。〔……〕その内核を見つけられない批評家は表面的な批評しかできない。[22]

ベールイはこのような切り口から、ブロークの創作を初期から後期まで一貫した詩学のあるものとして、それぞれの時期の作品に寄り添うように解説していく。かつてブロークに「特有の悪しき性質によって」、「レッテルを貼り、それを立証」すると批判されたベールイが、ここではかなり慎重に、ブロークの批評の流儀にのっとるような形で叙述を進めているのである。

当時ブロークについて書かれたものの多くが、何らかの形で批評に対するブローク自身の反発を意識し、その流儀を受け継ごうとしていることは、のちに亡命派の論客となるヴラジーミル・ヴェイドレ（一八九五〜一九七九）の「ブロークについて」（一九二二）と題された論評[23]を見てもわかる。ヴェイドレはエイヘンバウムの「ブロークの運命」およびユーリー・トゥイニャーノフ（一八九四〜一九四三）の「ブロークとハイネ」の二つを標的に、これらをすでに早急な形式化を提示する傾向のものとして批判し、エイヘンバウムが否定した「感傷的な涙を流す」ことのほうが、彼の「感傷的ではない論理」よりよほど良いと主張する。この論評は手稿の段階では「ブロークに関する二つの論評について」というタイトルがつけられており、終始一貫してエイヘンバウムとトゥイニャーノフに対する個人攻撃の色合いを帯びているし、言うまでもなくこの論調はいわゆるフォルマリズム批判につながる傾向のものではあるのだが、しかし、ブロークを理解するためには詩を「体験しなければならない」、そのためには「最も生き生きとした人間であるべきだ」と結ぶ主張には、やはり全体的にブローク自身の言葉からの影響が見受けられる。

三、解釈の行く先――ブロークは「批判的リアリズムの詩人」か

しかし、ブロークをなんらかの「潮流」の詩人として解釈することが不可能だという認識は、まったく逆に、様々な解釈に引きつけることが可能だという認識と裏表一体になってきたことも指摘しておかなければならない。その代表としてまず、ソヴィエト崩壊まで支配的であった「象徴主義からリアリズムへ」という解釈をみてみよう。

ブロークが象徴主義や神秘主義から離れ、リアリズムへ向かったという認識を早い段階――ブロークの生前に提示したのは、ヴァレーリー・ブリューソフである。ブリューソフは、たとえブローク本人が何と言おうとも、ものごとをわかりやすい形式に当てはめることに常に躊躇がなかった。彼は論評「アレクサンドル・ブローク」（一九一五）のなかで、次のように述べる。

アレクサンドル・ブロークの「物心ついてからの十二年」(彼自身の言葉だ)、およびそれ以降の近年に至るまでに歩んだ道のりの段階は、彼の詩のなかに、縁どられたようにくっきりと表れている。それは、孤独な思弁から人生との融合への道であり、夢見る力で神秘を知ろうとする試みから醒めた目で現実を観察することへの道であり、神秘主義からリアリズムへの道である。〔……〕『麗しの貴婦人』の詩を生み出した感銘の世界には限界があった。詩の新たな力を得るためにブロークが現実に、現実の人生に目を向けたのは必然的なことであった[24]。

ブリューソフは早くから「リアリズム」の重要性を説いていたし、この時点での彼の主張はブロークが「現実」に向かったことを肯定的にとらえるものであった。しかしだからこそ、ここにより強く表れているのはブリューソフ自身の思想であって、後述するようにブローク自身による意識的な選択ではない。しかしながらこのブリューソフの見解はのちにソヴィエトの奨励する潮流と合致し、革命以降、ブロークの創作段階の適切な解釈として定説化されていく。ブロークの死後一九二七年に刊行された選集の解説においては「ブロークの詩学の発展は、ロシアの古典的リアリズムの素晴らしい具体的な形式を会得していく方向に進んでいった[25]」とされ、一九三〇年代にはエカテリーナ・マルキナ(一八九九~一九四五)が「アレクサンドル・ブローク、リアリズムへの道」と題した論評で「ブロークがリアリズムへと向かう経過の段階[26]」を論証し、これはソヴィエトの多くの論者にとって共通の見解となる。この傾向がむろん、ソヴィエトにおいて肯定されるべきと判断されたありとあらゆる文学がことごとく「リアリズム」の要素を含むと論証されていった現象の一環であることは、ウラジーミル・オルロフ(一九〇八~八五)がブロークの『報復』のなかに「プーシキン的な伝統」を見いだすことによって、ブロークがリアリズムに向かっていったと論証していること(プーシキンがリアリズムに向かったのと同じように、ブロークもまたブロークのリアリズムに向かったという見解[27])、またそのようなブロークの「リアリズム」

に、当時のソヴィエトのリアリズム作家と共通する精神を見いだそうとしていることにも端的に表れている。[28]

このような、同時代の支配的価値観に合わせることによって詩人の「イズム」を肯定しようとする試みはなおも加速し、一九五〇年代には、「ブロークの作品には、完全な形ではないものの、批判的リアリズムの手法が具現化されている」[29]とまで評されるようになる。

しかし詩人が自ら標榜していたわけではない「イズム」を解釈によって導き出そうとすることは、当然、その解釈の幅を呼ぶことになる。この「象徴主義からリアリズムへ」という見解にも論者によってはグラデーションがあり、「現代の作家はロマン主義的でなければならない、ブロークの物語詩『十二』のような作品を書かなくてはならない」と書いたゴーリキーの言葉の影響も少なからず受けて、ブロークはロマン主義の作家であるという見解も長らく存在していた。[30]この流れを受けてナタン・ヴェングロフ（一八九四〜一九六二）はブロークの創作の道のりを「神秘的ロマン主義から革命的ロマン主義へ」[31]と位置付けている。

ソヴィエト崩壊後になると当然「ブロークは批判的リアリズムの詩人である」などと書かれることはなくなったが、ほかの多くの作家についての解釈と同様に、逆の現象がみられはじめる。たとえば「神秘主義」に重点を置き、ブロークが生涯にわたり徹底した神秘主義者であったと主張するエヴゲーニヤ・イヴァノヴァ（一九四八〜）の論、[32]あるいはタチヤーナ・イゴシェヴァの『ブロークの初期抒情詩――宗教的象徴主義の詩学』[33]のように、ブロークの初期の抒情詩を「宗教的象徴主義」と定義しそれを論証しようとするものがそれである。ソヴィエト崩壊後の急激な宗教の台頭にともなう宗教意識の共有に裏打ちされたこのイゴシェヴァの書には、非常に有益な指摘もあるものの、「主義」を証明する段階において多くの重要な見落としが存在することは別稿に述べた。[34]

このようなさまざまな解釈が生まれる背景には、やはりブローク自身の文学潮流についての発言の複雑さがある。ブロークはブリューソフらの象徴主義の論陣と違い、その時々の文学潮流や批評の「状況」について述べることはあっても、「正しい定義」を論理的に著すようなことはしなかった。一連の論争のなかで一部の批評家たちが一斉にリアリズムの作家、とりわけゴーリキーとアンドレーエフを批判しはじめたとき、ブロークはすぐに彼らを擁護する論評「リアリストについて」[35]（一九〇七）を書き、その芸術的価値を擁護した。この時期以降のブロークは、レフ・トルストイをはじめとするリアリズムの作家を高く評価し、その社会思想にも共感を寄せている。このことはブロークが「象徴主義からリアリズムへ」向かったことの証拠のようにも言われることがあるが、これまで見てきたブロークの論評における「潮流」の否定からも推察できるように、ブロークはそのように自ら一義的に「イズム」の移行を志し、方針を変えたわけではない。文学教科書などではいまだに疑う余地のない事実のように書かれる「ブロークとは象徴主義の詩人である」という記述ですら、ブロークが非常に早い段階から象徴主義の教条に懐疑的な見解を示していたことをはじめ、複数の否定的条件を度外視した不正確な記述であると言わざるを得ないことは、これまでにも度々指摘されてきた。[36]この「イズム」の問題をブロークの視点に即して考えるときに重要になってくるのは、ブロークの講演原稿「ロマン主義について」（一九一九）である。

「ロマン主義について」は、一九一九年十月、ボリショイ劇場の俳優に向けた講演のために執筆された。生前は活字になることはなかったが、一九二三年のベルリン版全集に収められ、その後一九六〇年代の八巻全集に再録されている。ブロークはこのなかでまず、ロマン主義というものが一般的には「高尚ではあるが、なにか抽象的で現実離れしたもの」を指すと思われているという現状に言及し、それが本来は「古典主義が確立した規則や文体に対抗する」ために「抒情の復権」や「感情の重視」を目的として生まれたものであるという辞書（Larousse）の分類を引用し、その妥当性を認めたうえで、やはりそういった分類は無味乾燥で不充分なものであると続け、次のように補足している。

　真のロマン主義は人生から切り離されたものではなかった。逆だ――ロマン主義は、世界のなかで新しく深い感情を切り拓いてくれる人生への渇望に満ちていた〔……〕。

ロマン主義とは、第六感（使い古されたニュアンスを排した、本来の意味での第六感だ）の暫定的な定義である。ロマン主義とは、文化を担う人間を創り出し、自然との新しい融合を導くための方法にほかならない。〔……〕

リアリズム演劇は往々にして自然主義に陥りがちだが、真のリアリズムは単に自然を模倣するのみではなく、自然を克服するものだ。つまり真のリアリズムはロマン主義の継承であり、申し子なのだ。

ロマン主義演劇は、ロマン主義全般の特徴である膨大な人生感覚に仕えるものである。〔……〕真のリアリズム、偉大なリアリズム、芸術ジャンル全般としてのリアリズムは、ロマン主義の核心を内包しているのだ(37)。

これは一見すると、ずいぶんと混乱した叙述に見えるかもしれない。ロマン主義における「第六感」を最重視する主張は神秘主義にも繋がるし、そうかと思えば「文化を担う人間を創り出」すというソヴィエト的な概念が唐突に表れるし、おまけに「真のリアリズム」が「ロマン主義の核心を内包」するというのだから。しかしここにはっきりと読み取れるのは、革命後のロシアにおいて急激に「リアリズム」が重視され、他の潮流が否定されつつあった当時において、ロマン主義という潮流に紐づけされている作家や作品の擁護をはかるという目的である。これを書いた当時のブロークにとってはその目的のほうが、定義の正確さよりもずっと重要だった。いや、正確にいうのなら、定義を崩壊させることによって、特定の「潮流」に対する批判から多くの文学作品を守ろうとしたのかもしれない。ブロークの「イズム」を分析しようとする試みがすべて表面的にしかならない理由のひとつはここにある。ブロークが象徴主義について語っていようと、ロマン主義について語っていようと、あるいはリアリズムについて語っていようと、常にそれは芸術と人生を肯定するためであり、その時点で批評家の攻撃の対象となった（あるいはなりそうな）複数の芸術家や作品を擁護するためであって、定義のためではない。そういった条件を考慮した場合においてのみ、ブロークはロマン主義者であるし、象徴主義者であるし、リアリストでもあり得るし、そんなことはどうだっていいとも言いうるのである。

四、解釈は風のように――ボリス・パステルナーク

解釈されることや分析されることを嫌ったブロークの「正当な」理解者はいかなる者かという命題は、長らくのあいだブロークにまつわる言説の中心をなしてきたといってもいい。このことを如実に示すのが、まず、ボリス・パステルナーク（一八九〇～一九六〇）によるブローク解釈の試みの経緯である。パステルナークは晩年のブロークとも面識があったが、以下の試みが行われるのは一九四〇年代から一九五〇年代にかけての、二十世紀中盤の時期だ。

パステルナークは周知のように、生涯にわたりブロークを高く評価していた。一九四〇年代半ばには「ブロークの特徴について」と題した論評を書こうとするが、完成させることはなかった。そうして「ブロークについての論評の代わりにこの長編を書く」[38]という言葉ののちに生まれたのが『ドクトル・ジヴァゴ』（一九四五～五五）であったこともよく知られている。「ブロークと僕の中間のような」[39]人物像として創造されたユーリイ・ジヴァゴもまた、小説のなかでブロークについての論評を書こうとするが、「ブロークについての論評など一切書かなくていい」と思い直して書くのをやめ、代わりに自分の作品を書こうと決意する――この直後にユーラが繰り返すのが、有名な「ろうそくは机の上で燃えていた……」の一節である。[40]

しかしパステルナーク自身はブロークについて書くことを諦めたわけではなかった。こののちに生まれたのが、ブロークに捧げた連詩「風（ブロークについての四つの断片）」（一九五六）である。

この連詩は導入部で、詩人が「博士論文によって」有名になるという、詩人の名声と現代社会の関係性を描い

たのち、「けれどもさいわい、ブロークは違う／彼はそんな性質じゃない〔……〕／彼が賛美されるのは教育課程によってではなく／いつでも潮流やシステムとは無縁で／彼は人の手によって創られてはいない／そして僕たちは、誰にも強制されていない」と、ブロークの詩がいかにそういった論文や教育システムとは折り合いのつかないものか、いかにそれらと無縁のところで魅力を放っているのかを述べたうえで、「風のように軽やか」と形容したブロークの詩学に合わせるように、ブロークの好んだモチーフや特徴的な言い回し（風、開けた草原、川、歌……）を散りばめたオマージュを、まるでブロークの詩を繰り返し口ずさむような軽やかさで展開していく。

パステルナークのブローク解釈の経緯に沿って考えるならば、彼自身がブロークについての「論評」を書くことを断念した自らの経験をもとにこの詩を書いた——と考えることは勿論できるのだが、その結果生まれた詩は、「論文を書いている世界中の大学講師」を否定したうえで、「心」をたよりに詩集を切り開くほうがいいと主張したチュコフスキーと非常に似た形でのブロークの詩の受容を提示していることになる。ここにブローク自身の論評の影響があることは、パステルナークが「論評の代わりにこの長編を書く」と宣言する文脈において、同時にブロークの散文を「天才的な」試みであると高く評価していること[41]からも、まず間違いがないだろう。

さらに、自伝的作品「人々と状況」（一九五六〜五九）のなかでパステルナークは、ブロークについて次のように語っている。

僕や同年代の友人（彼らのことは後述する）の青春はすべて、ブロークとともにあった。ブロークには偉大な詩人の創作するすべてがあった——炎、優しさ、洞察力、独特の世界観、特別な天賦の才、触れたもののすべてを具現化する力、抑制をきかせ、隠しこみ、取りこまれていく運命。〔……〕

名詞のない形容詞、主語のない述語、かくれんぼ、興奮、ちらりと表れては消える人影、断片性——その文体は、息をひそめた、秘められた、潜伏した、地下室から出てきたばかりのようなあの時代の雰囲気に非

常に合っていた。そこでは秘密結社のような言葉が交わされ、主人公は街であり、主要な事件は街路であった。(42)

ブロークについての叙述のあるこの章は「一九〇〇年代」と名付けられており、パステルナークが十代にあたるこの時期にブロークから多大な影響を受けたこと、ブロークの詩が時代の雰囲気に合致していたことを中心に話が進められていき、ブロークが一九二一年の春、最後にモスクワで詩の朗読をしたときの回想で締めくくられている。

つまりパステルナークは、「ブロークの特徴について」という題目で構想した論評を断念したのち、ブロークの形象を主に三つの形に分散して著したことになる。その経緯もさることながら、そうして書かれた作品群の内容自体が、ことごとくブロークを語ることの難しさとその苦悩を表しており、ベールイ、チュコフスキーをはじめとする同時代人の書き手によるブロークに対する批評の困難を引き継ぐものになっている。ここでこれらを整理してみよう。

① ブロークは長編『ドクトル・ジヴァゴ』の主人公のプロトタイプのひとつであり、また作中ではジヴァゴがブロークについての論評を書こうとして断念するというエピソードが登場する。「ブロークについての論評の代わりに」創り出したはずのジヴァゴが、作中でパステルナーク自身と同じ苦悩を感じて論評を諦めてしまうのである。

② 連詩「風」においては、ブロークを「潮流やシステムとは無縁」な存在として描いたのちにオマージュを展開する。すでに述べたように、この叙述の主旨および構造はチュコフスキーとも共通しているものであるが、パステルナーク自らが論評を書こうとして断念したという背景を念頭にこれを見直すと、ブローク自身による批評の否定を受け、それをそのままブロークに関する叙述のなかに取りこんだという経緯自体も類似している。

③　自伝的作品「人々と状況」では、自らの十代の思い出としてブロークから受けた感銘が語られる。この文章は当初論評として構想していた「ブロークの特徴について」をもとにしていると言われているが、ここで主体となっているのはパステルナーク自身であり、語られるのもあくまでも彼自身の受けた心象と回想である。断念された、ブロークを主体にした論評は、最終的には自らを主体とした文章のなかに入り込んだことになる。
この経緯はこうも整理できる――パステルナークにとって、ブロークの詩についてもっとも誠実に語ることは、①論評を書くことではなく断念を表明することであり、②文学潮流の分析を否定し、ブロークの好んだモチーフを口ずさむように繰り返すことであり、③ブロークを主体にその特徴を分析することではなく、自らを主体として詩の心象を語ることであった。

五、現代の状況――ドミートリー・ブィコフ

この問題が現代においてもいかに未解決のままであるかは、ドミートリー・ブィコフの次の見解（二〇一五）を見るとよくわかる。

ブロークに捧げられた論評や本は数え上げれば多くあるが、本当に彼について書かれた文章は、結局のところ、非常に少ない。なぜなら、ブロークはロシアの読者を（ロシアの作家であればなおのこと）完全に言葉を失うほど、催眠術にかけてしまうからだ。ブロークを読めば、口をぽかんとあけて、「なんて素敵なんだろう」と繰り返すことしかできない。どうして素敵なのか、説明することなどできはしないのだ。他人がブロークについて書いた論評などを読むと、どんなものでも大抵、途端に「違う、もっとずっと複雑なんだ！」と言いたくなる。たとえば〔ニーナ・〕ベルベロヴァ〔（一九〇一～九三）作家〕が「終末論的思考

はブローク特有の極論主義的な表現に繋がっていく」だとか、あるいはほかにも似たようなことを、教師のような断定的な調子で書いているのを見たときにだ〔……〕。

なぜブロークについて書くとそうなる――いや、正確に言うなら、そもそも書けないのだろうか。まず頭に浮かぶ答えは、ブロークがあまりにも抒情的主人公に自らを重ねる読者の心を知り尽くしているために、我々はいとも簡単に全力でその抒情の空間に身を預け、そこに自分の経験や記憶を補ってしまうということだ。〔……〕私たちはすぐに、ブロークは自分のことを書いている、この澄んだ星空の天井のもとにある大気の部屋は自分のものだと考えて、まるで自分の家のようにそこへ入り込む。だから、その家がどうやって作られているのかを説明されそうになると、「違う、もっとずっと複雑なんだ！」と叫ばずにいられない。〔……〕ブロークについて書かれたものはなにもかも、ブロークについての話ではなく自分についての話になってしまうし、ブロークについて語ろうとすれば、少しでもものわかる人間ならば、「なんて素敵なんだろう」としか言いようがないのである。(43)

そうしてブィコフは、現在までに書かれた「数少ない、本当にブロークについて書かれている本」の筆頭としてチュコフスキーの『人間としての、詩人としての、アレクサンドル・ブローク』を挙げている。ブィコフはアヴリール・パイマン（一九三〇〜）やミンツのブローク論にも目を通しており、それらを高く評価している。にもかかわらず、「本当にブロークについて書」いたのは、ほかでもないチュコフスキーだというのである。その論拠となる部分でブィコフは「教師のような断定的な調子」の解釈を否定している。これはチュコフスキーから続く批評の流れを受け継ぐものでもあるし、ここにパステルナークと同じ苦悩を見いだすことも難しくない。さらにブィコフは、エイヘンバウムの用いた「催眠術」という表現に、新たな展開を持たせている――何も言えないはずの状態で何かを言うことは、とどのつまり自分を語ることにしかならない。そして、そうでなかったほとんど唯一の例は、ブロークの死後すぐに「解釈」を否定し、「心」をたよりにブロークの詩集を切り開くほうがいいと主張するチュコフスキーであるというのだ。我々は現代まで来て、ブロークの死後にチュコフスキーがなした主張に舞い戻ってきてしまったことになる。

六、詩の内包する問題——矛盾、多義性、撞着語法

ここまでの流れを整理すると、ブロークの詩を「象徴主義」「リアリズム」「革命的ロマン主義」「批判的リアリズム」、あるいは現代ならば「徹底した神秘主義」「宗教的象徴主義」といった潮流にひきつけたさまざまな解釈が生まれる一方で、そういった解釈がほぼ不可能であるという言説が、現在に至るまで脈々と続いていることになる。なぜそのようなことが起きているのだろうか。

これまで見てきたのは、ブローク自身の批評に対する懐疑的な姿勢がそれらの「解釈不可能」説を誘導してきたのであろうということであった。チュコフスキーにしてもパステルナークにしてもブィコフにしても、彼らの主張は多分にブローク自身の見解を繰り返すものである。

しかし、いくら本人がそういった解釈に対して懐疑的な見解を示していたとしても、詩の分析そのものが不可能だということにはならないはずだ。問題は、もっと深い。ここで浮上するのが、ブロークの詩そのものが抱える矛盾、多義性、あいまいさ、撞着語法、語義の崩壊といった要素である。

ブロークの詩が内包するこのような要素について、それを「コントラストの詩学」と名付けて最初にまとまった指摘を提示したのはレオニード・チモフェーエフ（一九〇四～八四）であった。[44] チモフェーエフはこの論のなかで、ブロークの詩学のひとつの中心をなす要素として作中の語彙における「コントラスト」をとりあげ、それが初期の抒情詩から晩年の物語詩まで、様々なヴァリエーションをもって展開するさまを分析した。初期の抒情

詩「月は照らせど、夜は暗い……」（一八九八）にみられるような「月の光／闇」「幸せな春／激しい嵐」といった穏やかで抒情的な対比が、中期から後期にかけての「豊かさ／貧しさ」といった社会的対比を経て時代の変化とともに激化し、物語詩『十二』における「黒い風／白い雪」の激しいコントラストへ向かうという解釈である。しかしそれ自体は確かに明白であったとしても、コントラストというものは詩のレトリックとしては非常にスタンダードで、ブローク特有の詩学と考えるのは無理があると思われるかもしれない。

しかしチモフェーエフの論で重要なのは、このコントラストのヴァリエーションとして矛盾、二律背反、撞着語法を挙げていることである。この傾向はとりわけ中期以降、「君は僕のものであって僕のものじゃない」「君は僕と一緒にいて僕と一緒にいない」「僕は君を裏切る〔……〕裏切らずに」といった単純な両義性を持つ文章から、「不可能な可能」「神聖な憎悪」といった、通常は結びつくはずのない語を直接結合させる撞着語法の手法へと発展していく。

またチモフェーエフはこの詩学について「革命的ロマン主義」と「現実性」の両者を体現するものであり、本章の三節で引用したブロークの「真のリアリズム〔……〕は、ロマン主義の核心を内包している」といった主張とも齟齬のないものであると述べている。チモフェーエフの論旨そのものは、やはり一九六一年当時の文芸批評のなかでブロークの詩学を正当化するために往々にして用いられた教科書的な解釈の典型ではあるのだが、しかし見方を変えるならばチモフェーエフはこの「コントラストの詩学」のなかにこそ、前述したような、複数の「イズム」に引きつける解釈を可能にする要因が含まれていると認識していたともいえるだろう。

リュドミーラ・クラスノヴァは、『アレクサンドル・ブロークの詩学』（一九七三）のなかでこれらの論をさらに発展させ、語彙のレベルだけではなく、もう少し大きく、詩連あるいは詩全体のレベルにおいてもそのような、通常はあまり組み合わせられない言葉の連なりがみられることを指摘した。たとえば、「決して忘れない」という言葉で始まる文章は、通常はなにか強く記憶に残っている事柄を語るのに用いられるが、詩「レストランにて」(一九一〇)では、「決して忘れない」と書いた直後に「(あの夜はあったのだろうか、なかったのだろうか)」と、事実であったかどうかを疑問視するような言葉を続ける。あるいは「それは暗いカルパチア山脈で／遠くボヘミアの……」と明確な場所を指定した詩でも、「いや、すまない(……)／僕はよく覚えていない／これは偶然の断片なんだ……」と、やはりすべてをぼやけさせるような叙述を続けている。この「疑問」という要素はコントラストと相まって、「善、それとも悪だろうか?」といった表現を生み、懐疑や不信感と、希望や願望とを、同時に表す手法として多用されていく。

さらにクラスノヴァの論において興味深いのは、ブロークが好んだいくつかの形象が、複数の作品を通して見ると決して一貫したニュアンスを持っていない、もっというならば対立的な形容を帯びているという指摘である。たとえば初期から後期までを通じて膨大な数の詩に現れる「霧」(ブローク編の三巻詩集の第一巻には八七回、第二巻には六一回、第三巻には六〇回登場する)ひとつをとってみても、「霧の灯火で理想を照らす」というような、イデアや理想に近づくための道具としての「霧」と、「僕らは道半ばで疲れると／霧の悪臭に包まれる」といった、理想を曇らせるものとしての「霧」が同じ詩集のなかでも並列して現れるとクラスノヴァは指摘する[45]。ブロークの用いる「霧」という言葉のニュアンスの「根本的な内核」を分析するのは非常に難しいと言えるだろう。

この問題は、L・A・ソコロヴァが指摘する「不明瞭で主観的な文体[46]」にも通じるものであろう。ソコロヴァは、象徴主義の詩学の特徴でもある「表現の不可能性」や「断定を避ける」といった要素が、ブロークの詩学のなかで独自の発展を遂げているとし、主に構文のレベルに焦点を合わせ、とりわけブロークの詩において目立つ「誰だかわからない誰か」という表現が、直接的にその表現を用いていない詩でも、主語のない動詞や無人称文の多用に発展していく段階を分析している。ブロークの詩における「誰だかわからない誰か」の多さ自体はチュコフスキーをはじめ早くから指摘があったが[47]、ソコロヴァの論で興味深いのは、それまでの研究のなかでブロークの「リアリズム」を証明しようとする論調においては、たとえばオルロフの場合、本来ならブロークの詩のなかに膨大にあるはずのこういった表現への言及が、みごとに抜け落ちていると指摘した点である。(48)

紙幅の都合もあり本章ではこれ以上の追究はしないが、コントラスト、曖昧さ、多義性、矛盾、撞着語法――これらの要素が読む者が心の内にブィコフのいう「大気の部屋」を建設してしまう重要な原因のひとつであることは、おそらく間違いないだろう。意味の両極に揺られその決定権を任された読者はその空間に自らを収めていることに気づかずに、自らの個人的経験や時代の要求に合わせて意味を見いだしたり、「イズム」の分析を行ったりするし、傍目にそれが見えてしまえば「もっとずっと複雑なんだ！」と叫びたくなるし、他人の解釈を受け付けなくなる。もっともコントラストの強い物語詩『十二』が、現代に至るまでありとあらゆる多様な解釈と論争を呼んでいることは、この物語詩が不可避に負わされた政治的運命を差し引いても、やはりこの詩学に起因しているのではないだろうか。

七、舞台への鍵――「書かれること」の自覚と広義の「自叙」

本章では、批評家や研究者がブロークの作品に関する分析の「困難」について言及する際に、その見解がいかにブローク自身の論評にみられる彼自身の主張に影響され続けてきたかを追ってきた。これは、我々読み手が前節で見てきたような二律背反や矛盾をはらむ作品を解釈する際に、それをなにかしらの筋の通った文章に置き換えてみようと試みるなかで、少しでも詩人本人の見解に沿った読み方をしようと志すのであれば、ごく自然なことである。しかし言ってみるならば、このプロセスにおいて読者は彼の論評を、「論評」という形をとってはいるものの彼自身の見解を語った文章――一種の「自叙」であると認識しながら読んでいることにもなるのではないだろうか。

このことは、ブローク自身が、自らを「語られる」ことに対する意識、あるいは「分析される」ことに対する警戒を、ごく早い時期から持っていたことと併せて考えると、一定の説得力がある。デビュー間もない一九〇四年、ブロークは彼の母方の別荘地シャフマトヴォに集まったセルゲイ・ソロヴィヨフ（一八八五～一九四二）やベールイとともに、セルゲイが中心となって、架空の「二十二世紀のフランス人研究者ラパン」なる人物を考え出す。ラパンは「研究」の結果、ウラジーミル・ソロヴィヨフ（一八五三～一九〇〇）が思いを寄せたソフィヤ・ペトローヴナ・ヒトロヴォ（一八四八～一九一〇）は実在せず、ソロヴィヨフの書き残した彼女のイニシャルはソフィヤ・プレムードロスチ・フリストヴァ――キリストの叡智を表す暗号であったと結論付ける。ラパンの愛弟子のパンパンも優れた学者となり、師ラパンの研究メソッドをさらに発展させ、ブロークには妻などいなかった、リュボーフィ・ドミートリエヴナというのもまたシンボルに過ぎない、と証明する。ソロヴィヨフにおけるソフィヤ（叡智）がブロークにおいてはリュボーフィ（愛）になったのであり、ドミートリエヴナというのはギリシャ神話のデーメーテールに由来するシンボルである――というのが、彼らの考え出したパンパンの説だ。[49]

このユーモラスな架空の歴史家たちの形象にはすでに、象徴主義の核であるシンボルがいかに多義的で誤読を招くかということの自覚とともに、象徴主義や神秘主義が世の中からどのように見られがちであるかということに対する警戒、そして自分たちの人生を研究の対象とし、数々のばかげた「論証」によって「生きた人間」を「生気のない本にしてしまう」人々への「軽蔑」がみてとれる――一九〇八年の詩「友人たちへ」におけるような「後世の歴史家」批判の原形は、このときすでに生まれていたのだろう。

自らが語られるという自覚は、ごく当然のことながら、自らを語ることへの意識へと通じていく。この「意識」が強く存在するがゆえに、ブロークの自伝的記述が常に必ずしも額面通り受け止められるものではないことは別稿に述べた。[50]ブロークによる、自身の生い立ちに関するアンケートへの回答や自伝的韻文作品といった、我々がふつう正統的に「自叙」とみなすようなテクスト群は、自分が読み手に提供したい詩人像を操作しようとする「意識」のもとに成り立っているといってもいい。他方、通常ならば「自叙」の枠内には含まれないような（にもかかわらず、我々はそこから彼自身の見解を見いだそうとしてきた）テクスト群である論評においては、執拗なまでに「解釈」を否定し、なんらかの形式に当てはめようとすることを断固として拒否する姿勢が貫かれているのである。これらのテクストを総合的にブロークの「自叙」とみなしているからこそ、我々は解釈の「困難」を見いだし続け、死後一世紀が経とうとしている現代においても、チュコフスキーが示した「解釈の不可能」という主張に堂々巡りしているのではないだろうか。

ここで再び、ブロークの詩は「舞台」上の俳優の「モノローグ」であった、というエイヘンバウムの指摘に戻ってみよう。はじめに仮定したような、論評が作品よりも「舞台」により近いものであるという見方は、ブロークがそれらを「舞台」を創り出す言葉であると強く意識していたことに裏打ちされているとも言えるだろう。読者が詩のなかの「感情の表現」を追うことは、ブィコフの言葉でいうならば「大気の家」に身を置くことであり、そのような心の状態を重視することは、上述したようなブロークの広義での「自叙」にみられる解釈の否定と、非常に親和的な様相を呈す。いうならば本章で見てきたような「解釈の困難」への言及や「解釈の否定」は、我々が積極的に「観客」であり続けようとするからこそ続いている、ブロークの詩の受容のありかたなのかもしれない。

あるいは、これを読者ないし批評家の視点から捉えなおすなら、次のように考えることもできるだろう——テリー・イーグルトンは「役者とは、役柄というシニフィエと一体化するために努力するシニフィアンである」[51]としたうえで、役者がどれほどうまく役柄と一致しようとも、我々はそのような再現＝表象が嘘であると認識すると述べたが、それはほかでもなく我々が「舞台は世界とはちがうことを、片時たりとも忘れることはない」[52]ためであった。だがエイヘンバウムの言うようにブロークにとって世界が舞台となり、読者が自らを観客と認識するのなら、ここでいうシニフィアンとシニフィエとを区別をすること——表象を表象として認識すること、役者と役柄とを切り離すことはきわめて困難になる。そこへもって、矛盾、多義性、撞着語法を豊富に含むテクスト群が追い打ちをかける。こういったテクストは、マクベスにとって魔女の言葉がそうであったように、「曖昧さゆえに心の奥底にはいりこめ、マクベスを内側からむしばみ、切り裂き、彼のなかにある欠如をあかるみにだす[53]」類のものであり、ユルゲン・ハーバマスの言葉を借りるなら、「力づくで解釈が入り込める場所」としての「テクストにおける亀裂[54]」であるともいえるだろう。まさにこういった要因によって、ブロークについて述べる場合、現代に至るまで、一方ではブロークの言葉をそのまま繰り返す「同語反復」のみを正しい解釈と捉える見方が支配的であり、もう一方においては、特定の方向性をもった概念を当てはめることによる「誤謬」が生じ続けてきたのかもしれない。

エピローグ——舞台の再現へ

だからこそ、ブロークを語るために最も多くなされてきた解決策は、詩人のモノローグが発されたはずの背景にあった事実の考証、すなわち文字通りの意味での「舞台」の再現であった。実際、これまでに書かれたブロークに関する書物のほぼすべてが——詩人と親しかった人物、詩人を直接にはほとんど知らなかった人物など様々な書き手が残した膨大な回想録から、伝記、研究書、教科書的な本の記述に至るまで——意図的にせよそうでないにせよ、随所でブローク本人の日記や手帳、書簡といった資料をひきながらなんとかしてその「舞台」を読者に見える形で提示しようとしてきたのは、まさにこのためであるといえるだろう。

ブロークの詩学が潮流による解釈を否定し、詩があまりにも膨大な不明瞭さや二律背反を含み、自叙が自覚的に我々を誤った方向へと導くものであるからこそ、そのような創作が生まれた背景にあった現実の「舞台」にできる限り目を凝らし、それを詳細に分析することなしには、我々はなにも語れないか、自覚のあるなしにかかわらず、自らを語る、もしくは自らの固執する思想にブロークを当てはめることになってしまう。

この「舞台」の再現は、しかし簡単なことではなかった。一時資料のなかには閲覧が困難なものも多く、ソヴィエト時代に新たな資料をもとに論証をすることができる者は、オルロフを筆頭に、個人アーカイヴを所有しているか、閉鎖アーカイヴを閲覧できる研究者に限られていた。この問題はアカデミー二十巻全集の刊行が進む現在でも完全に解消したとはいいがたい。ブロークの生まれた環境——出自や幼少期の生育環境についてでさえ、いまだに様々な推測に基づく論争が絶えないのが現状である。それでも少しずつ雲の晴れてきたブロークの「舞台」がいかなるものであったのかを、本章で見てきたような前提的な問題点が存在することを認識しながら詳細に検証していくための土台が、二〇一七年現在八巻まで刊行の進んだアカデミー二十巻全集の刊行と個々の資料の公開によって、ようやく今できつつある。しかしその追究のためにはやはり、稿を改めなければならないだろう。

[註]

（1）当時のペテルブルグの食糧不足と鬱屈を描いたザミャーチンの短編「洞窟」は一九二〇年に執筆された。ちょうど一九二一年六月、つまりブロークの死の一カ月半ほど前、ザミャーチンは手記に「出版協会で朗読、予想外に成功を収めた」と記している。E. I. Zamjatin, *Rukopisnye pamjatniki*, 3-1 (Sankt Peterburg, 1997), 237.

（2）ブロークの死の翌日、八月八日に書かれたザミャーチンのチュコフスキー宛の書簡より。E. I. Zamjatin, *Sočinenija*, (Moskva, 1988), 551. このフレーズは少し手を加えた形で『ブロークの思い出』（一九二一）に反映されている。

（3）M. M. Ščerba & L. A. Baturina, "Istorija bolezni Bloka," *Literaturnoe nasledie*, 92-2 (Moskva, 1981), 729-735.

（4）"On budet pisat' stixi protiv nas. Pravda o smerti Aleksandra Bloka," Priloženie k žurnalu *Rodina*, 2 (Moskva, 1995), 39.

（5）E. V. Ivanova, *Aleksandr Blok. Poslednie gody žizni* (Sankt Peterburg, 2012), 404.

(6) B. M. Ėjxenbaum, "Sud'ba Bloka," in *Blok. Pro et contra* (Sankt Peterburg, 2004), 364-377.

(7) V. F. Xodasevič. "O simvolizme," *Sobranie sočinenij v 4 tomax*, 2 (Moskva, 1996), 175-176.

(8) ノースロップ・フライ『批評の解剖』海老根宏、中村健二、出淵博、山内久明訳（法政大学出版局、二〇一三年）一一四頁。

(9) フライ『批評の解剖』、一一二頁。

(10) フライ『批評の解剖』、八頁。

(11) フライ『批評の解剖』、一二〇頁、ウィムサット&ビアズレー『言語による像』第一章の定義による。

(12) フライ『批評の解剖』、一二〇頁。

(13) K. Čukovskij, *Aleksandr Blok kak čelovek i poèt* (Moskva, 2010), 102-104.

(14) Čukovskij, *Aleksandr Blok kak čelovek i poèt*, 104-105.

(15) R. I. Ivanov-Razumnik, "Roza i krest," *Zavety*, № 10 (Sankt Peterburg, 1913): 117.

(16) A. A. Blok, "Kraski i slova," in *Polnoe sobranie sočinenij v 20 tomax*, 7 (Moskva, 2003), 15-18.〔以下、この全集は *PSS* と略記する〕

(17) Blok, "O lirike," *PSS.*, 7, 61-81.

(18) Blok, "O sovremennoj kritike," *PSS.*, 7, 107-110.

(19) A. A. Gizetti, "O Bloke," in *Blok. Pro et contra*, 342.

(20) B. S. Lokšina, *Poèzija A. Bloka i S. Esenina v škol'nom izučenii. Posobie dlja učitelja* (Leningrad, 1978), 8-17.

(21) B. M. Jengel'gardt, "V puti pogibshij," in *Blok. Pro et contra*, 347.

(22) A. Belyj, "Reč' na večere pamjati Bloka v Politexničeskom muzee," *Blok. Pro et contra*, 318.

(23) V. V. Vejdle, "O Bloke," in *Blok. Pro et contra*, 378-382.

(24) V. Ja. Brjusov, "Aleksandr Blok," in *Sobranie sočinenij v 7 tomax*, 6 (Moskva, 1975), 431, 438.

(25) I. M. Mašbic-Verov, "Blok i sovremennost'," in *A. Blok. Izbrannye stixotvorenija* (Moskva, 1927), XXLIV.

(26) E. R. Malkina, "Aleksandr Blok na putjax k realizmu," in *Literaturnaja učeba*, 7 (Moskva, 1936): 26.

(27) V. N. Orlov, *Aleksandr Blok* (Moskva-Leningrad, 1956), 196.

(28) V. N. Orlov, *Puti i sud'by* (Moskva-Leningrad, 1963), 377-445.

(29) B. I. Solov'ev, "Volja k podvigu," *Zvezda*, 11 (Moskva, 1955): 172.

(30) L. I. Timofeev, *Aleksandr Blok* (Moskva, 1957), 47.
(31) N. Vengrov, *Put' Aleksandra Bloka* (Moskva, 1963), 13.
(32) E. V. Ivanova, *Aleksandr Blok. Poslednie gody žizni* (Sankt Peterburg, 2012), 11-12.
(33) T. V. Igoševa, *Rannjaja lirika A.A. Bloka (1898-1904): poètika religioznogo simvolizma* (Moskva, 2013).
(34) 拙稿「アレクサンドル・ブロークの伝記研究における問題点──『自伝』を中心に」『Slavistika』第三二号（東京大学大学院人文社会系研究科スラヴ語スラヴ文学研究室、二〇一七年）一三九～一六五頁。
(35) Blok, "O realistax," *PSS.*, vol. 7, 43-61.
(36) Z. G. Minc, "Blok i russkij simvolizm," in *Literaturnoe nasledie*, vol. 92, book 1, 98-99.
(37) Blok, "O romantizme," in *Sobranie sočinenij*, 8 vols., vol. 6 (Moskva-Leningrad, 1962), 359-371.
(38) B. L. Pasternak, *Polnoe sobranie sočinenie v 11 tomax*, 5 (Moskva, 2005), 468.
(39) Pasternak, "Pis'ma," in *Polnoe sobranij*, 9, 492.
(40) Pasternak, "Doktor Živago," in *Polnoe sobranie*, 4, 82.
(41) Pasternak, *Polnoe sobranie*, 5, 468.
(42) Pasternak, "Ljudi i položenija," in *Polnoe sobranie*, 3, 309.
(43) D. L. Bykov, "Predislovie," in N. Berberova, *Aleksandr Blok i ego vremja* (Moskva, 2015), 5-7.
(44) L. I. Timofeev, "Poètika kontrasta v poèzii A. Bloka," *Russkaja literatura*, 2 (Moskva, 1961): 98-107.
(45) L. V. Krasnova, *Pojetika Aleksandra Bloka* (L'vov, 1973), 64.
(46) L. A. Sokolova, "Neopredelenno-sub'ektivnye predloženija v russkom jazyke i poètike Bloka," in *Obraznoe slovo A. Bloka* (Moskva, 1980), 161-214.
(47) Čukovskij, *Aleksandr Blok kak čelovek i poèt*, 78.
(48) Čukovskij, *Aleksandr Blok kak čelovek i poèt*, 161.
(49) K. V. Močul'skij, *Aleksandr Blok; Andrej Belyj; Valerij Brjusov* (Moskva, 1997), 68.
(50) この問題については拙稿「アレクサンドル・ブロークの伝記研究における問題点」で論じた。
(51) テリー・イーグルトン『シェイクスピア　言語・欲望・貨幣』大橋洋一訳（平凡社ライブラリー、二〇一三年）四三頁。

（52）イーグルトン『シェイクスピア』、四三頁。

（53）イーグルトン『シェイクスピア』、一六頁。

（54）Jürgen Habermas, *Knowledge and Human Interests* (Cambridge: Polity Press, 1987), 227.

亡命ロシアの子どもたちの自叙

学童の回想と文学

大平陽一

はじめに

ここで取りあげるのは文学者や芸術家の自叙ではなく、十月革命とその後の国内戦のために亡命したロシアの子どもたちが来し方をつづった作文である。とても回想とは呼べそうにないほど短い文章がほとんどだが、それでも自らの体験を振り返った自叙であることは確かだ。しかし、書き手が知識人ではなく無名の生徒だという事実は、自叙に質の面でも差異を生む。そもそも子どもたちは授業の課題として書いたのであって、自ら望んで作文を書いたわけではない。そんなほとんどプリミティヴと形容できそうな短い作文など読むに値しないように思えるが、実はこれらの作文を集成した冊子は、刊行当時、亡命ロシア社会にたいへんな反響を巻き起こしたのだという。幼い眼を通して見た革命体験の実録と受けとめられたためであった。[1]

小論においては、そんな一風変わった資料――文学的・歴史的価値が広く認められている回想録や自伝とはまったく異なる資料――に依拠しつつ、他の論考とは異なる視点から自叙の問題を考えたい。こんな際物的な文章だが、一読したところ文学とは縁のなさそうな子どもたちの回想を、それでも文学と関連づけたいという願望が筆者にはある。

そのためにまず第一節において、亡命第一波のロシア人の残した回想録についての先行研究に言及した上で、第二節で回想にあらわれたロシアのイメージに見てとれる世代差について――先行研究では等閑視されているが、同時代においては痛いほど感じられていた世代差について指摘する。

次に第三節において、発表当時、素朴なるが故に事実をそのまま記録しているとして話題になった児童の回想が、本当に時代の記録と見なしうるのか、そこに「虚構」はなかったのかという疑問について、授業中に書かれた作文が否応なく持ったはずのパーフォマティヴィティという観点から検討を加えた上で、第四節では、それらの回想に「虚構性」があらわれた理由を、ヒトマンの提起した「伝記を持つ／持たない」という概念を援用し、近代ロシア文学における回想文学の前提条件と結びつけて考察する。

つづいて第五節では、曖昧な記憶をそれらしい「語られてしかるべき」伝記に仕立てるための工夫としての美文調や典型的な文学的モチーフに着目し、既成の文学が生徒の作文に及ぼした影響を、第六節では、ふつう回想において採用される一人称ではなく小説のような三人称叙述を謂わば「防衛機制」として援用している回想についてー―トラウマティックな体験について書くために、あたかも自叙であることを否定したかのような自叙について論じたい。

最後に第七節で、文学から自叙への影響とは逆の、自叙から文学への影響の実例として、亡命ロシアの子どもたちが経験した「移動」の体験が反映された若い世代の亡命ロシア文学について紹介する。

一、年長世代の回想——古き良き真のロシア像を伝えるために

「回想は亡命者のもっとも重要なジャンルのひとつ[2]」だという。たしかに回想録を書いた亡命ロシア人は多い。二〇〇八年にエストニアで開催された国際シンポジウム〈第一波亡命者の回想録〉の綱領的論文「問題としての回想録」において、ラトヴィアのダウガフピルス大学教授で文学研究者のフョードル・フョードロフは、十月革命によって失われた「ロシア的な経験を、ロシア的な精神世界を守り、未来に伝えようという亡命者特有の熱意[3]」が多くの回想録を書かせたのだと、その理由を説明した。つまり、ロシア時代の経験を記録、保存しておこうという謂わば「記憶術的」衝動が、自分たちの知る古き良き「真の」ロシアを末裔に伝えなければならないという使命感と結びついた結果、「革命以前の生活を一望におさめる巨大なパノラマ[4]」としての膨大な量の回想録がもたらされたのだと。

一方、同論集所収の「実存の空間としての回想録」においてオリガ・デミードヴァは、第一波亡命者たちの集合意識の中では「時間と歴史についてのきわめて特殊な表象が、そして亡命以前の表象とはまったく異なる時間・歴史双方の知覚の有り様が形成された[5]」と主張している。

第一波の亡命者たちの集合的意識において唯一の基準点となったのは、「革命以前・革命以後」であり〔……〕時間と歴史は、亡命者の自意識と経験の中で、連続的なカテゴリーから離散的なカテゴリーになってしまった。その結果、「過去・現在・未来」の三分法は、日常のレベルと自己感覚のレベルにおいて、第一の要素（過去）の著しい優勢に対して、それに続く一つないし二つの構成要素（すなわち現在と未来）が存在しないがため、否応なく欠如的な三分法になってしまった。〔……〕亡命者たちは、絶えず過去を回顧

的に追体験することに生を送り、未来を思い描くことで生を送っていた――ただそれは、未来とはいっても、ソヴィエト政権から解放された未来に人工的に転移されるはずの過去にほかならなかった。(6)

たとえば、革命前に国会議員だったヴラジーミル・オボレフスキー(一八六九〜一九五〇)の『過去の印象』(一九三一年)において語られているのは、当時この政治家が亡命生活を送っていたパリについてではない。巻頭におかれたエッセイが、レニングラードでもペトログラードでもなく「ペテルブルグ」と題されていることからも明らかなように、(7)生彩に富んだ描写が捧げられているのは、五十代の政治家の「幼年時代のペテルブルグ」、「あの壮麗な世界都市、革命直前そうであった威風堂々としたペトログラートよりもずっと〔……〕プーシキンの時代のペテルブルグに似ていた」首都なのであり、この回想録では、とうの昔になくなった鎖橋について、「フォンタンカ運河にかけられた〔……〕この驚嘆すべき幻想的な橋は、若い世代のペテルブルグっ子たちの記憶にはない」とノスタルジックに語られている。(8)オボレフスキーのいう「若い世代」とは革命前のロシアの若い世代を指すというのだから、現在とは遠く隔絶した時代の思い出だ。

一方、モラヴィアの小さな町モラフスカー・トシェボヴァーのロシア語ギムナジウムで学んでいた生徒(革命当時七〜八歳)が回想するロシアは、オボレフスキーの描くペテルブルグの美しさとはまるで無縁だ。

① 沢山の人が飢え死にしたり凍え死にしたりした。通りの至る所に餓死寸前の子どもが倒れていた。誰もそんな子どもたちに注意を払わなかった。誰もが食べ物を探すこと、手に入れることに忙しかったから。(9)

「第一波亡命ロシア人」とひとくくりにされていても、そこには複数の世代が含まれていた。一九六六年にソ連で刊行され、かなりのスキャンダルを巻き起こした「白系亡命者」ドミートリイ・メイスネル(一八九九〜一九八〇）の『幻影と現実』には次のような笑い話が紹介されているが、ここには年長世代の亡命ロシア人にとって過去の記憶と現在の亡命生活との関係がどのようなものであったかが端的に示されている。

パリのビストロの丸テーブルに二人の尾羽打ち枯らした亡命者が座っている。一人の足下にはみすぼらしい小犬がうずくまっている。一リットル二フランの酸っぱい赤ワインのグラスを傾けながら語り合う二人は、かつてのロシアともちろん自分自身の過去を思い起こしつつ、ロシアの未来について論争している。一人が足下の小犬を指さして言っている。「ロシアにいた頃、こいつはどれだけ立派なセントバーナードだったことか！」(10)

このアネクドートには、次のようにフォードロフが指摘する〈理想化〉の要因が明らかに見てとれる。

亡命者について二つの重要な要因について述べなければならない。理想化の要因と非理想化の要因だ。その際、双方ともに神話を生み出す。革命前のロシアは『肯定的神話』に高められる。(11)

こうした理想化を、メイスネルの紹介する逸話は笑い飛ばしているのであり、そこには年少世代が年長世代に向けるアイロニカルな視線があらわになっている。オボレフスキーの回想録と四十歳以上も年少の生徒の作文①に描かれたロシア・イメージの間にあらわな大きなへだたりは、前者が一八六九年生まれであるのに対して、後者が一九一二年から一五年の間の生まれ、ほとんど孫の世代であることと無関係ではないだろう。年長世代の亡命者に冷ややかな目を向けるメイスネルでさえ、この生徒より十歳以上年上なのである。少なくとも、ロシア本国で功成り名を遂げた後に亡命した人々と、成人する前に母国を離れた亡命者との間で、ロシアについてのイメージがちがっていても何の不思議もないだろう。にもかかわらず、もっぱら年長世代の回想録に依拠して立論しているフョードロフやデミードヴァは、一面の真実しか見ていないことになる。亡命作家のヴラジーミル・ヴァルシャフスキー（一九〇六～七八）は、ようやく一九五六年になって日の目を見たその回想録――いみじくも『見おとされた世代』と題された著書――において第一波亡命者内部に存在した世代差について次のように指摘していた。

彼らの大多数は今世紀の最初の十年間に生まれた。ロシアで初等教育を受けただけで、中等教育を未修了の未成年として亡命する羽目になった。〔……〕大多数がほとんど子ども時代に祖国を捨てた。彼らはまだロシアを記憶しており、異境の地で自分を追放者だと感じている。〔……〕しかし、彼らのもつロシアの思い出は、それによって生きるにはあまりにも少なすぎた。そこに彼らと年長世代のちがいがある。(12)

ここで亡命ロシア文学に描かれた革命前のロシアについて思いを馳せるならば、真っ先に想起されるのは、当時の亡命ロシア文学において最大の作家であったイヴァン・ブーニン（一八七〇～一九五三）の作品世界であろう。実際、亡命後のブーニンの作品に亡命地は現れない。もっぱらそこで描かれるのは記憶の中のロシアだ。ブーニンと面識があったメイスネルは、第一回ノーベル文学賞を受賞し、一躍世界的名声を得た後の亡命生活について次のように書いている。

ほどなくして彼は、パリに住むことさえ好まなくなった。孤独を愛し、ごく親しい人たちに囲まれて、田舎に暮らすことを選んだ。彼の思いはいつも、そして何よりも、いにしえのロシアへと向かっていた。(13)

だが、ノーベル賞受賞者の作品に対して、若い世代の亡命ロシア人は必ずしも共感を覚えたわけではなかった。たとえば、哲学者・教育学者のセルゲイ・ゲッセン（一八八七〜一九五〇）の次男で、プラハの文学グループ〈庵〉の詩人エヴゲーニー・ゲッセン（一九一〇〜四五）の弟、ドミートリー（一九一六〜二〇〇一）は、晩年に受けたインタビューで、年長世代の文学にほとんど興味が持てなかったと告白している。父親が誕生日のプレゼントにくれたのでブーニンも読むには読んだが、何の印象も受けなかったと言い切り、「私たちは何か新しいものを待望していた、私たちの時代にもっとふさわしいものを必要としていた。大抵あの人たちは革命前のロシアについて、しかも以前ロシアで書いていたのと同じ文体で書いていた[14]」というふうに、古い世代の亡命文学に対する不満をはっきり口にしている。

二、亡命ロシアの子どもたちの回想

しかし、今から紹介するのは、冒頭で断った通り、年長世代のセレブの回想録ではない。名も無い子どもたちがロシア革命以後の来し方を綴った①のような作文である。その多くは短く、内容もプリミティヴだ。しかし、短い作文であれ、数多く集成されたものを通読、比較すれば、そこには多様性と類型性が二つながら浮かび上がってくる。単純な構成の言説であるからこそ、そこに作用している要因が透けて見えることは、自叙の問題を考察するにはむしろ好都合ですらある。学童が作文として自叙を試みていた時に作用していた要因は、革命前のロシアを保存し、古き良きロシアを後生に伝えようという使命感だけに突き動かされていた年長世代の回想録の場合よりも、むしろ多かったのではないかとさえ思えてくる。

それにしても、なぜギムナジウムの生徒が授業中に書いた作文をいま読めるのか——まずは、その理由を説明する必要があるだろう。

一九二三年十二月十二日、当時のチェコ・スロヴァキア共和国、モラヴィア地方の小さな町モラフスカー・トシェボヴァーにあるロシア語ギムナジウムで、二時限を費やし、全生徒に「一九一七年からギムナジウム入学までの私の回想」というテーマで形式や内容を制限することなく自由に作文を書かせた。このことを伝え聞いたプラハの〈在外ロシア初等・中等教育局〉は、この課題作文に強い関心を抱き、報告書『五〇〇人のロシア人児童の回想』[15]の刊行を待たずに、翌一九二四年早々、西欧各地の亡命ロシア語ギムナジウムに同種の課題作文を実施するように教育局から依頼の手紙が送られ、最終的に一九二五年三月までに二四〇三編の作文がプラハの教育局に集まることとなったのである。

その間にトシェボヴァーのギムナジウムで書かれた約五〇〇編の作文を同校の教師V・M・レヴィツキーが、自身の分析に添って児童の作文の断章を配列した前述の小冊子『五〇〇人のロシア人児童の回想』[16]が刊行された以外に、プラハにあったロシア語ギムナジウムの教師セルゲイ・カルツェフスキー（一八八四～一九五五）が同校で提出された課題作文のうち五一編を選んで抄録した二冊目の報告書『難民・ロシア人児童の回想』[17]が、ともに一九二四年に在外ロシア初等・中等教育局から出版された[18]。

これら二冊の報告書が絶大なる反響を巻き起こしたため、二三年のトシェボヴァーの約五〇〇編の作文と二四年の二四〇三編を合わせた巨大なコーパスをもとに、ジャーナリストで文学研究者のニコライ・ツリコフ（一八八六～一九五七）、宗教哲学者のヴァシーリー・ゼニコフスキー（一八八一～一九六二）、立憲民主党の創設者の一人で亡命社会においても要職を歴任したピョートル・ドルゴルコフ伯爵（一八六六～一九五一）、そしてドストエフスキー研究者として知られる一方で、先ほど言及した文学グループ〈庵〉の組織者として若手文学者を支援していたアリフレド・ベーム（一八八六～一九四五？）ら、プラハの亡命社会の指導的知識人たちが亡命の子どもたちについて論じた論考を集めた三冊目の本が――今度は小冊子ではなく単行本『亡命の子どもたち――回想』[19]が、翌二五年に教育局から刊行された。この論集も『五〇〇人の児童』と同様、寄稿者の立論に好都合な作文を適宜引用されているため、生徒の生の声が聞こえないという物足りなさはあるが、格段に情報量がふえている。ただし、巻頭に据えられ、全体のおよそ半分を占め、多くの作文の断章が引用されているニコライ・ツリコフの概説的論考「亡命の子どもたち――亡命ロシアのギムナジウムの生徒たちが『私の回想』という題で書いた二四〇三編の作文の概観」では、前二書で取りあげられた作文の引用を避けているので、これら三冊に紹介されている作文に重複はほとんどないようだ。[20]

さらに七十数年後の一九九七年になって、今ではその多くがモスクワの古文書館に所蔵されている作文を集成した『亡命ロシアの子どもたち――亡命者たちが出版を夢見て果たせなかった本』[21]が上梓された。これは作文を数多く原文のまま掲載しているという上に、生徒の年齢などの個人情報も添えられているもっとも重要な資料だが、現在古文書館に所蔵されている作文は全てを網羅している訳ではないのだろう。『亡命ロシアの子どもたち』に掲載されている作文は三二三編にすぎず、全体の一五パーセントにも満たない。

この大著にも、カルツェフスキー編の報告書『難民・ロシア人児童の回想』に抄録されている五一編のうち、省略部分も掲載されている例が六編あるにすぎない。『五〇〇人の児童』と『亡命の子どもたち』の二冊に掲載された作文となると、三冊の間に重複は見当たらない。

先ほど、最初に刊行された二つの小冊子が大きな反響を呼んだと述べたが、これら亡命の子どもたちの回想については、たとえば、『五〇〇人のロシア人児童の回想』に序文を寄せたゼニコフスキーのように、[22]どの解説者や評者も記録としての意義を強調している。

以下に読者諸氏にご覧いただくのは、類い稀な価値を持った素材であり、正真正銘の「人間のドキュメント」、「我らが暮らしの日々」を忠実に再現した歴史資料である。〔……〕子どもたちの飾り気のない拙い言葉、彼らの純朴なコメントは、浩瀚な回想録よりも雄弁ではなかろうか？　そこには、我々の時代の嘘偽りのない響きが〔……〕記録されているのではないのか？　たぶん、それらの回想が子どもたちの書いた素朴で虚飾のない回想なるがゆえにこうも真実味があるからなのだろう、以下に印刷された文書は『児童の回想』というささやかな題名をはるかに凌駕する記録である。[23]

同様に『亡命の子どもたち――回想』に概説的な論考を寄稿したツリコフも、これらの作文を児童心理に関する資料として高く評価する一方で、「これは比類なき歴史資料である」ことを、「歴史に名を残す人物の回想に匹敵する重要性」、「意図せざるが故に直接伝わってくる生活のリアルさ」[24]を力説してもいる。たしかに、これら四冊の本を繙読してゆく時、年長世代の亡命者の回想録に描かれた古き良きロシアとはまったく異なるロシア像に目を奪われがちになるのは事実である。ところで、『難民・ロシア人児童の回想』の編纂者であるカルツェフスキーとツリコフは、いずれも生徒たちを年齢によって三つのグループに分けている。この事実もまた、第一波亡命者の間に存在する世代差が、当事者たちの間でも実感されていたことを裏書きしているように思われる。『難民・ロシア人児童の回想』における分類は次の通りで、それぞれのエージグループごとに作文を掲載している。そこでは「一九一七、八年に」と曖昧に示されているが、ここでは革命当時のおよその年齢を、便宜的に一九一七年末を基準に算出した。

年少――一九一二～一五年生まれ。革命当時二～五歳、作文執筆時八～十一歳
年中――一九〇九～一一年生まれ。革命当時六～八歳、執筆時十二～十四歳
年長――大半は一九〇七～〇八年生まれ。革命当時十ないし十一歳で執筆時に十五、六歳

しかし、学校毎に学年別に作文が配列されているペトルシェヴァ編『亡命ロシアの子どもたち』では、プラハ

のギムナジウムに限っては、三年生以上の生徒については生年月日が、一、二年生についてもその大半について、執筆の時点（一九二四年三月十八日）での年齢が示されている。そこから各学年に何歳ぐらいの生徒が属していたか見てみると、プラハ・ギムナジウムにおける各学年と年齢の相関は次のようになる。

一年生―革命当時四〜六歳、執筆時十一〜十二歳
二年生―革命当時五〜六歳、執筆時十二歳
三年生―革命当時七〜十一歳、執筆時十三〜十八歳
四年生―革命当時七〜十三歳、執筆時十四〜二十歳
五年生―革命当時八〜十二歳、執筆時十五〜十八歳
六年生―革命当時十〜十五歳、執筆時十六〜二十歳

右の表からも明らかなように、同一学年でも年齢差がかなりある。これは、生徒のほとんどが革命ないし国内戦のために学業を中断せざるを得なかったためなのだが、その中断期間に差があることによる。中には亡命先で中等教育を再開した元白軍兵士も含まれており、最年長の生徒は作文執筆当時二十歳に達していたという。[25]

ツリコフも論文「亡命の子どもたち」においてカルツェフスキー同様、年少、年中、年長も三つのグループに、ただし次のように年齢ではなく学年を基準に分類している。

第一（年少）グループ―予科と一年生の前半までの生徒
第二（年中）グループ―一年生の後半と二、三年生と四年生の一部の生徒
第三（年長）グループ―それ以上の生徒

これをカルツェフスキーの年齢区分に当てはめていくと、ツリコフの分類ではおおよそ次のようになる。

年少グループ―革命当時二～四歳で執筆時には九歳～十一歳
年中グループ―革命当時五～十歳で執筆時に十二～十七歳
年長グループ―革命当時十一歳以上で執筆時に十八歳以上

言うまでもなく、この数字は近似的なものでしかないが、小論のテーマに関する限り、少々の誤差が大きな問題を引き起こす心配はないと考えたい。

まずは、革命当時まだ幼かった年少グループから二編紹介しよう。これらの作文に描かれているのは、理想化とは無縁な――フョードロフが亡命者の回想全体に特徴的だと指摘する理想化がまったく見られない――若年層に特有のロシア・イメージだと言えそうだ。

② 私は六歳だった。ある日、子ども部屋で寝ていると、鉄砲を持った兵隊が入ってきて、私をベッドから引きずり出した。どんなに泣いてもやめてくれず、私の大好きな人形はバラバラにされてしまった。二、三分後、ママが涙に暮れながら子ども部屋に入ってきて、大きな手術の後なので寝込んでいたパパが憎らしいボルシェヴィキたちに無理矢理連行されたと言った。うちの棚はみんな空っぽになってしまった。ショックでママは目が見えなくなり、三カ月間なおらなかった。(26)

〔革命当時二歳～五歳〕

次に年中組からも同様の作文を紹介しよう。カルツェフスキーが選んだ回想にはポグロムの描写が多い。

③　ペトリューラ一派[27]が来てすぐS将軍がユダヤ人の虐殺を始めた。恐ろしかった！　店という店の品物が略奪され、四千人以上のユダヤ人が虐殺された[28]。〔年中、革命当時六〜八歳〕

最後に一九〇七〜〇八年生まれ（年長グループ）の男子生徒の作文から、革命直後のロシアのギムナジウムの様子を伝えてくれる作文を一部分紹介しよう。

④　校長先生はもう訓戒をやめ、かわりに政治の話を僕たちに向かってするようになった。話の最後には「神よ、皇帝を護りたまえ」と歌わねばならなかった。数日後、校長先生が殺され（陸軍大佐だった）、ギムナジウムは閉鎖された。第一に僕に不快な印象をもたらしたのは、うちのギムナジウムの上級生の何人かが拘引され銃殺されたことだった。その時、僕は我が国の革命が何かを悟った[29]。〔革命当時十歳以上〕

こうした作文は、年長世代が回想する革命前の古き良きロシアと好対照をなしている。しかし、『難民・ロシア人児童の回想』にこの種の作文に比率が明らかに高いのは、プラハのギムナジウムの教師であったカルツェフスキーの注意を惹いたのが、その種の革命後の混乱と悲惨な状況を活写した作文だったからであり、作文をそのまま掲載したことからして、要約を容認したゼニコフスキー以上に「正真正銘のドキュメント」と見なしていたからだろう。最初に紹介した②の作文について、六歳の記憶がそこまで確かかという疑問は残るにしても、生徒たちの実体験に基づいていることを疑う理由はない。しかし、彼／彼女らが授業中の課題として義務的にこうした作文を書いたという事実もまた忘れるべきではない。

実際、革命当時の記憶が生々しいと思われる年長グループの中には、作文のテーマに対する不満を漏らす生徒もいたようだ。

⑤　こんな題が出るなんてぞっとする。一生懸命忘れようとしてきたことを掘り返さなくちゃならないなんて。あの歳月が私の中の暢気さ、楽天性を根絶やしにしてしまったというのに。[30]

〔革命当時十歳以上〕

⑥　あのつらい時期のことを思い出すため考えを集中するのは、難しいだけでなくてつらい。[31]

〔五年生、革命当時九歳〜十二歳？〕

これは授業中に——それも革命前の真のロシアの文化を伝承せんがために設立されたギムナジウムの授業中に——書かされた回想だった。意識するしないにかかわらず、教師がどう評価するか、ひいては大人がどう読むかという計算が生徒たちの中に働いていた可能性は否定できないだろう。少なくとも一部の生徒が、これらの作文が「パーフォマティヴ（遂行的）」な性格を持つことを計算していたことは、次の二編の優等生的な作文に明らかだ。

⑦　学校は私たちにとっていわば故郷の離れ島だ。もしロシアが遠くに去ってしまったとしても、学校のおかげで私たちは過去から完全に切り離されることはない。[32]

〔学年不詳〕

⑧　故郷から遠く離れた私たちに残されたものは学校だけだ。ここに入ると、学校がありとあらゆる懐かしいもの、ロシア的なものを私たちの心に吹き込んでくれるのを感じる。[33]

〔学年不詳〕

先に引用した革命・内戦期についての悲惨な思い出にしても、実は年長世代が懐かしむ革命前のロシアが理想化さ
れ、〈肯定的神話〉に高められる一方、在外ロシアは非理想化され「異国なるが故に――難民にとっては住みにくい異境の地なるが故に――〈否定的神話〉に貶められる」と述べているが[34]、革命後のロシアは亡命先の異郷以上に非理想化を蒙っていたにちがいない。功成り遂げた後に亡命した年長世代にとっては、彼らの記憶術的使命感に訴えることのない〈非理想化〉の要因は、その使命感に強く訴える〈理想化〉の要因ほど強いものではなかったために、年長世代の回想には亡命先のみならず革命後のロシアが描かれることは少ないが、学童たちが作文の中に描き出している革命後の悲惨な情況は、革命前のロシアの陰画にほかならない。したがって、こうした非理想化は、革命前のロシアを失われた楽園と見做す彼らの心情におもねる効果を持ち得たはずである。

⑨の作文も、一読したところでは、革命後の混乱を描いているように読める。しかし、書き手の少年は「ひどくぼんやりと覚えているだけだ」と書き出し、「そんなことは起こらなかった」と自らの言説自体を否定するかのような奇妙な一文で締めくくっている。

⑨　一九一七年までの自分の人生は、ひどくぼんやりと覚えているだけだ。僕たちが幸せに暮らしていたこと、何ひとつ不自由したことがなかったという記憶しかない……その後、革命が始まったことは覚えている。窓ガラスが割られているのはなぜか、通りに死人が横たわり、酔っ払いの叫び声が聞こえ、闇雲な銃声が終わらないのはなぜかを理解していた。もし誰かうちの人が外出すると、帰ってくるときは担架に乗せられているか、あるいは全然帰ってこないかのどちらかだということが分かっていた。しかしそんなことは起こらなかった[35]。

〔革命当時六～八歳〕

単なる書き損じかも知れないが、「知っていた」ではなく「分かっていた」あるいは「理解していた」と訳せる動詞を使っていること、そこから一転して「しかしそんなことは起こらなかった」と言われると、そこまで書かれてきた革命後の様子が、実は大人たちから聞かされていた内容であって生徒の実体験ではなかったのではないかという疑念が萌す。

三、生徒の作文は真実の記録なのか?

亡命の子どもたちの回想について、ゼニコフスキー同様、記録としての意義を力説される一方で、年少の生徒たちが、大人たちの記憶に刻み込まれている革命前の「美しき良きロシア」を覚えていないことも指摘されている。実際、⑩と⑪のように、一年生以下の(革命の頃まだ六歳以下だった)年少グループの生徒の中には、記憶がないことを明記している者が少なくない。年少グループの生徒についてはツリコフも、亡命者というより、亡命した両親の子どもに過ぎないと指摘しており、彼らのロシアの記憶が曖昧であるのは、むしろ当然であろう。

⑩　オデッサでの(ぼくはそこに住んでいた)ぼくの生活についての思い出は全く残っていない。[36]

〔革命当時二歳～四歳?〕

⑪　ぼくは島にいました。そのあとノヴィサド市に引っ越しました。島でクラゲを見ました。それ以上何にも覚えていません。[37]

〔革命当時一歳～三歳?〕

⑫　しばらくたってわたしたちは船に乗りましたが、どんな船だったか覚えていません。最初は船倉に座っ

てましたが、そのあと乗客食堂に移り、そこの方が良かったです。そこにはたくさん子どもがいました。そのあと弟とママが病気になりました。わたしたちはどこかの町に着きましたが、何という街だったか覚えてません。その町でわたしは病気になりましたが、どんな病気だったか覚えてません。これ以上、わたしは何も覚えてません。(38)

〔革命当時二歳〜四歳?〕

⑪と⑫で語られているのは、もはやロシア時代ではなく亡命後の体験であろう。年少グループの中には、「一週間後に故郷のセルビアに戻っていた(39)」と書いた者もいたという。ここで仮に「故郷」と訳した単語は「自宅で」と「故郷で」の両方を意味する“doma”であり「祖国」“rodina”ではない。ここはより語源に近く「自宅に」と訳すべきかも知れないが、ツリコフはこの語に感嘆符をつけて強調していることからして、もはや生徒にとってロシアは家郷ではないと解釈しているように見える。その一方で「自分の祖国のことをよく覚えていません(40)」と書いている生徒がいるのは、自分の記憶に残っていないロシアを祖国“rodina”と呼びならわすべきことを、大人たちから学んでいたのだろう。

革命当時七〜九歳だった年中グループにさえ、記憶が曖昧だと告白している生徒が散見されるほどだ。既に引用した⑨もそうであった。

⑨　一九一七年までの自分の人生は、ぼんやりと覚えているだけだ。ぼくたちが幸せに暮らしていたこと、何ひとつ不自由したことがなかったという記憶しかない(41)……

〔革命当時七歳〜九歳〕

⑭　革命が起こった時、私は九歳だった。あの頃については、ひどく曖昧な、しかしとてもつらい記憶しかない。当時私は何も分かっていなかった(42)。

〔革命当時九歳〕

中には記憶が曖昧であるにもかかわらず、もっともらしく回想を書いている（書こうと努力している）生徒もいる。

⑮　よく思い出せないのですが、自分の子ども時代のことを書きます。私がママとパパと一緒にハリコフに住んでいたことから始めましょう。あの頃はいい暮らしをしていました。一年目から旅行し出したことを覚えています。[43]

〔革命当時五歳～六歳？〕

「よく思い出せないのですが〔……〕覚えています」というのは、誰しもあることかも知れないが、それにしても言説の信憑性を疑わせるに足る。「ロシアのことは両親の話で覚えているだけです[44]」と書いている生徒もいるぐらいだから、⑯、⑰のように年長者から聞いた話を自分の回想に取り込んでいる例があるのにも納得がゆく。

⑯　その人が人びとを絞首刑にするのを自分では見ていないが、すべてを見た人たちが話してくれた[45]〔……〕。

〔革命当時三歳～五歳〕

⑰　僕たちは汽船〈アトス〉でブルガリアを発ち、四週間氷に囲まれて立ち往生した挙げ句にようやくベオグラードに着いたが、翌日にはゼムンに移ったことを、両親から聞いて知っている。[46]

〔革命当時六歳以下〕

こうして見てくると、ギムナジウムの生徒の回想が全て、大人たちが賞賛したような事実の記録というわけではないように思えてこないだろうか？

四、回想における暗黙の前提――「伝記」のある人、「伝記」のない人

一般に回想録の書き手は、詩や小説を書く人よりも、あるいは同じ「自叙」であっても日記を認める場合より、読者を強く意識しており、自己の言説が読まれる価値があるという確信をより強く抱いているように思われる。十九世紀生まれの年長世代に回想録を書かせた記憶術的使命感などは、そうした確信のひとつの形であろう。彼/彼女たちが、革命後のロシアの否定的神話ではなく、もっぱら自分たちが真のロシアであると信じる古き良きロシアという肯定的神話を語ったのも、動機づけがより強かったからにほかならない。

詩人マリーナ・ツヴェターエヴァの娘アリアドナ・エフロンは、わずか一年足らずとはいえ、トシェボヴァーのギムナジウムに在籍していた。一九二三年十二月なら、彼女はちょうど在学中だったはずなのだが、彼女がどんな作文を書いたか分からない。ただ、その回想録にアリアドナは次のように書いている。

ある日、私たちの「センセーショナルな」自叙伝を探し求めて、フランスかどこかの新聞の特派員が辺鄙なトシェボヴァーまでやって来た。年少組の生徒の多くはそんなものは書けなかった。自分の経験したことがそれほど「面白い」とは思えなかったのだ。そこで課されたテーマでただただ荒唐無稽な作文を書く者もいた。例えば、仲の良かった年下の男の子は、自分の伝記を「生まれた時ぼくは五歳でした」と始め、「そこで僕はライオンに食べられ、そこに埋葬されました」と締めくくっていた。(47)

革命当時一歳になるやならずだったこの少年の作文は、「生まれた時ぼくは五歳でした」という冒頭の一文だけが『五〇〇人のロシア人児童の回想』におさめられており、事実上の編者で解説者でもあるレヴィツキー

は「七歳の少年の一人は、まんまと大発見を成し遂げることができた」とコメントしているが[48]、この少年の拙い、ほとんど見当違いな工夫の背後に何があったのかについては、アリアドナの方がよほど鋭く見抜いている。

自分自身の経験したことが面白いとは思わなかった生徒たちは、自分たちの回想が後にツリコフから「歴史に名を残す人物の回想に匹敵する」[49]と評価されるなどとは夢にも思わず、自分たちのことをユーリー・ロトマンのいう「伝記を持たぬ人びと」、記録されるべき経歴を持たぬ普通の人間に過ぎないと考えていたにちがいない。ロトマンは論文「歴史的・文化的コンテクストにおける文学的伝記」において、「伝記を持つ権利を有している人は限られている、どの文化にも『伝記を持たぬ人びと』と『伝記を有する人びと』についてそれぞれ固有のモデルがある」と述べ、中世の聖者伝と近代の伝記との間に、その大きな相異にもかかわらず、共通するものがあったと指摘する。

すなわち、その生涯や言行が記述の対象にならず、集団的記憶に入ることのない多くの人びとの中からその名と言行が末裔のために保存される者が選び出される。前者の人びとはその時代のテクストという観点からすれば存在しないも同然であるのに対し、後者の人びとはその存在が登録される。記憶のコードに入るのは後者の人びとだけである。この観点からは、後者の人びとだけが「伝記を有する」のである[50]。

こうした「書かれる／読まれるべき履歴」を持つ人物については、その伝記の記録・保存が必要とされるようになる。そして、そうした文化的要請の結果、回想文学に対する需要も生まれ、その一方で偽の伝記も生まれるようになってくる、とロトマンは述べている。

さらにロトマンによれば、十九世紀の初め頃に詩人こそは伝記に対する権利を有する存在、伝記を有する者の筆頭だとする考え方がロシア文化に定着したとのこと[51]。十九世紀の作家たちはただ単に作家生活を送るだけではなく、自己の伝記をもつくり出すようになり、作者の伝記はその作品に常に付き添う存在となっていった。そうした傾向を体現していたのがほかでもない、プーシキンであった。プーシキンにとって自らの伝記の創出は、詩作同様、しかるべき努力を傾注するにふさわしい対象となっていたというロトマンの指摘には、いささかなりともロシア文学史の知識を持ち合わせている者なら得心がゆくであろう。[52]

ただ中世の聖者伝の書き手の場合、真実の概念はテクストの概念に内包されており、「伝記をもたない人」と位置づけられていた聖者伝の筆記者には、変更を加える権利がないどころか、変更を加えるはずがないとの前提が確固として存在した。それに対して、近代文学においては、作家が「創作者」としての自立的な地位を獲得したことにより、創作同様、伝記にも「意図、その意図の実現のための戦略、選択の動機などのカテゴリー」[53]が適用できるようになったために、創出されたテクストが中世の写本のように本来的に真実だと見なせなくなったと、虚偽や誤謬がテクストに入り込む可能性が当然の前提となったと、ロトマンは指摘する。[54]

実際、私たちが自叙伝や回想録を手に取る時、作者が過去の事実を述べているという暗黙の前提に立って読み進めるのは確かだが、その一方で、文学ジャンルの一つとなった回想に虚構が入り込む余地があることを、私たち読者は心の片隅で承知している。ゼニコフスキーが「素朴で虚飾のない回想なるがゆえにこうも真実味がある」と『五〇〇人のロシア人児童の回想』を賛美する時、いわゆる「回想録」には虚飾や虚構が入り込んでいることが少なくないという見方が賞賛の裏に読み取れる。

このように回想に真実の記録としての性格を求めるゼニコフスキーの態度は、テクスト自体に内在する真実性への全幅の信頼という古来の伝統が他の文化と比べて長く、十八世紀初頭まで保持されていたとロトマンが指摘する、ロシア文学の特徴を反映していたものと推測される。

意味論志向が、さらには芸術プロパーの課題が宗教的や国家的な課題などに奉仕すべく召還されるという考え方が、テクストが真実であるのか、所与の人間にテクストの創作者となり得る資格があるのかという問題をことのほか重視させた[55]。

つまりその作者によって創り出された作品は、自動的に公衆の間に信頼を呼び起こすことはもはやないがゆえに、かえって作者のもたらす情報が真実であることを保証するものとして、作家に誠実さが、ひいては作家の伝記にも真実性が、文化コードによって強く要請されるようになったというのが、ロトマンの理解である。これはロシア文学の本質的特徴のひとつを衝いた卓見であろう。

こうした「伝記を有する人びと」とそうでない人びととの区別があることを――自分たち生徒は「伝記を持たない人びと」の側であるのに対してテクストを産出する者が伝記を有する立場のものであることを――アリアドネや彼女の仲良しの少年らギムナジウムの生徒たちは、直感的に察知していたのではないか。そこで、革命前のロシアを語る一年生の女生徒の作文⑱を読んでほしい。ここにはいにしえのロシアが、十九世紀生まれの亡命者たちの回想録におけるがごとく、美しく牧歌的に描かれている。

⑱ ロシアではとてもいい暮らしをしていた。うちには庭があって、ほとんどの時間を庭で過ごした。そこには私の大好きなライラックの木があった[56]。 〔革命当時三〜六歳？〕

多くの生徒、特に女生徒たちは、このように革命前のロシアを美化しているが、しかし、年長世代の亡命者たちの期待に応えるために、曖昧な記憶をそれなりに「興味深い」物語に仕立て上げようと務めているように感じられてならない。しかも、理想化されたロシア像を提示するため、定型と化している文学的モチーフや、既成文学の美文調など――それはもはや陳腐化しているのであろうが――文学的な表現を援用しているような印象を受ける。先に、近代文学における作家像について、作家が「伝記＝履歴」を持たない一般人とはちがう存在、語るべき伝記を有する者となったというロトマンの歴史理解を紹介した。この命題を裏返せば、作家のように書かれた自叙は、読まれるべき回想としての価値を獲得できるということになりはしないか？

五、失われた楽園としてのロシア像──文学から導入されたモチーフと美文

革命前のロシアを理想化している作文を読んでいてとりわけ目立つのは、花と果実の溢れる楽園というモチーフである。革命によって失われた楽園だから、失楽園ということになろうか。先に引用した作文⑱にも「うちには庭があって［……］私の大好きなライラックの木があった」と語られていたが、ごくプリミティヴな例をさらに三つ挙げてみる。

⑲　うちにはたくさんイチゴがありました。[57]　〔革命当時一歳〜三歳？〕

⑳　うちでは好きなだけ花を摘んでいました。[58]　〔革命当時一歳〜三歳？〕

㉑　ある日わたしは菩提樹の林に行った。そこはとってもいい所で、果物がたくさんあってすごく素敵だった。[59]　〔革命当時五〜八歳？〕

つづいて、もっと凝った作文を紹介しよう。この書き手について『五〇〇人のロシア人児童の回想』の編著者レヴィツキーはロシア時代をよく覚えている生徒としているが、[60]脚色の匂いがしないだろうか？『蛍』[61]という児

童向け雑誌への言及、最後に言及される「森」が革命前の美しき良きロシアのメタファーに成りおおせていることからして、この女生徒は文学的な効果に対して意識的であったと考えても的外れではないように思う。

㉒　居心地のいい子ども部屋で私は『蛍』を読んでいた。新聞の束をもって入って来たパパが「革命だ」と言った時、陶器のお人形は私の方に向けていたうつろな両目を大きく見開いた。ほどなく、私の大好きだった森が伐られた。(62)

〔革命当時九歳〜十二歳?〕

やはり「文学的」と形容したくなる㉓の引用例は、三年生の男子生徒の作文の書き出しの部分である。筆者には、この文章がもはや文学を志向しているように感じられるのだが、それを言語面から立証することは難しい。その一方で、この描写がたとえば文学作品に現れる文章とどう違うのかを示すのもまた困難であろう。

㉓　目の前に美しい景観を繰り広げるキエフは、庭園の緑に埋もれている。〔……〕降り注ぐ陽光を反射して美しい川が輝く。川面のあちこちに投錨している汽船の間に丸木船が見え隠れする——こんなふうに僕は子ども時代を記憶している。ぼくにとっては明るい思い出、よろこびにみちた思い出だ。(63)

〔革命当時七歳〜十一歳?〕

次の作文を書いた女生徒は一九一八年にはロシアを離れており、ここに描かれているのは革命後のスロヴァキアであって、革命前のロシアを理想化しているわけではない。となると、大人たちの懐古主義におもねるために美文調を選んだわけでもないので、筆者の仮説に対する反例と見なさざるをえない。

㉔　私は野の花のように育った。一人で一日中、リンゴをもぎに果樹園に入り込んだり、イチゴを摘みに森に行ったり、小川で――正確には、うちの屋敷のすぐ裏手を流れているかなり広い流れで――水遊びをしたりして過ごした。(64)
〔革命当時十歳～十五歳？〕

しかし、「野の花のように」、エデンの園にもみのっていた「リンゴ」、楽園にほかならない「果樹園」、さらには「イチゴ」、「森」、「小川」といったモチーフが揃って姿を見せていることから、書き手が自ら望んで文学的表現を試みているものと考えられる。このことは、記憶にない革命前のロシアを美化するためという目的を取り去り、生徒の作文に既成の文学が影響を及ぼしていたと仮説を広げるならば、ある程度その仮説を裏書きしてくれる事例と読み替えることもできるだろう。とりわけ「小川で――正確には〔……〕かなり広い流れで」という箇所は、フォルマリストの言う「手法の裸出」にほかならず、この生徒の方法意識をはっきり示している。確かに「素朴な」手法かも知れないが、決して「虚飾」がないと考える方がよほど素朴だろう。

次の作文には、わざわざ編者のカルツェフスキーが「彼の作文には文学志向が刻印されているが、語りの核心は事実に即している」と注しているくらいだ。一部だけだが引用してみよう。

㉕　一九一八年、ぼくは姉さんを見失った〔……〕六歳の子どもだったので、よく考えず、子どもの浅知恵で決めた。姉さんがぼくを連れにやって来てくれるだろうから、そのまま駅にいることにしようと。〔……〕夜の八時近くになっても姉さんは来なかった。暗くなってきたし、お腹が空いてきた。しかしどこかで何か食べようにもお金がなかった。もっとよく考えようとしかけて急に思い出した。以前の冒険のことをだ。お腹が空いていることも忘れて、冒険のことを思い描きはじめた。想像に夢中だったので、暗くなったことに気づかなかった。突然誰かがぼくの袖を引っぱった。振り向くと十三歳ぐらいの男の子で、ぼくの方を見て

大口を開けて微笑んでいた。「こんなところで何してるんだよ?」とその子がぼくに訊いた。「姉さんを待ってる」とぼくは答えた。「姉さんって? どこにいるんだい?」「朝、はぐれちゃった」。「で、朝からここで待ってるの?」「うん」。「何か食べた?」「ううん」。「お腹空いている?」「まあね」。するとその子は「ほら食べな」とパンとソーセージを差し出した。ぼくは受け取るとゆっくり食べはじめた。「これからどこに住むつもりだい?」「分からない」。「おれの友だちにならないか? いろいろ教えてやるよ」。おいしい晩ご飯に夢中になっていたぼくは、よく考えもしないで「うん」と答えた。ぼくはゆっくり近づいてくる貨物列車の方に目をやった。突然気づいた。姉さんが乗っている! 姉さんがぼくを抱きしめる様子、キスを浴びせる様子をぼくは思い描きはじめた。いや、姉さんはその列車にはいなかった。その時になって、ぼくは、今晩自分がひとりぼっちだということを思い出し、泣き出した……「こら、線路から離れろ」と誰かの乱暴な叫び声がすると、目に見えない手がぼくを脇に突き飛ばした。この瞬間、ぼくの脇を客車が通り過ぎていった。(65)

〔革命当時二歳〜五歳〕

六、自叙を拒絶する〈三人称〉叙述——文学から導入された語り

さすがに成人間近の上級生が書いた作文ともなると、過酷な体験を文学的に表現した文章も散見される。この種の作文の特徴として目立つのは、著者たちが自身の体験から距離を置くかのように、まるで自身の作文が「自叙」であることを否定するかのように、三人称による叙述を採用していることである。

冒険小説の冒頭部分を思わせる㉖には、視点的人物としての語り手が潜在しており、純粋に「非人称的」な表現とは言えそうにないが、それでもその視点は対象との同化を避けようとしているように思える。

㉖　寒い。どう猛な風が吼えている。おさまったかと思うと、また恐ろしいほどの力で顔を打つ風。心の奥底にまで吹き込み、その猛々しい吠え声のために心が空っぽに、陰鬱になってゆく。あたり一面、野原また野原。降り続く秋雨のためにふくらんでしまって、どことなく黒く、悲しげだ。僕たちは街道を行軍して行く。護衛隊が先頭を行き、輜重隊と兵士が続く。周囲の人々の顔はどことなく灰色で悲しげだ。[66]

〔革命当時九歳〜十二歳？〕

もうひとつ、三人称叙述が印象的な作文を引用しよう。

㉗　ペトログラード。いかめしい灰色の高層建築が相も変わらず、その美しさを誇示するかのように、懐かしいネヴァ川の両岸にたっている。虚空を白い雪片が静かに舞っている。雪は何も知らず、何も理解しない。ゆっくりと夜の帳が降りてきて、ロシアの人々がきびすを接するようにして歩いてゆく……どこに向かっているのか分からぬまま、何の為に歩いて行くのかを自問することもなしに。昨日あったことは承知だ。では、明日になって何が起こるかは？　明日は暗く、未来は闇の中で、右も左も分からない……。銃弾が飛び交い、巨人のような古都の上空に赤い旗が翻っている。あっちの方で、懐かしいアニチコフ宮殿のそばの橋の上で誰かが何かを叫んでいる。何かの出来事を誰かが嘲り笑っている。何も分からないまま人々は、新たな幸福を求めて、先を争って走って行く。古いものには飽き飽きだ。古いものなどもう要らない。[67]

〔革命当時十二歳以上？〕

こちらの作文の方が「非人称性」がさらに顕著だ。果たして、この文章が文学に成りおおせているのかどうか、筆者には判断できかねるが、しかし、書き手が文学性を志向していることは、少なくともこれらの文章が文体摸傲のレベルにまでは達していることは確かなように思われる。このように、失楽園を描いた美文調の一方で、それとは正反対の乾いた文体も認められるのである。それは主題の相異が――革命前の牧歌的生活と革命後の悲惨な体験という対照的な主題が――対照的な文体をもたらした、と解釈できるのかも知れない。しかし、そんなふうに分かり易く片付けてしまうよりは、悲惨な体験を語るにはこうした「冷徹」とも言える叙述を採用するしかなかったというふうに、直線的影響関係で説明できそうな楽園を描いた回想よりも――曖昧な記憶を陳腐なモチーフの型に流し込み、美文調で整形した作文よりも――もう少し複雑な心理過程を読み取りたい。

先にも言及した『亡命の子どもたち――回想』に収められていた論考の中でツリコフは、一九一七年末の時点で六～八歳だった年中世代に注目し、五つの類型に分類しているのだが、そのうち三つまでが革命後のトラウマティックな経験に着目している。

（一）体験した事件だけをコメントなしに淡々と描く書き手(68)
（二）感覚が麻痺してしまった書き手(69)
（三）事件がトラウマになって意識の表面に浮かび上がってこない書き手(70)

たとえば、次の作文が第二のタイプの典型だという。

㉘　いくらか時間がたつと、完全な人間嫌いの状態が私を襲った。私は生きることに疲れてしまった。当時の私の年齢からするとこんな言い方はおかしいかも知れないが、本当に生きることに疲れてしまったのだ。(71)
〔革命当時十一歳以上〕

実際にテクストを読んでみると、これら三つのタイプを区別するのには、とりわけ第一のタイプと第二のタイプを区別することには無理がある。どちらも大きなショック、深く内向したトラウマが多感な少年・少女を無感覚な大人に変えてしまった状態と理解することができるのだから。何度も言及したように、『五〇〇人のロシア人児童の回想』の序文において、ゼニコフスキーは「素朴で虚飾のない回想なるがゆえにこうも真実味がある」(72)と児童の作文を賛美していたが、悲惨な体験を淡々と書き綴る生徒たちもまた、自らの体験を「素朴に」語っているわけではないのだろう。それらの作文の底には大きなトラウマがわだかまっている。それを「素直で虚飾のない」と評するのは、革命前のロシアで指導的地位にあったエリートの傲慢であり無神経である。悲惨な体験が生々しく記憶に刻み込まれているにちがいない年長グループの生徒の中には、革命後の経験など思い出したくもないと言い切っている者がいることも既述の通りだ。

次の㉙の場合、国内戦に従軍した経験を持つ年長グループの生徒は、自分の神経を頑丈なロープにたとえている。

㉙　何もかもが荒れ狂う疾風に翻弄され、身を以て多くのことが経験された。青年期が早く訪れ、それとともに人生を知った。〔……〕四カ月間の前線暮らしは、僕をすっかり大人に、奇妙なことに静かで落ち着き払った大人にした。もはや死が僕を怯えさせることはなく、僕の神経は船舶用のロープのようになった。(73)

〔革命時十三歳〕

革命後の経験が自分を変えてしまったという苦々しい自己認識は、年長グループの生徒——作文を書いた時点で既に十五歳を超えていた生徒が書いた㉚にも読み取れる。

㉚　前線での軍隊暮らしが、僕の若い魂と心を多くの点で歪めてしまった。少し前までこの若い心にはやさしさと同情に溢れていたのに、今ではまるで石のようになってしまった。〔……〕父が死んだ。最初のうち身の置き場がない思いをしたが、間もなく落ち着いた。僕の心がすでに石のように硬くなっていたお陰だった。[74]

〔革命当時十二歳以上?〕

この場合、「心が石になる」という定型的表現がトラウマティックな経験を語ることを可能にしていると言えば、それは過剰解釈になるのだろう。しかし、悲惨な体験を語ろうとする生徒にとっては、体験から距離を置き、「事件だけをコメントなしに淡々と描く」非人称的な文体が必要だったのではなかったか——そうしたディタッチメントのためには文学性という鋳型に体験を流し込むことが有効だった、と考えられはしないだろうか?　心を石と化すことで感情を麻痺させ、苦悩を感じないで済ませるというやり方、自己防衛のための手段ないし結果としての化石化した心というイメージは、たとえばアンナ・アフマートヴァの連作詩「鎮魂歌」の第七篇「判決」の詩行にも現れている。

きょうのわたしはめっぽう忙しい——
記憶をあとかたもないよう消してやらねばならないし、
心を石にかえてやらねばならないし[75]

アフマートヴァの「鎮魂歌」は、粛清の嵐の中、親友のマンデリシタームに続いて、息子レフ・グミリョフも逮捕されたという状況下で書かれた。正気を保って生きのびるには、自己の経験と距離をおくことがどうしても必要だったのだろう。そうした事情は、物語られる者と自己との同一性が強く否定されている「鎮魂歌」第三篇の冒頭部分にも明らかだ。しかも、ここでは「別のひと」という訳語に対応する不定代名詞“kto-to”が文法上男性として扱われるため、述語動詞との呼応から女性であることが明らかな「私」との間で、文法性までもが異なるという周到さで同一性が否定されているのである。

いいえ、わたしではない、嘆いているのは別のひと。
わたしは　あんなふうにできないはず(76)

この絶唱ではひとりの抒情的主体が「わたし」以外に、「この女」「別のひと」「堕罪の女」と呼び替えられている。語り手は自己同定を拒むかのように自己を分割した。このように〈わたし〉を「わたし」と呼ばないことは、息子の逮捕を他人事にしてしまうための工夫、自己防衛の手段だったように思われる。この詩行のあとで、先に引用した三人称叙述の作文――自叙を拒絶したかのごとき回想――を読み返すならば、生徒たちにとってもトラウマティックな体験を語るためのディタッチメントが必要だったのであり、「鎮魂歌」と同様の防衛機制が働いていたのだと考えたくなる。

自己分割が観察される学童の作文もあるにはある。次に引く㉛の場合は、抒情性が勝っており、アフマートヴァの悲痛さとは比較にならない。しかし、それでもかつての無邪気な自分がいまの自分には他者であるという苦い自己認識が、辛い体験を記憶の外に追いやろうとする防衛機制が読みとれはしないだろうか?

㉛　私の目の前にとうの昔に記憶から失われた光景が再びあらわれる。私たちは別荘にいる。大きな庭のある古い家だ。庭には、やせっぽちの七つの女の子が、灰色の細い眼をした長いお下げ髪の少女がいる。これが私だ。これは昔のことだが、あの頃すでに私はパパがいつ自分の連隊とともにドイツとの戦争のためにい

なくなったかを覚えていなかった。[77]

〔革命当時六歳〕

一介の生徒の書いた文章など、しょせんは既成の文学の摸倣に過ぎないのであろうが、それにしても彼らの三人称叙述は直接的な記録などではなく、そこに手法が介在していることだけは確かだ。

言語における構成的主体について考察するにあたって、フランスの言語学者、エミール・バンヴェニストは何よりも発話の主体に注目し、人称代名詞を通じて主体の概念を検討した。

ここでわれわれが問題にする〈主体性〉とは、話し手みずからを〈主体〉として設定する能力のことである。それは、各人が自分自身であることを感じるのでなく、その身に集まる体験の総体を超越して、意識の恒久性を保証する心的統一として定義される。〈主体性〉とは〔……〕言葉の基本的なひとつの特質が存在の中に現れ出たものにほかならない。「われ」と言うものが〈われ〉なのである。ここにわれわれは〈主体性〉の根拠を認めるものであるが、この根拠は、〈人称〉の言語的位置によって定まるのである。[78]

文学研究者にとって、こうした言語学者の主張はいささか図式的に思えるかも知れない。しかし、サミュエル・ベケットの『名付けえぬもの』の「二度と私と言わない、金輪際、決して。それは茶番だから。私は、それが聞こえたなら、必ずその場所に三人称を置くことにする」[79]という一節を想起する時、バンヴェニストの主張にはそれなりの根拠があるように思えてこないだろうか？

「鎮魂歌」におけるのと同様、自叙を拒否したかのような作文に見られるささやかな方法意識は、語りに非直接的性格をもたらし、作文が単純な記録ではないことが確信される一方で、あえて悲惨な体験を淡々と描写する文体から、かえって生徒たちの蒙ったトラウマが陰画のように生々しく浮かび上がってくるという逆説が――つまりは「別のひと」をめぐっての物語が実は「わたし」自身の体験にほかならないことが、かえってはっきりしてしまうという逆説が――ここには成立している。

七、文学的モチーフとなった亡命体験

これまで小論ではもっぱら生徒の回想に虚構が混じり込んでいるのではないかという可能性を強調してきた。しかし、回想が事実に、現実の体験に基づいているのも、まぎれもない事実である。これまで述べてきたことの確認も兼ね、文学少女と思しき生徒の長い作文を読んでもらいたい。

㉜ 子ども時代の大部分を、私はママがお医者さんとして働いていたS村で過ごした。今でも緑の中に浮かんでいるような小さなお家が目に見えるようだ。この思い出と切り離せないのが、優しく私にとって限りなく大切な婆やの姿だ。〔……〕私は六歳くらいだった。夏は婆やと一緒にイチゴを摘み、冬はママの膝によじ登って婆やのしてくれるおとぎ話を聞いていた……

〔……〕

こうしてまた三年がたった。授業中に銃声が聞こえた。その瞬間、怯えきった先生が教室に飛び込んできた……「皆さん、落ち着くんです……皆さんに家に帰ってもらわなくてはなりません……銃撃戦が終わり次第、みなさんには付き添いと一緒に出発してもらいます。ボルシェヴィキが撃ってきているんです」……この二年間を私はママと婆やと一緒に貨車の中で過ごした。ボルシェヴィキから逃げていたのだ。私たちはロマのように、あちこちを転々としながら暮らした。寝入るとき、明日はどこで目覚めるのか分からなかった。この恐ろしい二年間を私は勉強もせずに過ごした。暗くて寒く、汚い貨物車の中に座って勉強など出来るも

のではなかった。ある朝目覚めると、果てしなく広がる水が目の前にあった。私はママを起こした。「夜の間に運ばれてきたの。私たちはいまV市にいるのよ。これが海なのよ」とママが言った。私はうれしくて叫び声を上げた。生まれて初めて海を見たのだ……ある日、つかまえた蟹と緑色のヒトデを持って海から帰る途中、二週間後には出発すると聞かされて驚いた。私はできるだけ海岸に行き、黄色い砂の上に座って、限りなくいとしい、何より大切なS村が今もあるはずの方向を見ながら、最後の日々を過ごすようにした。出港したのは夕方だった。私たちの乗った大きな汽船の甲板に長いこと座ったまま、故郷の土地の最後の切れ端が隠れてしまった方向を眺めていた[80]……。

〔革命当時六～八歳〕

前半では、理想化された革命前のロシアが「やさしい婆や」「婆やのしてくれるおとぎ話」だとか「ママの膝」「小さなおうち」や「イチゴ摘み」といったいかにも典型的なモチーフを折り込みながら、感傷的、文学的に語られてゆく。後半でも美文調は変わらないが、〈失楽園〉に代わって、亡命体験に特有の〈移動〉のモチーフが前景化していることが目を惹く。

亡命体験とは移動の体験にほかならない以上、生徒たちの作文の中にこのモチーフが目立つのもまた当然だろう。この種の作文には、生徒の体験が直接反映されていると考えられる。ツリコフは、作文の書き手に目立つ一つのタイプとして「町や場所をデータや事実を引きながら列挙することでもって作文を履歴書のようにしている」語り手を挙げているが[81]、このタイプの生徒が書いた典型的な作文を紹介しよう。どうして、詳細に日付を記憶しているのか、もしかしたら年長者からの聞き書きなのかも知れないが、生徒の中で時間が空間移動と緊密に結びついていることは間違いない。

㉝　ぼくは一九一五年五月二十八日にプスコフで生まれ、十二月二十日にヴィテプスクへ移った。一月三十

日にキエフに移った。一九一九年一月一日にハリコフに移り、一月三十一日、そこで妹が三歳で死んだ。五月二十五日にノヴォロシイスクに移った。九月二十一日にアフリカに移ったが、そこでの暮らしはとても良かった。十二月二十一日にフェオドーシヤに戻り、一九二一年にぼくはクロアチアのバカルに着いた。[82]

〔年中、革命当時五歳〜十歳〕

先述の通り、「わたしの人生でもっとも興味深いもの、それは世界一周旅行だ」と書き出し、ユーラシア大陸と北アフリカの地名を列挙している女生徒（三年生）もいたように、この種の書き手にとっては、人生が旅や放浪に、個人史が地理に変わっているかのようだ。ある少年は作文を「これがぼくの旅のすべてです」と結び、別の少女は自分の作文を「手短な地理」と名づけたのだという。[83]

モラフスカー・トシェボヴァーでは予科の年長・年少組の生徒には作文に挿絵をつけるよう求めたのだが、二学年のうち「我が家」を絵に描いた生徒はたった一人だけであり、大多数の生徒（十人）は汽船の絵を書いた。それ以外の生徒の絵も、椰子の木、驢馬、帆船、プルゼニの街、二人のドイツ人、鉄道など、ロシアと無関係な絵ばかりであったという。[84]

ところで、戦間期のチェコには〈庵〉と呼ばれる文学グループ——「見落とされた世代」の詩人、作家たちの結社があり、その同人にはロシア・ギムナジウムの出身者が数多く含まれていた。チェコ・アカデミーのリュボフィ・ビェロシェフスカーは、〈庵〉の詩人アレクセイ・エイスネル（一九〇五〜一九八四）が、「今では全世界が暖房のない車両だ」と鉄道や駅のモチーフを通じて難民生活を表現した旨、強調している。

客車の窓から朝早く
遠のいていく野面を見やりつつ

雲の柔らかい波を通してぼくは言おう
さようなら、退屈な異境の地よと。
幾夜も幾日も車窓の向こう街と森が現れたり消えたりする
ほらもう僕は船倉の樽にはさまれ
風は塩を帆にはねかける。(85)

この他、初期の〈庵〉を代表する詩人ヴャチスラフ・レーベジェフ（一八九六〜一九六九）は、作文を書いた生徒たちよりは一世代からひと世代半ぐらい年上になるが、その作品にも移動のモチーフが目立つ。「歴史と地理の重なり合いは、子どもたちだけでなく、亡命という運命そのものにかかわるものかもしれない(86)」と、日本における亡命ロシア文化研究の第一人者諫早勇一が指摘する通りなのであり、〈移動〉は本章で取りあげた作文の書き手と同じ世代の詩人・作家たちだけでなく、もっと広い範囲の亡命文学に特徴的なモチーフになっていることを、レーベジェフの作品は証明している。「別れの手紙」をご一読いただこう。

駅は地震のように唸っていた
空気は涙と別れのために息苦しくなっていた
救世軍の兵士たちは
詩篇を歌いながら押し合いへし合いしながら円陣をつくり
私たちは別れようと、旅立とうとしていた
曇ったガラスの向こうに日の出が育ちつつあった
私たちの哀しみの暖かい雲がコンパートメントの窓の表面で氷と化してゆき

凍ってゆく、星の急行列車は線路の上で凍ってゆく
いつか再び会うために来ることなど
望みもしないで、私たちは去ろうとしていた[87]

〈庵〉の同人でももっとも若い世代に属するエヴゲーニー・ゲッセン（一九一〇～四五）の詩作品にも同様のモチーフが目立つ。ゲッセンもまた、移動がすなわち履歴であるような人生を送った。[88]「最後の日々」の一節を引用しよう。

眠る客車を見送るように最後の日々を送る
窓の消えゆく模様のような灯火を日々じぶんのために運ぶ[89]

モラフスカー・トシェボヴァーのギムナジウムの卒業生ニコライ・テルレツキー（一九〇三～九四）は、第二次大戦後、〈庵〉の同人としては例外的に発表の機会を得ることができたが、死後チェコ語で出版されたいみじくも『履歴書』という題名の小説は、ペテルブルグからキエフへの、キエフからクリミアへの、そしてクリミアからコンスタンチノープル、コンスタンチノープルからモラフスカー・トシェボヴァーへの少年の移動を綴った――この本に跋文を寄せているアンナ・コプシヴォヴァーをして、その解説文を「亡命ロシア人の放浪の旅」と題せしめ、主人公の少年の放浪を「アナバシス」になぞらえさせた――自叙伝的な小説である。「アナバシス」という比喩は、決して大袈裟ではない。むしろそれが至極当然に思えるほどの移動を、テルレツキーは十代の間に三度も経験している。

まず初めての単独行、それも先の見えない過酷な長旅について手短に要約して紹介しよう。一九一七年、十四

歳のテルレッツキー少年はペトログラードの陸軍幼年学校で学んでいたが、十月に革命が勃発したために幼年学校は閉鎖されてしまう。致し方なく、親元に帰れない生徒たちは、エカテリーナ女学校に一時的に収容されたが、シベリアから叔母が面倒を見に上京してきてくれる。しかし、母親から手紙を受け取った叔母から、母親が当時住んでいたコーカサスからキエフに疎開すると知らされたテルレッツキーは、矢も盾もたまらず、叔母には内緒でキエフに向かおうとする。まずは干し魚とパンを買い込み、パンも保存がきくように乾燥させて食料を確保した。叔母がくれた一〇〇ルーブルが使い道のないまままるまる残っていたのだ。

しかし、旅はまだまだ始まらない。ウクライナ行きの切符を買うにはビザが必要なのだと聞かされる。少年にとっては寝耳に水だが、とにかくビザとやらを出してくれるという役所に向かう。しかし、もちろん役所の窓口は、いや役所の外の通りにまで長蛇の列ができていた。それでも少年は一緒に並ぶ大人たちと協力し、昼間用事をすませる大人の場所を確保してあげるのと引き替えに、叔母に気づかれないために家に寝に帰る間、場所をとってもらうことで四日間行列に並び続けた。

ようやく四日目の朝に役所の建物にたどり着き、その日の午後にはビザをくれるという窓口にたどり着くことができた。しかし、係員は冷酷にも身分証明書の提示を求めた。十四歳の生徒は身分証明書なるものを持ったことさえなかった。少年は窓口をどけと言われたが、「絶対にどかない。僕はどうしてもビザが要るんだ。僕はもう子どもじゃない」と他のみんなと同等の権利を主張した。並んでいる大人の中には、首を振って同情する人がいるかと思えば、罵る人も笑う人もいた。とうとう係員に「どかなければ警察を呼ぶぞ」と脅された。どうしようもないテルレッツキーは、幼児のように号泣しながら階段を降りるしかなかった。その時一人の男性が、なぜ泣いているのかと声をかけてくれた。テルレッツキー少年の話に耳を傾けていた男性は、しばしの沈黙の後にぽつりと言う。自分の息子も幼年学校に通っていたが、この秋に死んでしまった。息子の名前で書類をもらって、翌日駅にとどけてやろうと。

こうしてテルレッツキー少年の長く過酷な鉄道の旅が始まる。鉄道の旅と言っても、コンパートメントがありトイレの備わっている客車などという贅沢を味わえたのは一度だけ、ほとんどの移動は屋根の上で過ごさなければならなかった。しかも、列車は予定通りに運行されるはずもなく、行き当たりばったり乗り換えを繰り返すしかない。ようやくウクライナに入ると、まだしも平穏ということであろう、残ったお金で色々な品物が買えるようになる。

もう長いことそんなものがあることさえ忘れていた品物が売られていた。牛乳、サワークリーム、牛脂、焼きたての小麦粉のパンケーキ、肉入り野菜入りのケーキほかたくさんの品々だ。とうとうまた美味しい物を食べられる幸せよ。しかし、胃はそんな食べ物のことなどすっかり忘れていた。私は下痢になった。それもすぐにではなかった。(90)

贅沢な食事を終えて乗り換えなしにキエフに行けるという列車に戻ってみると、座席どころか屋根にも割り込むすき間はなく、車両と車両の間の連結器の上でさえ人が座っていた。空いているのは最後尾の車両の連結器の上だけ。少年は下のフックに干した魚とパンの入った布袋を引っかけ、その連結器に腰を下ろした。その時、下痢が始まった。ズボンを脱ぐこともできず、便を垂れ流すしかない。その便は食べ物の入った袋も汚していくがどうしようもない。そんな惨めな姿でキエフについた少年は、駅のポンプでズボンを洗った後に住所も分からぬ母親を探しに向かわなければならなかったのである。

こうした長旅の末に母親と再会できたにもかかわらず、一九一八年の六月にテルレッツキーは再び家出する。母親は反対するが、白軍に参加してボルシェヴィキとたたかうために、白軍参加の幼年学校のある黒海沿岸の港湾都市ノヴォロシイスクに向かうためだ。しかし、ノヴォロシイスクの幼年学校は、白軍と共に同じクラスノダール地方で黒海東岸の都市トゥアプセへと移っていた。トゥアプセに着くと今度はクリミア半島南東部のフェオドーシヤに行けと言われるが、フェオドーシヤではヤルタに、ヤルタではシンフェロポリへ行くように命じられるというように、テルレツキーは幼年学校を追ってクリミア半島を三カ月近くも放浪した挙げ句、白軍と共にコンスタンチノープルへと船で渡り難民となったのである。

コンスタンチノープルの難民キャンプに落ち着いたテルレツキーは、亡命ロシア人のために開設されたばかりのギムナジウムに入学して中断を余儀なくされた中等教育をやり直すことにした。そして、学校そのものが、チェコ・スロヴァキア政府の手篤い援助の手を受け入れ、モラヴィアの小さな町へと引っ越したため、テルレツキーもチェコ・スロヴァキア共和国に移住する。これが十代最後の長旅になった。しかし、付き添いの教師までいる移動は、テルレツキーにとってはしごく気楽な旅だったのだろう。前の二つの旅の描写に比べれば、暢気と言えるほど素っ気ない。

チェコ・スロヴァキア共和国には二つの長い列車に分譲して向かった。ブルガリアを横断したとき、駅ではボルシチで歓待してくれ、ユーゴスラヴィアではボルシチに加えて、良質な葡萄が供されたが、オーストリアでは人っ子ひとり出て来なかった。すでに夜で、バケツをひっくり返したような雨が降っていたからだろう。そして、目的地モラフスカー・トシェボヴァーに到着。(91)

むすびにかえて

『五〇〇人のロシア人児童の回想』と『亡命ロシアの子どもたち』において、レヴィツキーやツリコフらの解説者たちが、自らの解釈のモデルに合致するような例を選び、立論に好都合なように配列していることについて、生徒の生の声が聞こえないという物足りなさがある、と不平がましく述べた。しかし、読者諸氏もお気づきの通り、本章でも似たような事がなされている。しかし、作文にあまり手を加えずに掲載したカルツェフスキーの場合でさえ、ロトマンの指摘の通り、選択という要因が働いている。実際、『難民・ロシア人児童の回想』においては、革命及び内戦期の悲惨な状況を語る作文の比率が高く、ポグロムについて語った作文が目立つのは、カルツェフスキーがユダヤ人であったという事実と無関係ではないのかも知れない。

本章で紹介した作文にしても、分量が長く、文章として整ったものが多い点で、恐らく真実を歪めている。とりわけ第六節で取り上げたような三人称叙述の小説を思わせる作文は、きわめて例外的なものと認めざるを得ない。ただし、深読みすればトラウマを感じ取れるような作文が多いのも事実である。

㉞　ボルシェヴィキがやって来たことは私にひどいショックを与えたので、それ以来わたしは全てに無関心になった。〔……〕通りを歩いていて、何度となく凍死者の屍体が山積みになっているのを見る羽目になったことがあったし、自分たちが飢え死にしそうになったことも一度や二度ではなかった。しかし、そんなことにも慣れることができる。[92]

〔革命当時七歳～十三歳？〕

文学的定型の援用にしても、ごくプリミティヴな作文にまでそれが入り込んでいる事実は強調したい。次の作文では物語の決まり文句が――直訳すると「あるすばらしい日に」となる表現が――使われているが、こうした例は少なくない。

㉟　ある〔すばらしい〕日、銃撃戦が始まった。[93]

〔革命当時四歳～六歳？〕

㊱　ある〔すばらしい〕朝、わたしが子ども部屋で眠っていると、武装した兵隊たちが押し入ってきた〔……〕。〔革命時二歳〜五歳〕(94)

もちろん、これらの作文がアイロニカルな効果を狙っているだとか、教師の歓心を買うというパーフォマティヴな目的を達成するためだと強弁するつもりはない。しかし、文学的定型が幼い生徒の素朴な言語表現にまで影響を与えた可能性があることは、否定できないであろう。

だが、その反面において、小論で（しかも一部分だけを）引用した作文は、書かれた作文の五十分の一以下、いま読むことができる作文全体の十分の一程度であるにもかかわらず、今回資料体とした亡命ロシアの子どもたちの作文が、ある限られた数の類型に収斂するように――小論で紹介した少数のタイプにほぼ還元できそうにも――思われる。それは、子どもたちの自叙が文学と密接な関係を持ちながらも、いわゆる「人工的」文学と一線を画しているということになるのかも知れない。

プラハ言語学サークルに所属していた言語学者ヤーコブソンと民族誌学者ピョートル・ボガトゥィリョフは、一九三〇年に連名で発表したマニフェスト「フォークロア研究と文学研究の境界画定の問題に寄せて」において、ソシュールの提起したラングとパロールの区別に霊感を得て、少数のモチーフとその組合せに限られているフォークロア作品と自由な文学的創作との間に、次のような区別を立てた。

集団が作品を受け容れた瞬間に初めてそれはフォークロア作品となる。個人による新造語が慣習とならない限り、社会化されない限り、それを言語の（ソシュール的な意味におけるラングの）変化と見なせぬのと同様、フォークロア的事象となるのは、ある集団によって承認、習得されたものだけだ。集団による事前の検閲――それはフォークロア作品が存在する上での前提なのである。(95)

亡命ロシアの子どもたちの自叙は、第二節で述べたように、自由作文ではあるが、授業中に書かされた作文であった。だからこそ、文学的定型を借りる必要があったと筆者は主張したいのだが、概してそれは類型的な文学表現にとどまっている。つまり、子どもたちの自叙にも、ヤーコブソンとボガトゥィリョフがフォークロアに指摘する「共同体による事前の検閲」ほど厳格なものではないにしろ同種の制限が——亡命ロシア社会が共有する合意に基づく一定の自己検閲——がある程度はたらいていた可能性が高い。ヤーコブソン＝ボガトゥィリョフの見方に則して生徒たちの作文を全体として見る時、それらの自叙はパロール的、個人的な創造とラング的、集団的創造の境界線に位置しているのではないだろうか。

【註】

（1）ここでは旧ロシア帝国からの亡命者を「亡命ロシア人」と総称する。

（2）F. P. Fëdrov, "Memuary kak problema," in *Memuary v kul'ture russkogo razbež'ja* (Moskva: Nauka, 2010), 9.

（3）Fëdrov, "Memuary kak problema," 9.

（4）Fëdrov, "Memuary kak problema," 10.

（5）O. R. Demidova, "Memuary kak prostranstvo èkzistencii," in *Memuary v kul'ture russkogo razbež'ja* (Moskva: Nauka, 2010), 23.

（6）Demidova, "Memuary kak prostranstvo èkzistencii," 23.

（7）十八世紀にピョートル大帝によって創建され、首都となったネヴァ川河口の人工都市は、長らくドイツ語風に「サンクト・ペテルブルグ」と呼ばれてきたが、一九一四年七月に第一次世界大戦が勃発すると、翌八月に敵国であるドイツ風の町の名をロシア風の「ペトログラード」に改めた。このロシア風の名称は、一九二四年にレーニンが没すると、その五日後に「レニングラード」とさらに改められたが、ソ連崩壊直前の一九九一年六月に実施された住民投票により「サンクト・ペテルブルグ」の旧称に復することとなった。

（8） V. S. Obolenskij, *Očerki minuvšugo* (Belgrad, 1931), 7.

（9） Sergej Karcevskij ed., *Vospominanija detej-bežencev iz Rosii* (Praga: Pedagogičeskoe bjuro po delam srednej i nizšej russkoj školy za granicej, 1924), 5. ——以下、ギムナジウムの作文からの引用には①というように番号を付す。

（10） Dmitrij Mejsner, *Miraž i dejstvitel'nost* (Moskva: Izdatel'stvo Agenstovo pečati Novosti, 1966), 145.

（11） Fedrov, "Memuary kak problema," 12.

（12） Vladimir Varšavskij, *Nezamečënnoe pokolenie* (Moskva: Russkij put', 2010), 18.

（13） Mejsner, *Miraž i dejstvitel'nost*, 209.

（14） "Dmitrij Sergeevič Gessen," in *Vospominanija, dnevniki, besedy: Russkaja èmigracija v Čexoslovakii*, 1, ed. Ljubov' Beloševskaja (Praga: Slovanský ústav AV ČR), 425.

（15） *Vospominanija 500 russkix detej s predisloviem V. V. Zen'kovsokogo* (Praga: Pedagogičeskoe bjuro po delam srednej i nizšej russkoj školy za granicej, 1924)

（16） 当時、プラハのロシア語ギムナジウムで教えていたカルツェフスキーは、言語学史上名高いプラハ言語学サークルの創設メンバーの一人であり、教育者としてよりは言語学者、ロシア語研究者として知られている。

（17） 註9を参照のこと。

（18） モラフスカー・トシェボヴァーのロシア語ギムナジウムとそこで実施された作文については、次の論文に詳しい。諫早勇一「亡命ロシアの子どもたち——モラフスカー・トシェボヴァーのロシア・ギムナジウムをめぐって」『言語文化』第一二巻一号（同志社大学言語文化学会、二〇〇九年）二七七—二九一頁。本章は諫早論文に刺激を受けて書かれた、謂わばマージナルノートである。この場を借りて氏に御礼を申し上げたい。

（19） V. V. Zen'kovskij ed., *Deti èmigracii: Vospominanija* (Praga: Pedagogičeskoje bjuro po delam srednej i nizšej russkoj školy za granicej, 1925)

（20） Nikolaj Curikov, "Deti èmigracii: Obzor 2400 sočnenij učaščixsja v russkix èmigrantskix školax na temu «Moi vospiminanija»," in *Deti èmigracii: Vospominanija* ed. V. V. Zen'kovskij (Praga: Pedagogičeskoe bjuro po delam srednej i nizšej russkoj školy za granicej, 1925), 9-135.

（21） L. P. Petruševa ed., *Deti russkoj èmigracii: Kniga, kotoruju mečitali i ne smogli izdat' izgnanniki* (Moskva: Terra, 1997)

(22)　それにしても高名な宗教哲学者がなぜ学童の作文について論じるのか、疑問に思われる向きもあろうが、当時ゼニコフスキーは亡命ロシア人教師のキャリアアップのためにチェコ・スロヴァキア政府の支援を得て設置された大学院レベルの教育機関〈コメンスキー記念ロシア高等教育学院〉の教授として実験・児童心理学を講ずる一方、〈在外ロシア初等・中等教育局〉の局長を務めていた。
(23)　V. V. Zen'kovskij, "Predislovie," in *Vospominanija 500 russkix detej s predisloviem V. V. Zen'kovsokogo* (Praga: Pedagogičeskoe bjuro po delam srednej i nizšej russkoj školy za granicej, 1924), 10.
(24)　Curikov, "Deti èmigracii," 12.
(25)　一九二四年に規模を拡大して実施された作文では、最年長の生徒の年齢は二十四歳であった。
(26)　Karcevskij, *Vospominanija detej-beženцev iz Rosii*, 4. ――「六歳だった」という記述からして、この出来事は一九一八～一九年頃のことと推測される。
(27)　ペトリューラはウクライナの民族主義者。一九一八年、第一次世界大戦に敗れたドイツがウクライナから撤退すると、ペトリューラ率いる軍隊はドイツ軍の傀儡政府軍を破り、キエフに入城した。
(28)　Karcevskij, *Vospominanija detej-beženцev iz Rosii*, 10.
(29)　Karcevskij, *Vospominanija detej-beženцev iz Rosii*, 20-21.
(30)　*Vospominanija 500 russkix detej*, 9.
(31)　Petruševa, *Deti russkoj èmigracii*, 226.
(32)　Curikov, "Deti èmigracii," 34.
(33)　Curikov, "Deti èmigracii, " 34.
(34)　Fëdrov, "Memuary kak problema," 12.
(35)　Karcevskij, *Vospominanija detej-beženцev iz Rosii*, 13.
(36)　Curikov, "Deti èmigracii,"91.
(37)　Petruševa, *Deti russkoj èmigracii*, 457.
(38)　Curikov, "Deti èmigracii," 91-92.
(39)　Curikov, "Deti èmigracii," 92.

（40）Zen'kovskij, "Predislovie," 8.
（41）Karcevskij, *Vospominanija detej-bežencev iz Rosii*, 13.
（42）Petruševa, *Deti russkoj èmigracii*, 227.
（43）Petruševa, *Deti russkoj èmigracii*, 429.
（44）Curikov, "Deti èmigracii," 92.
（45）Karcevskij, *Vospominanija detej-bežencev iz Rosii*, 5.
（46）Petruševa, *Deti russkoj èmigracii*, 459.
（47）Ariadna Èfron, "Stranicy bylogo," in *Neizvestnaja Cvetaeva: Vospominanija dočeri* (Moskva: Algolitm, 2001), 173.
（48）*Vospominanija 500 russkix detej*, 7.
（49）Curikov, "Deti èmigracii," 12.
（50）Jurij Lotman, "Literaturnaja bibliografija v istoriko-kul'turnom kontekste: K tipologičeskomu sootnošeniju teksta i ličnosti avtora," in *Izbrannye stat'I v trex tomax*, 1 (Tallin: Aleksandra, 1992), 365-366.
（51）Lotman, "Literaturnaja bibliografija v istoriko-kul'turnom kontekste," 371.
（52）ただ、これがロシア文学に限ったことなのかという疑問は残る。
（53）Lotman, "Literaturnaja bibliografija v istoriko-kul'turnom kontekste," 368.
（54）Lotman, "Literaturnaja bibliografija v istoriko-kul'turnom kontekste," 369.
（55）Lotman, "Literaturnaja bibliografija v istoriko-kul'turnom kontekste," 369.
（56）Petruševa, *Deti russkoj èmigracii*, 426.
（57）*Vospominanija 500 russkix detej*, 7.
（58）*Vospominanija 500 russkix detej*, 7.
（59）Petruševa, *Deti russkoj èmigracii*, 430.
（60）*Vospominanija 500 russkix detej*, 11.
（61）児童文学者のアレクサンドル・フョードロフ＝ダヴィドフ（一八七五〜一九三六）が編集・刊行していた児童向け雑誌。
（62）*Vospominanija 500 russkix detej*, 11.

(63) Petruševa, *Deti russkoj èmigracii*, 196.
(64) Petruševa, *Deti russkoj èmigracii*, 208.
(65) Karcevskij, *Vospominanija detej-bežencev iz Rosii*, 5-6.
(66) Petruševa, *Deti russkoj èmigracii*, 216.
(67) Petruševa, *Deti russkoj èmigracii*, 276.
(68) Curikov, “Deti èmigracii,” 95. ツリコフの五分類では第二の類型とされている。
(69) Curikov, “Deti èmigracii,” 95. ツリコフは第四の類型としている。
(70) Curikov, “Deti èmigracii,” 95. ツリコフは第五の類型としている。これ以外には、自分の体験を誇らしげに披瀝する第三のタイプ「ヒーロー」と、このあと第七節で紹介する履歴が地理的移動と化している「旅人」タイプをツリコフはあげる。
(71) Curikov, “Deti èmigracii,” 120.
(72) Zen’kovskij, “Presislovie,” 3.
(73) Petruševa, *Deti russkoj èmigracii*, 168.
(74) Petruševa, *Deti russkoj èmigracii*, 303.
(75) Anna Axmatova, “Rekviem,” in *Anna Akhmatova Works, 1*, 2nd edition, revised and enlarged (N.p.: Inter-Language Literary Associates, 1967), 365.
(76) Axmatova, “Rekviem,” 364.
(77) *Vospominanija 500 russkix detej*, 8.
(78) エミール・バンヴェニスト「ことばにおける主体性について」『一般言語学の諸問題』岸本通夫監訳（みすず書房、一九八三）二四四頁。
(79) Samuel Beckett, “The unnamable,” *The Beckett trilogy* (London: Pan Books, 1979), 326.
(80) Karcevskij, *Vospominanija detej-bežencev iz Rosii*, 14-15.
(81) Curikov, “Deti èmigracii,” 95.
(82) Curikov, “Deti èmigracii,” 96.
(83) Curikov, “Deti èmigracii,” 96.

（84） *Vospominanija 500 russkix detej*, 7.

（85） Ljubov' Beloševskaja, ed., *"Skit" Praga 1922-1940: Antologija, Biografii, Dokumenty* (Moskva: Russkij put', 2006), 363.

（86） 諫早勇一「亡命ロシアの子どもたち」、二八九頁。

（87） Beloševskaja, *"Skit" Praga 1922-1940*, 179.

（88） エヴゲーニー・ゲッセンは、哲学者、教育学者の父に連れられてまずベルリンに亡命した後、プラハに移り、プラハのロシア語ギムナジウム卒業後はベルギーの大学に進学した。しかし、ベルギーに馴染めず、プラハに舞い戻ったあと両親が離婚、ワルシャワ大学に招かれた父親には同行せず、母親とプラハに残ることを選んだ。一九三九年にチェコがナチス・ドイツの保護領になると、ユダヤの血を引くゲッセンは保護領内の収容所に送られた。しかし、その後ドイツ本国の収容所に移されたこと、そこで一九四四年の夏に発疹チフスにかかったためにベルリンの病院へ、そこからさらにオラニエンブルクの収容所へ移されたところまでしか分かっていない。

（89） Beloševskaja, *"Skit" Praga 1922-1940*, 593.

（90） Nikolaj Terlecký, *Curriculum vitae* (Praha: Trost, 1997), 22.

（91） Terlecký, *Curriculum vitae*, 44.

（92） Petruševa, *Deti russkoj èmigracii*, 55.

（93） Petruševa, *Deti russkoj èmigracii*, 426.

（94） Karcevskij, *Vospominanija detej-bežencev iz Rosii*, 4.

（95） ロマーン・ヤーコブソン、ピョートル・ボガトゥイリョフ「フォークロア研究と文学研究の境界画定の問題に寄せて」、桑野隆・大石雅彦編『フォルマリズム――詩的言語論』ロシア・アヴァンギャルド6（国書刊行会、一九八八年）二〇二頁。

ヴァシーリー・トラヴニコフとは誰か？

ホダセーヴィチにおける自叙と文学史の交点

武田昭文

はじめに

ヴラジスラフ・ホダセーヴィチ（一八八六～一九三九）の小説『ヴァシーリー・トラヴニコフの生涯』（以下『トラヴニコフ』と略）は、一九三六年二月八日、パリのラス・カーズ通りの「ミュゼ・ソシアル」で開かれたヴラジーミル・ナボコフ（一八九九～一九七七）との合同朗読会で発表された。ナボコフの伝記作者ブライアン・ボイドは、このときのホダセーヴィチの朗読について次のように書いている。

デルジャーヴィンの詩や、プーシキン時代にかんする造詣の深さで称えられてきたホダセーヴィチは、これまで無名だったヴァシーリー・トラヴニコフの作品を発掘した話をして、聴衆を驚かせた。プーシキンより十四歳年上だったトラヴニコフは、プーシキンのすぐ前に活躍した詩人たちよりも早い時期から、十九世紀に「受け継がれた、十八世紀の遺物である、文学的な気取りという因襲にたいして、意識的な戦い」を挑んでいたという。ホダセーヴィチが引いた、トラヴニコフの伝記にまつわるちょっとしたできごとや、作品の短い例は、ロシア文学を愛するすべての聴衆を感動させた。(1)

聴衆は感動しただけではなかった。ホダセーヴィチは非凡な詩人を発見した功績を称えられ、彼の文学上の最大の敵だったゲオルギー・アダモーヴィチ（一八九二〜一九七二）さえもが、「最新ニュース」紙に熱烈なレビューを寄せて、ホダセーヴィチを祝い、トラヴニコフの遺稿を集めて研究すべきことを文学史家たちに呼びかけた。(2)

ホダセーヴィチは、こうした人々の反応を見届けてから、数日後にあっさりと真相を明かした。ヴァシーリー・トラヴニコフなる詩人は存在しない、それは自分が創作した人物であると――。同時代人を見事にかつぎ、宿敵のアダモーヴィチをギャフンといわせた、このホダセーヴィチのいたずらは、亡命ロシア文学界における有名な逸話の一つとなっている。

本章は、このように当時の聴衆を感動させ、一杯食わせた、架空の詩人の伝記とはいったいどんな小説であり、またそこではどんな信憑性の捏造が行われていたのかを読み解く試みである。果たして、それは本当にただのいたずらだったのかという問いとともに。

一、ロシア文学のレミニッセンス

はじめに、ロシア文学のレミニッセンスという点からこの小説の特徴を見ていこう。レミニッセンスとは、ここでは「記憶の要約」という意味に解してもらいたい。

詩人・批評家・回想記作家として知られるホダセーヴィチだが、彼はけっして小説家ではなく、まして物語作者ではなかった。そうしたホダセーヴィチがこの小説でとった小説作法は、プーシキン以前の最大のロシア詩人ガヴリーラ・デルジャーヴィン（一七四三〜一八一六）の生涯を描いた、伝記文学の傑作『デルジャーヴィン』（一九三一）を書いたときと同じ方法、つまり事実にもとづいて書くというドキュメントの方法である。偽の伝記である『トラヴニコフ』の場合、その事実に当たるものは、プーシキンをはじめとするロシア文学作品から／への様々な引用やアリュージョンから採られることになった。

そうしたレミニッセンスの例を、この小説のはじまりの段落において見てみよう。

親衛隊中尉グリゴーリー・イヴァーノヴィチ・トラヴニコフは、故郷の兄の結婚式に行くことができなかったために、少なからず悲しんだ。賜暇が許されたのは、ようやく数カ月後だった。そして一七八〇年五月初めのある雨の晩、三頭立ての駅馬車が、彼を真っ直ぐペンザの生家の門に運びとどけた。がしかし、彼は兄に会えなかった。折しも復活大祭から、兄のアンドレイ・イヴァーノヴィチは、新妻とともに、舅の領地がある近在のロシニャキへ夏の滞在に出掛けていたのだった。[3]

この文章から、ロシア文学の読者にはただちにいくつもの記憶と連想がわきあがる。

まず、若い主人公が（ここではまだ主人公の未来の父であるが）都会から田舎へ行くという図式そのものが、プーシキンの『エヴゲーニー・オネーギン』の冒頭のイメージを喚起する。『オネーギン』では、主人公は叔父の遺産を相続するためにペテルブルグから片田舎に向かい、そこで女主人公に出会うが、『トラヴニコフ』も同じストーリー展開をする。

また、主人公の軍人としての身分「親衛隊中尉」は、プーシキンのもう一つの代表作である小説『大尉の娘』

の主人公で「近衛中尉」のペトルーシャ・グリニョーフを想起させる。さらにデルジャーヴィンの伝記の読者は、若き中尉時代のデルジャーヴィンを連想したかもしれない。ちなみに「中尉」は、プーシキンのグリニョーフ以来、ロシア文学の注目すべき登場人物で、しばしば〈若さ〉と〈美〉と〈力〉、そしてそれらが誘発するアヴァンチュールを象徴する。[4] ホダセーヴィチは、こうしたロシア文学の鉄則に則って主人公を設定している。

　これ以外にも、朗読会に集まった聴衆の心を震わせたであろうディテールを見出すのはむずかしくない。「故郷／帰郷」――それは亡命者たちにとってもはや叶わぬ夢であった。「駅馬車」――三頭立て、つまりトロイカである。そして「復活大祭（パスハ）」[5]。これらの語がどれほど彼らのノスタルジーをかきたてるか、作者にはもちろん計算済みであったろう。

　こうした先行する文学のレミニッセンスとしての特徴に加味されるのが、フォークロア（お伽話）的な要素である。

〈高級〉な文学である『オネーギン』と、いわば〈低級〉な文学であるお伽話とがどのように接続するのか、続けて二つの段落を引用して見てみることにしよう。

> あくる日、グリゴーリー・イヴァーノヴィチがロシニャキへ向かったときには、太陽が暖かく照っていた。中尉の心は弾んでいた。彼は概して陽気で屈託のない性質だった。もし来る日が彼の人生における宿命の日になるだろうと言われたら、彼は笑い出したにちがいない。迷信など彼には縁がなかった。
>
> 　兄弟は心から再会を喜びあった。そうして、今の状況において予期せねばならなかった実務的な話も、彼らのあいだでは、温かく、簡単に片付いた。ほとんど幼少期に天涯の孤児となったトラヴニコフ兄弟は、三つの地所（全部で約二千人の農奴がいた）からなる遺産を共有していた。アンドレイ・イヴァーノヴィチが結婚した今、それを分けてたがいに独立すべきだった。兄弟は、分配の条件を簡単に決めると、二カ月後に

グリゴーリー・イヴァーノヴィチが連隊に戻るとき、ペンザで正式手続をした。

第二段落は、一転して明るい雰囲気になる（第一段落が「悲しんだ」という文章で始まっていたことを思い出そう）。「太陽が暖かく照っていた」という言い回し自体がお伽話の常套句である。こうした〈明・暗〉の対比は詩的フォークロアによく見られる技法だが、話はさらに「迷信」へと続いてゆく。

ロシアの迷信では、人がどこかに出発するときに雨が降るのは吉兆とされる。「今は悪いが、先々は良くなる」と裏返して解釈するのである。この迷信に即していえば、主人公が帰郷した晩に降っていた〈暗い〉雨は、むしろ吉兆を表すものだった。逆に、あくる日の〈明るい〉太陽の方が「吉兆が消えた」という意味で不吉なのだ。「もし来る日が彼の人生における宿命の日になるだろうと言われたら」という、いささかおどろおどろしい「予言」は、こうした迷信の含意を踏まえて書かれている。

このように、第二段落は表面の〈明るさ〉に反してその中味は〈暗い〉。〈高級〉な文学と〈低級〉な文学の結合に関していえば、第一段落でリアリズム小説的に始まった物語に、第二段落でお伽話的な幻想性が交じってくるといえるだろう。

第二段落で導入されたフォークロア的要素は、次の段落にも引き継がれてゆく。まず目にとまるのは、「天涯の孤児」という語である。こうした設定は、民衆的かつメロドラマ的であると同時に、世界の神話における英雄の類型に通じる普遍性をもっている（例えば、モーセもオイディプスも「孤児」だった）。

それからこの段落で目立つのは、やはり神話的な「数の魔法」とよべるような〈二〉と〈三〉の反復である。〈二〉人の兄弟、〈三〉つの地所、〈二〉千人の農奴、〈二〉カ月後と続く（〈三〉はこのあと女主人公の家族構成として出てくる）、この「数の呪文」について、作者が特に意識していたとは思えないし、また思う必要もないだろう。重要なのは、こうしたフォークロア的な「集合的記憶」がほとんど無意識的に想起されていることであり、それはこの小説の朗読を聞いた聴衆にも必ずや近しいものであったはずである。
そういえば、〈高級〉な文学の例にあげた『オネーギン』であるが、民間の夢占いや歌謡の語彙とイメージにみちた「タチヤーナの夢」の章に見られるように、プーシキン自身が、己れの作品にフォークロア的要素を取りこむことにきわめて意欲的だった。『トラヴニコフ』におけるホダセーヴィチは、そうしたプーシキンの例に倣ったとも考えられる。

ふたたびプーシキンの名前が出たところで、この小説のロシア文学のレミニッセンスとしての特徴のもう一つの側面である、文体の問題について取り上げることにしよう。

『トラヴニコフ』の文体は、一見してロシア語の現代文と異なる、擬古的で硬い文体である。ホダセーヴィチがいつもこんな文体で散文を書いていたかといえば、そんなことはない。彼の批評や回想の文体は、同様に簡潔でスタイリッシュではあるものの、『トラヴニコフ』のようないわば作りこんだ人工性は感じさせない。

ホダセーヴィチがこの擬古的な文体をはじめて用いたのはデルジャーヴィンの伝記においてで、それは第一に、描く対象となる時代の雰囲気を伝えるものとして、百年前のプーシキンの散文の文体を模して作られた[6]。彼は『トラヴニコフ』において、同じく百年前の歴史ドキュメントを描くのにもっともふさわしい（と彼の考える）その文体をいっそう徹底して完成させたといえる。

ホダセーヴィチはさらに、次節で見るように、このプーシキンの散文の文体模倣に、官僚的な公文書の文体や、聴衆の耳になじむ紋切型の決まり文句を加味するが、大本にあるのはプーシキンである。

つまり、『トラヴニコフ』はこのように、内容面ばかりでなく、それを物語る形式／文体においても、ロシア文学のレミニッセンスとなっているのだ。これは前述の歴史ドキュメントという方法を考慮しても、一つ間違えば、オリジナルに対するコピー、滑稽なイミテーションになりかねない危ない道である。では、なぜホダセーヴィチは、そうした危険を冒してまで『トラヴニコフ』をプーシキンに範をとって書いたのか？——確実にいえるのは、そうすることで彼がある効果をねらっていたことだ。なぜなら、このプーシキンの文体で書かれた物語は、硬質でありながらみずみずしく伸びやかなプーシキンの小説とはまったく異なる味わいを読者に与えるからである。

二、メロドラマと悲劇

さて、このように『トラヴニコフ』は、主人公ヴァシーリーの父となるグリゴーリー・イヴァーノヴィチの物語から始まる。前節で引用した段落には、この第一の主人公の人物像がすでに若干素描されていた。

それは、「陽気で屈託がなく」、「迷信など歯牙にもかけない」、鷹揚な若者の姿である。このうち前者は、「中尉」を描くときの決まり文句といってよいが、後者は、そうした類型描写とは異なり、彼個人の個性を表している。というのは、「理性の時代」とよばれる十八世紀ヨーロッパにおいても、一般に人々は迷信深いのがふつうだったからだ。例えば、やや時代は下るが、当代の知識人だったプーシキンでさえ大変迷信深かった。彼の伝記における「野ウサギ」の迷信と、「白い人」の予言は有名な話である[7]。プーシキンにしてからがこうである。そんな時代に、あらゆる迷信を笑いとばすトラヴニコフ中尉とは、恐ろしく自負心が強く、向こうみずなまでに豪胆な若者であったことが想像される。

こうした彼の「傲慢」な性格が、人々と彼自身の人生をくるわせ、詩人ヴァシーリーの数奇な運命へと繋がってゆくのだが――、それはまだ先の話である。本節では、主人公の誕生に至るまでの、これもまた数奇なグリゴーリーとその妻の物語を要約し、簡単な注を付けることにしよう。

グリゴーリーは、肌身はなさぬ愛用のフルートを携えていた。何かの夕べの合奏から、彼と、嫂の妹でまだ十四歳の少女マリヤ（『大尉の娘』の女主人公と同じ名前である）との「春の地主屋敷のロマンス」が始まる。二カ月後に快適なロシニャキを後にした中尉は、軽い、冗談めいた恋心を胸にしていた。

　グリゴーリーのアトリビュートのフルートは、間違いなく、デルジャーヴィンがスヴォーロフ将軍[8]を追悼して作った詩『鶯《ウソ》』から採られている（「何のためにお前はフルートのように／戦の歌をうたうのか、愛しい鶯よ？[9]」）。鼓笛隊で知られるように、当時の軍楽は太鼓と笛から成っていた。このフルートは、主人公の男性的イメージを強める役割を果たしている。

　同様のロシア史と文学のレミニッセンスは、娘の家が「ゾートフ家」とよばれていることにも見出すことができる。これはピョートル大帝の傅育官（で大酒飲みで知られた）ニキータ・ゾートフと同じ姓であり、ロシア史に通じた聴衆には、ある歴史的連想を伴って、由緒ある名字に聞こえたにちがいない。

　物語の語り口についていえば、事実を伝える簡潔な文章のなかに、月並みな慣用句や、紋切型の表現が交じっているのが目につく。

「彼はまた、二三度交わした、つかの間の、熱い接吻をよく憶えていた」

「マーシェンカは、グリゴーリー・イヴァーノヴィチの出立の日、努めて明るく振舞っていたが、いつもより早く寝室へと去り、ベッドの中で涙をこぼした」

　こうしたどこかで聞いたような言い回しは、以後ますます増えてゆくことを指摘して、ふたたびストーリーの紹介に戻ることにしよう。

　翌年の春に、また賜暇が下りて、今度はまる一年を彼はペンザとロシニャキで過ごした。この一年間に二人の恋はめざましく進展し、若者たちは永遠の愛を誓う。しかし、法律は（教会権力が特別に許可しないかぎり）同じ兄弟が同じ姉妹と結婚することを固く禁じていた[10]。八方手を尽くして行った奔走はいずれも効を奏さず、やがて最終的な拒否の返答が来る。親族の意見は真っ二つに分かれた。

　兄夫婦が常識的に反対したのに対して、すでに耄碌が始まっているかのような男やもめのゾートフ老は、娘かわいさのあまり若者たちに加担する。そして夫婦の留守を幸いと、「実の娘の家出」（！）を手引きして、二人の非合法な結婚を実現させるのである。

このように息つく間もなく展開するストーリーを運ぶのが、すでに指摘した、実録風のドキュメントのなかに紋切型が交じった独特の文体である。またいくつか例を引いて見てみよう。

「その報せを受けてマーシェンカは、この時代の娘たちがこうしたときに決まってかかった〈神経熱〉の発作を起こした」

「障害ほど愛を燃え上がらせるものはない（少なくとも当時はそうであった）」

「この無分別で軽率きわまる企てを誰が思いついたかは分からないが、しかし、それは直ちに実行に移された」

これらの引用からは、明らかに作者のアイロニーが感じられる。けっして辛辣でなく、むしろ微笑みを含んだような「柔らかく・軽い」ものだが、いずれにしてもある「皮肉な眼差し」が存在している。それはなぜか？

これには二つの理由が考えられる。一つは、現代文学の作品である『トラヴニコフ』において、グリゴーリーとマリヤのような往年の恋を真っすぐ描くことのむずかしさである。加えて、作者自身の恋愛・結婚観も反映しているだろう。ホダセーヴィチは生涯に四度も結婚をくり返し、結婚で幸せを得られなかった。そうした彼が、結婚にのぞむ若い男女のてんてこ舞いを心密かに笑っていた可能性は十分想像できる。

ホダセーヴィチが採った解決策は、いうなれば二人の恋を「懐古的なメロドラマ」に見立てることだった。メロドラマとは、元来は「娯楽的な大衆演劇」で、今日では「恋愛を主なテーマとした通俗的、感傷的な演劇・映画・テレビドラマなど」（『大辞泉』）をいう、一つの物語形式である。法に逆らって純愛をまっとうする二人の物語が、こうしたメロドラマの条件にぴったり当てはまることはいうまでもない。

現代ロシアの詩人セルゲイ・ガンドレフスキー（一九五二〜）は、ホダセーヴィチの詩の魅力の一つを、相反するものの結合に見出して、その例として〈高尚な文体〉と〈ありふれた素材〉の結合をあげているが[11]、ここでは逆に、ひたむきな主人公たちの恋という〈高尚な素材〉に、紋切型を多用した〈ありふれた文体〉が結び合わされているといえるだろう。

それはまた、先に述べたフォークロア的要素に続いて、〈低級〉なメロドラマ的要素が、ある効果をねらって導入されているということである。このホダセーヴィチのアプローチは大変成功している。主人公たちの恋は、「懐古」的な距離をもって「優しく」皮肉まじりに描かれることによって、逆に、その内容を損なわずに読者に届けられるからだ。こうしてホダセーヴィチは、通俗性の力を熟知する者のように、メロドラマ化した二人の恋を次のように感傷的に美しく描き上げる。

夜ごと、マーシェンカはクラヴィコードの前に坐り、グリゴーリー・イヴァーノヴィチは緑の羅紗を張ったケースから自分のフルートを取り出した。すると、ヴォズネセンスキー大通りの靴屋タンネンバウムの家にある、あまり広くはないが美しく飾り付けされた住居に音楽が鳴りひびいた。彼らは、バッハや流行作曲家のモーツァルトを合奏したが、一番多かったのはピッチンニの『ロラン』からの二重奏だった。そしてついに、一七八五年七月六日、神はマーシェンカに息子を授けた。

その子は祖父にちなんでヴァシーリーと名付けられた。当のゾートフ老は下の娘夫婦に合流し、子供のように甘やかされて幸せな日々を送る。だが、悲劇は突然訪れる。ゾートフとその次女の失踪は、様々な憶測や噂をよばずにはおかなかった、その結果、密告が行われ、違法な結婚に関する審理が始まるのだ。

グリゴーリーの兄アンドレイは、『大尉の娘』の女主人公のように、女帝エカテリーナに直訴して弟の赦しを乞うが、プーシキンの小説ではうまくいったものがこちらではうまくいかない。

婚姻はむろん破棄された。証人たちと司祭は、事情を知らなかったとして一切罪に問われなかった。グリゴーリー・イヴァーノヴィチは、将校の位を剝奪され、兵卒として戦地に送られ、やがて気がつくとオチャコフ近郊に来ていた。マリヤ・ヴァシーリエヴナは、父親とともに首都を即刻退去し、田舎に蟄居するよう命じられた。三人ともさらに教会の定める懺悔に服さねばならなかった。そして最後に、もっとも重い罰が二歳の嬰児ヴァシーリー・トラヴニコフに下った。彼は母親の許に残されたが、貴族名簿から削除され、「名字なき私生児」として登録されたのである。

このように作者は、己れの得意とするコントラストの手法を用いて、ここまでのメロドラマを（「遊びは終わり」といわんばかりに）一気に破局に追いこみ、悲劇へと舵を切る。『大尉の娘』との対照的パラレルは明らかだ。向こうでは、引き裂かれた二人が結婚してハッピーエンドを迎えるが、こちらでは結婚していた二人が引き裂かれて、本当の物語がはじまるのである。

三、隠された自叙（一）　グリゴーリー・イヴァーノヴィチ

ロシア文学のレミニッセンスの次にあげられる『トラヴニコフ』の特徴は、この小説の主人公たちの造型に、作者ホダセーヴィチの自伝的ディテールが少なからず分け与えられていることである。

まず、一人目の主人公であるグリゴーリー・イヴァーノヴィチの場合から見ていこう。

およそ三年の時をへて、グリゴーリーは、マリヤが幼い息子を連れて移住したノヴゴロド県の寒村に、突然、別人のように変わり果てた姿で現れる。

白髪まじりで、刺々しく、痩せて筋張った彼は、無口で、心を閉ざした男になっていた。かつての朗らかさはどこにもなかった。彼を見れば、彼が絶え間なく憎しみをこらえていることがわかった。時に、それは爆発した。マリヤ・ヴァシーリエヴナの質問と哀願と涙に対して、彼は自分を放っておいてくれと答え、その際彼女は何も悪くないのだと言った。

このグリゴーリーを形容する「白髪まじり」以下の語と性格付けは、ホダセーヴィチの詩『鏡の前で』（一九二四）に描かれた自画像とそっくり重なる自己引用である。

僕、僕、僕。何て野卑な言葉！／本当にこの、こいつが、僕なのか？／まさかママがこんなやつを愛したとでも？／黄ばんだ灰色で、白髪まじりの／蛇のように何でも知っている男を？／まさかあの夏のオスタンキノの／別荘の舞踏会で踊った少年が――／この、問いに答えるたびに／嘴の黄色い詩人どもに／嫌悪と憎しみと恐怖をかきたてる僕なのか？〔……〕

『鏡の前で』は、「ただ真実を語るガラスの／枠の中の孤独だけがある」という詩行で終わるが、この詩のストーリーに導かれるように、グリゴーリーの描写も彼の「孤独」へと移ってゆく。

グリゴーリーは教会に通わず、息子をそこに連れてゆくことも禁じる。彼は地上と天上の権力を侮蔑してはばからなかった。神を畏れぬ地主の噂は郡中にひろまり、マリヤは新たな災いを覚悟するが、何事も起こらずにすむ。人々はグリゴーリーに関わるのを恐れ、彼の方も誰とも関わろうとせず、己れの孤独を大事に守ったのである。

ここでホダセーヴィチは、さらに、『鏡の前で』と同じ頃に書かれたもう一つの詩『僕を取り巻く大いなる荒野……』からの隠れた引用を行う。そして『鏡の前で』のときと同じように、詩のストーリーに従って物語を進めてゆくのだが——、まずはこの詩の始まりを引用し、続いて物語のなかに挿まれたきわめて重要な一節について考察することにしよう。

僕を取り巻く大いなる荒野／そして僕は——その荒野の大いなる精進者／日が昇ると、僕はカーテンを下ろす／太陽の悪魔たちが壁に／己れのキネマを映さぬように。／夜が来ると、僕は偽ものの弱い光で／闇を追いはらい〔……〕

詩はこのあと、ランプの光の下で背中をまるめてペンをきしらせる作者の姿を描くが、物語の方も、もし主人公が同じように物を書く人間であったならばと仮定して、次のように述べる。

もし彼が思索になじんでいたら、彼はエカテリーナの下で夥しく生まれた自由思想家の一人になっていたかもしれない。彼は他の者たちを遥かに凌ぐことさえできただろう。なぜなら彼の中では、神と女帝の否定に、さらに祖国の否定が加わっていたからである。当時はまだ誰もそこまで行かなかった。

この一節に（ほとんど唐突な感じで）出てくる〈祖国の否定〉というイデーは、十八世紀末のロシアでは、まず絶対にありえないほど進んだ思想だった。グリゴーリーがいかに神と女帝（天上と地上の権力）を憎み否定したとしても、それが祖国の否定にまで到ったとするには飛躍がある。

だが、この筆がすべったような記述から、グリゴーリーの後ろにホダセーヴィチがいることが分かるのである。なぜなら、祖国の否定とは、亡命者ホダセーヴィチ自身の問題であったからだ。恐らく、亡命は最後には祖国の否定に到るというのがホダセーヴィチの結論だった。帰国するか、それとも否定するか、それ以外の選択はなかったのである。(12)

このように無理を押してまで、グリゴーリーを自分に引きつけたホダセーヴィチであるが、以降は手のひらを返したようにこの主人公を突き離し、自分との違いを際立たせる。グリゴーリーは、「物事を筋道立てて考えることができず」、すべてに深い憎悪を抱いたまま「酒と女」に溺れてゆくのだ。

それは、前出の『僕を取り巻く大いなる荒野……』のストーリーをなぞりながら、元の詩のアイロニーをいっそう強めてパロディ化したような描写になっている。以下に、この詩の後半をまとめて引用しよう。

暴動が荒れ騒ぎ／飢えた者が吐くまで食らい／満腹の者が（地下の穴倉で）恐怖から／酒と胃液で吐き気に襲われるとき、僕は扉に／重い閂を掛ける、革命の風が／僕のたいせつな紙片を吹き散らさぬように。／そしてもし（稀に）女が訪れて／衣擦れの音を立て、瞳を輝かせたとしたら――／それがどうした？ 時には僕も／魅惑的で優美なミクロコスモスを楽しむさ……

マリヤは「自分自身の家の女中頭」となる（つまり、法的にだけでなく性的にも妻でなくなったということである）。グリゴーリーは、己れの離れをハーレムと化し、村に領主の初夜権を導入する。

それにしても、ホダセーヴィチはなぜ、このような人物に自らの人生の詩を分け与え、間違いなく、ある共感を込めて描いているのだろうか？ その理由はいくつも考えられるが、ここでは二つに絞って指摘を行おう。一つは、彼とともに導入される反逆のモチーフである。世界の不条理を呪ったグリゴーリーの怒りと孤独は、亡命後のホダセーヴィチが到った世界観と呼び交わし、この作品の思想的動機を形成している。実際、グリゴーリーの存在感は圧倒的で、息子のヴァシーリーはそれに小説の最後でやっと追いつく（あるいは最後まで追いつかない）といえるほどである。

もう一つは、このようにグリゴーリーを己れに引きつけることで、作者自身が主人公の父親になろうとしていることだ。主人公そのものにでなく、その父親の方により濃く自己を投影する、この複雑で興味ぶかい創作心理を解くのは容易ではないが、確実に存在する契機として注記しておきたい。

四、隠された自叙（二）　ヴァシーリー・トラヴニコフ

ホダセーヴィチは、グリゴーリーに亡命後の自分の姿を分け与えたのに対して、息子のヴァシーリーには、幼少期の姿を分け与える。注目すべきは、ホダセーヴィチがその分与を、彼を〈不具者〉として設定することにおいて行っていることである。

ヴァシーリーは、子供のときの事故がもとで片脚になるのだ。

一七九三年の夏のある日、ヴァーセンカは中庭を走り回っていた。二頭のボルゾイが柵から飛び出して、彼を追いかけ、捕らえた。少年は草の上にうつ伏せに倒れ、そしてそのことが彼をいくぶん救った。噛まれたのは脚だけだった。〔……〕ヴァーセンカの左脚はすぐによくなったが、右脚は膿んで、それから乾きはじめた。〔……〕一年後に、右脚は膝から切断しなければならなかった。九歳の少年は松葉杖をついて歩くようになった。

断っておくと、ホダセーヴィチ自身には同様の身体的な障害はなかった。しかし、同じ幼少期にあわやという出来事があり、彼は自伝的散文『幼年時代』（一九三三）のなかで、この印象深い事件について次のように語っ

ている。

私は窓から首を伸ばして腰をうかせた――すると突然、それまで下にあった中庭が物凄い勢いで持ち上がり、すべてがぐるんとひっくり返った。それから何かが頭に当たり、首筋に土が飛び散った。私は、青い空を見上げながら、足から先に屋根をゆっくりとずり落ちていった。〔……〕もしあのとき靴の踵が雨樋にひっかからなかったら、私はまるごと一つの階を落下して、たとえ死にはしなかったとしても、ひどい怪我を負っていたことだろう。

つまり、ホダセーヴィチの意識のなかには、ありえたかもしれない自分の姿として〈不具〉のイメージがあったのだ。（『幼年時代』は、主としてこの出来事と、〈バレエへの熱中〉について語っているといってよい。後者については、すぐあとに取り上げることにしよう。）

さらに「窓からの落下」というモチーフは、彼の詩的な固定観念の一つとなり、有名な詩『外は薄暗かった……』（一九二二）において次のような表現をみる。

外は薄暗かった。／どこか屋根の下で窓がバタンと鳴った。／／光が閃き、窓掛けが翻り／素早い影が壁をすべり落ちた――／／頭を下にして落ちる者は幸いなるかな／その者は、一瞬にせよ、世界を――逆に見るのだ。

では、この「片脚」というヴァシーリーのアトリビュートは、どのような象徴的意味をもつといえるだろうか？　まっさきに思い浮かぶのは、跛の悪魔の連想（九歳の少年の不幸に対して！）である。「左脚はすぐによくなったが、右脚は膿んで、それから乾きはじめた」という一文に注目しよう。キリスト教の俗信では、〈右〉は神（天使）の側で、〈左〉は悪魔の側とされる。この事故で、ヴァシーリーの神（天使）の側の脚は切り落とされ、悪魔の側の脚は生きのびるのだ。

物語は、この間、マリヤが聖者の遺物の前で祈禱を行ったが「すべては無駄であった」と述べるが、彼女の祈りが叶わなくても当然である。少年はすでに悪魔の支配下に入ったのだ（グリゴーリーの物語に続いて、反キリスト教的なテーマが導入されることに注意しよう）。

このようにヴァシーリーに刻印された悪魔の徴をどう考えるかは、この小説を読む上で大変重要な問題である。というのも、このあとヴァシーリーはけっして悪魔的詩人になるわけではないからだ。彼は悪魔（世界の邪な力）に魅入られた詩人とはなるが、描かれるのはむしろ、その悪魔的な力との闘いである。恐らく、ここにファウスト的な〈悪魔との契約〉を見出すことも可能だろう。『ファウスト』においては、主人公の自由意志によって結ばれたそれが、ここでは主人公の意志を無視した、一方的な運命の仕業として描かれているという決定的な違いはありながら。

少年は読書に親しむようになる。彼が読んだのは、まったく子供向けの本ではなかったと語られるが、これはプーシキンの少年時代の読書へのアリュージョンであろう。彼が十二歳のときに母のマリヤが亡くなり、ちょうどその頃から少年は詩作を試みはじめる。

こうしてこの小説の第一の女主人公はあっけなく死んでしまう。ロシア文学のレミニッセンスという観点からいえば、ホダセーヴィチは、例えばニコライ・ネクラーソフ（一八二一～一八七七）の『ロシアの女たち』に描かれたような、過酷な運命に「耐える女」という定型を踏襲したといえるだろう。あるいは、ホダセーヴィチをしても、ロシア文学の女性の型として別のタイプを描けなかったといえるかもしれない。この問題については、第二の女主人公が現れるところで改めて考察することにしよう。

母の死後、孤児として取り残されたヴァシーリーは、パーヴェル一世の気紛れによって、「貴族グリゴーリー・トラヴニコフの嫡子」として身分回復する。パーヴェルは、嘆願書中の彼の誕生日（七月六日）が、父帝ピョートル三世が殺害された日と同じであることに気づいて、特例を認めるのである。こうして主人公とロシア史のカスパル・ハウザーともいうべきイヴァン六世が、ロシア史の呪われた皇帝たち（ピョートル三世、パーヴェル一世、そして恐らくはもう一人、ロシア史のカスパル・ハウザーというべきイヴァン六世）との繋がりが暗示される。そもそもヴァシーリー（バシレウス）という名前は「王」を意味していた。

ヴァシーリーは、伯父のアンドレイによって父のハーレムから救出され、モスクワへ教育に送られる。それは一八〇〇年のことで、彼は数えで十六歳になっていた。彼ははじめヴラジーミル・イズマイロフの私塾に入り、次いで大学附属の貴族寄宿学校に進学する。彼は祖父の妹の家に住むが、彼女はモスクワの長老詩人ミハイル・ヘラスコフ（一七三三～一八〇七）の熱烈な崇拝者だった。彼女はもちろん、自分の姪の息子を「モスクワの歌びとらの総主教」に紹介した。

ここでホダセーヴィチはふたたび、己れの自伝的ディテールを（それも続けて二つ）主人公に分け与える。一つ目は、ヘラスコフのモデルである。ホダセーヴィチは、一八九六年、十歳のときに、ペテルブルグ郊外の別荘地で、偶然、詩人のアポロン・マイコフ（一八二一～一八九七）に会った。彼の世代で、前々代の著名詩人（フエート[13]、ポロンスキー[14]、マイコフ）に直接会うことができたのは彼一人で、ホダセーヴィチは生涯この出会いをたいせつに憶えていた。ここには、デルジャーヴィン―プーシキンに対するマイコフ―ホダセーヴィチ、そしてヘラスコフ―トラヴニコフのパラレルを見ることができる。

続いて、〈バレエ〉のモチーフが挿入される。ヘラスコフの目をとおして主人公の外見がはじめて描かれる場面である。

トラヴニコフ家の者が皆そうであったように白味がかった金髪で、義足にもかかわらず身のこなしの軽いヴァシーリー・グリゴーリエヴィチは、その整った顔立ちと、透きとおるような肌と、独特の物静かさによって、ヘラスコフに若き日のボグダノーヴィチを想い起こさせた。

どこがバレエかと思うかもしれないが、「身のこなしの軽い」の一語で十分である。しかもこの語は、ロシア文学のなかでもっともバレエ的な作品といえる『ドゥーシェンカ』の作者イッポリート・ボグダノーヴィチ（一七四三～一八〇三）の名前とともに出ている。

ホダセーヴィチの幼少期におけるバレエへの熱中は真剣なものだった。オスタンキノの別荘で踊った少年を思い出そう（『鏡の前で』）。『幼年時代』で彼は、「結局のところ、私はバレエをとおして芸術一般、特に詩に入ったのだ」と認めている。病いがちでありながら、身体は細く締まり、晩年に至るまで若者のように足どりが軽かった。

このように「身についた」バレエの素養は、彼の詩の創作原理や構造にも影響を与えていると考えられる。実際、崇高な志向と、時に悪趣味すれすれの嗜好との危うい結合、スポットライトを浴びたような独白（ソロ）の舞台回しなど、〈ホダセーヴィチとバレエ〉という切り口から見えてくるものは多い。

トラヴニコフの「肖像」に戻ると、その「白さ」と「軽さ」が強調されている。この一見美しい描写は、しかし実のところ不吉なイメージにみちている。「白味がかった金髪」は、ロシアでは「弱い血」の徴としてうとまれる髪色である。「身のこなしの軽さ」も、同様に死の婉曲語法として「地上の重荷から解放される」という言い方があるように、生よりも死と結びついている。生は重く、死は軽いのだ。「整った顔立ち」にしても、人が死ぬときに「顔立ちが整う」[15]という。「義足」は「木」でできており、ここまでくれば当然「棺桶」の連想を誘う。

ボグダノーヴィチの作品についていえば、『ドゥーシェンカ』は「ドゥシャー（霊・魂）」の愛称形であり、作者はこの語でギリシア・ローマ神話の「プシケー」を指している。神々が「軽々」と「飛び」回るこの恋愛物語詩は、このうえなく優美で愛らしいと同時に、以上に述べた意味で、地上の人間離れしていて不気味である。ボグダノーヴィチがしばしば「死の詩人」としてイメージされるのも理由がないことでない。

　このようにホダセーヴィチは、多分に美化した己れの若い姿を重ねながら、主人公のトラヴニコフを、〈悪魔の徴〉と〈死の影〉を帯びた、ほとんどゴシック小説の主人公のような物語的人物として登場させる。ここにはある通俗性が感じられなくもない。だが、これだけで終わらないのがホダセーヴィチである。彼は、ボグダノーヴィチのイメージを踏み台にして、さらにプーシキンの『スペードの女王』の主人公で、「激しい情熱と奔放な想像力の持ち主」であるゲルマンの特徴をトラヴニコフに与えるのだ。

> 実をいえば、トラヴニコフの物静かさの下には、柔順しいボグダノーヴィチが夢にも思わなかったような激情や思想が秘められていたのだが、ヘラスコフはそれを知るよしもなかった。

『スペードの女王』のゲルマンの運命は、それから一気に急上昇（そして急降下）するが、この物語に聴き入る聴衆も、この一文から必ずや、主人公の身に何事か起こりそうな期待を煽られたことだろう。

五、仕掛けられる論争

レミニッセンスは同時に編集であり批評である。『トラヴニコフ』はロシア文学を批評し、論争を仕掛ける。それはまず、主人公が見た、一八〇〇年代のいわゆる主情主義（センチメンタリズム）の作家たちに向けられる。

ヘラスコフのところでトラヴニコフは、押し出しの立派なドミートリエフ[16]や、若い詩人の崇拝者たち――すなわち、ジュコフスキー[17]やメルズリャコフ[18]やヴォエイコフ[19]――に囲まれた、品がよくて、誰にでも平等に好意的なカラムジン[20]に会った。そこにはトラヴニコフの恩師のイズマイロフ[21]や、若い歴史家のプラトン・ペトローヴィチ・ベケトフ[22]が現れ、いい歳をしてお喋りな詩人のプーシキン[23]が、二人の妹と、弟とその性悪で美しい妻の、やはりお喋りで騒々しい親類の群れをひき連れて現れた。

擬古的なスタイリストのホダセーヴィチは、形容詞の巨匠だった。先に見た「白髪まじりで、刺々しく、痩せて筋張った」というグリゴーリーの形容は一つの例で、この語順はそのまま再会した夫の姿に見入るマリヤの目の動き（頭→顔→身体）をたどっている。このように選び抜かれた形容詞が、ここでは、一語一語それが冠される作家に対する鋭い批評となる。

ドミートリエフの場合から見てみよう。カラムジンの友人で政府高官だったこの詩人は、今では文学者としてよりも、勲章をいっぱいに身につけた、やや斜視気味の肖像画で知られるといってよいかもしれない。概して略装で描かれることが多かった同時代の作家のなかで、この礼服姿は目立つ。ホダセーヴィチが「押し出しの立派な」という語で、この肖像画を念頭に置いていることは間違いない。

この一語による批評は、どことなく滑稽で黒いユーモアを感じさせる。つまり、「見かけ倒しで、中味がない」といっているのと同じではないか。だが作者がいいたいのはまさにそのことである。こうしてホダセーヴィチは、この時代にカラムジンと並び称された文学者を「二流詩人」として一刀のもとに斬り捨てる。

続くカラムジンに対する批評はもっと手が込んでいる。ロシア近代小説の始まりを告げる『哀れなリーザ』を書き、大部の『ロシア国史』を著したカラムジンは、高潔な人格で知られ、誰の悪口もいわず、誰からも悪くいわれないタイプの人間だった。そうしたカラムジンに対して、ホダセーヴィチも彼を形容する決まり文句「高潔な／品がよい」という語から始める。しかし、それはすぐに次のような含みのある表現にズラされてゆく。「誰にでも平等に」好意的であるとは、いったいどのような好意か。果たして、それは本当に好意とよべるものだろうか？――このように書くことでホダセーヴィチは、優れた社交家だが容易に本心を見せない、カラムジンの〈二面性〉に注意を向けさせる。これはほとんど人身攻撃的な批評であるといってよいだろう。なぜなら、この微量の毒は強力で、カラムジンの高潔さなるものも、何だかうわべをとりつくろった社交術にすぎないような不信感を呼び起こすからである。

それにしても、「二流詩人」のドミートリエフはまだしも、なぜ「一流作家」のカラムジンまでもがこのように辛辣に批評されるのだろうか？

辛辣といえば、このあとの批評もすべて辛辣である。「トラヴニコフの恩師」といわれるイズマイロフは、その実まったく恩師などではない。彼はただ偶然自分の許にやってきた「愛弟子」の才能に舞いあがっているだけだ。「若い歴史家」というベケトフの形容も微妙である。もちろん、歴史家が若くていけないことはない。しかし、ここではそれが「未熟な／青二才の」という語感を帯びている。極めつけは、「いい歳をしてお喋りな」という、詩人のプーシキンに冠された形容詞である。このプーシキンは、有名なプーシキンの伯父のヴァシーリー・プーシキンを指しているが、そのあとのプーシキン一族について述べた言葉が凄まじい。「弟の妻」とは、つまりアレクサンドル・プーシキンの母のことだが、ズバリ「性悪」とよばれている。プーシキンと母のあいだには、幼時に今でいう虐待やネグレクトがあり、その後もけっしてよい関係でなかったが、もしプーシキンが自分の母に向けられたこの言葉を知ったら、ただちに決闘沙汰になっていただろう。「性悪」女ほどでないにせよ、「群れ」よばわりもひどい。動物扱いである。

こうしたホダセーヴィチの態度には、翌年にプーシキン没後百周年をひかえて、この詩人を神聖視する気運が高まっていた亡命ロシア人社会に対する挑発が感じられなくもない。しかし、この小説にはこの小説の論理があり、ここでのプーシキン一族に対する挑発も、作品全体をとおして行われるロシア文学の批評／論争的対話の一つの重要な伏線となっているとだけ、今は指摘しておこう。

さて、なぜカラムジンが辛辣に評されるかという問題だが――ホダセーヴィチは一方でプーシキン一族をけなしながら、それでもやはりプーシキンを基準にして、プーシキンとの関係という点からこれらの作家たちを批評している。そしてカラムジンは、この限定された観点から批判の対象となるのだ。

プーシキンとカラムジンの関係は複雑だった。それは年少の詩人の庇護者たらんとしたカラムジンが、ついに彼を見放すに到った経緯と要約することができる。カラムジンは、プーシキンが彼の妻に恋文を書いたときも訓戒を与えて許し、詩人が危険思想のかどで首都を追放されるときも処罰軽減のために奔走したが、最後には家族ぐるみでプーシキンと関係を絶っている。

カラムジンは、ドミートリエフに宛てた手紙のなかでプーシキンを酷評していた――「才能は実に素晴らしい。ただ、彼の心に秩序と平穏がなく、頭にはこれっぽっちの分別もないのが残念だ[24]」。

プーシキンはプーシキンで、カラムジンの『国史』に次のような警句を書いて返礼した――「彼の『歴史』では優雅さと単純さが／何の気負いもなく証明している／専制の必要と／笞の魅力を[25]」。

このようにカラムジンは、ホダセーヴィチによって、ほとんど憎むべき偽善者のように描かれる。そもそも自分の妻に言い寄った男に訓戒を与えるぐらいなら、なぜ即座に叩き出さなかったかというところだろうか。

こうしたカラムジン評が著しく公平を欠くことはいうまでもない。が、またその偏頗さゆえに一面の真理をついていることも事実である。ホダセーヴィチは、このカラムジンを批判したのと同じ観点から、より年少の「彼の崇拝者たち」をも槍玉にあげてゆく。

彼は老人たちと気が合わず、概して若者たちのことも避けた。彼には、彼ら同士の賞讃と、見せかけの熱気が気に入らなかった。みんなの寵児のジュコフスキーは、その詩的なメランコリーにおいても、あまりに文学的な冗談においても、彼には中味を伴っていないように思えた。彼は、アレクサンドル・トゥルゲーネフ(26)の博識なるものを信じなかった。トゥルゲーネフの旺盛な食欲と、トゥルゲーネフ自身が吹聴して回っていた、気のよさと惚れっぽさは彼をいらだたせた。ヴォエイコフにトラヴニコフは心の賤しさを見てとった。ヴァシーリー・プーシキンに対する子供じみたファルスは、彼には少しも面白くなかった。プーシキンなど嘲笑にも値しないと考えていたからである。

ここで批判されているのは、カラムジンのときと同じ、偽善と気取り、彼らの文学の中味のなさである。ジュコフスキーの場合を見てみよう。ロシア・ロマン主義を代表するこの詩人は、プーシキンとの関係でいえば、何よりも『ルスランとリュドミーラ』を賞讃して贈った美しい献辞で知られる。

「勝った教え子へ、打ち負かされた師より」というのがそれだ。

若い詩人の処女作に、このような大げさでプライドのない献辞を寄せられる人のよさが、すでにジュコフスキーのすべてを語っているといえる。確かに物書きとしてはものたりない。ジュコフスキーには、同様の気取った言い回しを好むところがあった。

例えば彼は、遊蕩に耽るプーシキンを次のような言葉でたしなめている。

「警句であるのは止めて、叙事詩となり給え」(27)

「遊んでないでまじめに仕事をしろ」といえばよいものを、妙にもってまわった言い方で表現を飾る。先の献辞にも、受けとめようによっては、虫唾が走るようないやらしさがなくもない。こうした特に非を鳴らすでもない上品さが、しかし、ホダセーヴィチには我慢がならなかった。

ヴァシーリー・プーシキンに対するファルス云々とは、明らかに次の衝撃的な一文——「プーシキンなど嘲笑にも値しないと考えていた」を導くための仕掛けである。名前を省いて、プーシキンとだけ名指したこの一文には思わずドキリとさせられる。

では、この一時代の文学をそっくり否定するような批評から何がいえるだろうか？

確認しておかねばならないのは、ここまでもっぱらホダセーヴィチの批評といってきたものは、小説に即していえば、すべて主人公の批評として提示されていることだ。トラヴニコフは詩人として現れる前に、まず批評家として現れるのである。

トラヴニコフは、以上に見た仮借ない批評をとおして、すでにカラムジンやジュコフスキーの上に立っているという印象を読者に与える。このことはまた、プーシキン以前のロシア文学に、文学とよべる中味のある文学はなかったという、きわめて挑発的な論点を孕んでいる。実際には、ホダセーヴィチがプーシキンと同等に高く評価したデルジャーヴィンがいたわけだが、『トラヴニコフ』には、なぜかこのプーシキン以前の大詩人の名前がいっさい出てこない。これをどう考えるべきか？　ホダセーヴィチは、それほどデルジャーヴィンとプーシキンのあいだに断絶があると考えていたのか(28)、あるいは——。憶測はいろいろ可能だが、ここでは、ホダセーヴィチはあえてデルジャーヴィンの名前を伏せることによって、トラヴニコフをロシア文学の知られざる創始者として位置づけようとしたのだと考えておきたい。

さて、その知られざるに関してだが、小説のこの部分では、トラヴニコフがなぜ無名であったかについて周到な理由付けがなされている。

「文学者の集まりは彼の気に入らなかった」。その集団のなかで彼は孤立していた。彼の寡黙さは羞恥心のせいにされ、その羞恥心は、若さと義足と孤児の身の上のせいにされた。また、こうもいわれる——モスクワの貴族たちの客間や舞踏の間で、彼には何もすることがなかった。彼は貧しく、酒を飲まず、賭け事をせず、ダンスを踊らなかった、と。

こうしてトラヴニコフは、文学サロンを訪問するのをやめて、閉じこもりがちの生活を送る。まもなく、彼はある親娘と知り合うが、その出会いは奇しくも彼の運命を決することになる。

六、主人公の試練

大詩人となるためには、人生において大いなる試練を受けなければならない。ことロシア文学においては、そうした聖者伝的ともいえる考え方が根強く存在している。ホダセーヴィチもまた主人公に特別な試練を用意する。舞台は、ホダセーヴィチの生まれ育ったモスクワの大ドミートロフカ通りに移る。

大ドミートロフカ通りのゲオルギイ修道院の真向かいに、ロシアに帰化したスウェーデン人の医者オットン・イヴァーノヴィチ・ギリュスが所有する、木造の平屋で二階に明るい小部屋のある家があった。それは頭の禿げあがった猫背の陰気な男だった。彼はその禿頭を黒い絹の帽子で隠し、鼻にはもちろん眼鏡をかけていた。彼の患者は少なかったが、それは腕が悪かったからではなく、彼が病人に真実を言うという不快きわまる癖をもっていたからである。

この人物にはいくつか悪魔的な特徴が付与されている。まず、彼の家が修道院の「真向かい（反対側）」に位置していること。聖ゲオルギイは、竜退治の紋章で知られるモスクワの守護聖人である。次に外見だが、「陰気な」という語で、元々「黄昏の・薄闇の」という意味の形容詞が使われている――周知のとおり、悪魔の別名は「闇の公爵」である。「禿頭」も引用の文脈では異形性を帯びており、まるで帽子で「頭の角」を隠しているかのように思わせぶりだ。

ギリュスの診察室も異様で、壁一面に蝶や昆虫の標本が飾られ、聖像画のあるべき隅に骸骨が立てかけられている。彼は病人の治療に興味を示さず、自由な時間はすべて、読書と、「神の存在の不可能性を科学的に証明する」ことを意図した著作の執筆に捧げていた。さらに駄目押しするように、家のなかに立ちこめる、地獄の異臭を思わせる刺激臭（様々な薬品、樟脳、芳香酢）が言及される。

このように悪魔的に造型された人物と、トラヴニコフは近づきになり、彼の一人娘と恋に落ちるのである。エレーナはまだ十三歳だった。ここには明らかに、父グリゴーリーの恋との類似と反復が見られる。

ギリュスとエレーナは二人暮らしだった。妻は数年前に彼から逃げ出し、息子はドイツに留学していた。父は娘に英才教育をほどこし、エレーナは外国語や歴史・地理はもとより、数学・物理・化学の優れた知識をもっていた。少女は父とトラヴニコフの長い議論に同席し、やがて彼女と若者のあいだに冗談めいた友情が生まれる。


実は、トラヴニコフの人生における唯一最大の出来事となる、この〈悪魔への接近〉と〈その娘との恋〉というモチーフの出所がはっきりしない。ここまでロシア文学のレミニッセンス／批評という小説作法を堅持してきたのだから、ギリュスとエレーナの人物像にも何らかの下敷きがありそうに思われるのだが、見つからないのだ。そこでこのモチーフ探しはいったん置いて、自伝的ディテールの分与という点から、まずギリュスの人物像のモデルについて考察してみたい。

「病人に真実を言う」というギリュスの性格は、例えばナボコフの回想する「まったく率直に嫌いなものを口にする」[29]ホダセーヴィチの性格とそっくりである。しかし、ここまで彼が若い主人公に寄り添ってきた流れから考えると、ギリュスをホダセーヴィチの分身のように捉えるのは誤っていると思われる。

では、他に誰がいるかとなると、一人だけ対応する人物がいる。若いホダセーヴィチが、まるで「もう一人の自分」のように付き合った親友のムニ（本名サムイル・キッシン、一八八五〜一九一六）である。ホダセーヴィチは回想録『ネクロポリス』（一九三九）の一章をこの友人に捧げて、彼らの濃密で苦い、ほとんど恋愛のような友情を振り返っているが、そこに描かれた彼らの関係と、ムニの恐ろしくまた哀れな人物像ほど、『トラヴニコフ』における主人公とギリュスの関係、そしてギリュスの人物像に重なり合うものはない。

恐ろしさからいうと、「存在自体が時代の徴候を現していた」とされるムニは、その現実世界に対する情け容赦のない嘲笑的ユーモアによって、ホダセーヴィチを魅了し、同時に脅かした。多分に女性的で不安定な性格であったムニは、しだいにホダセーヴィチの重荷となり、彼らは互いの結婚を機に疎遠になってゆく。哀れさといえば、そうしたなかでムニの方はホダセーヴィチを必要としていたことである。結婚生活に失敗した彼は、さらに徴兵にとられ、昔の友に何度か危険信号を送るが、ホダセーヴィチは時宜を得た返事をしなかった。ムニは自殺する。ホダセーヴィチは自責の念に苦しみ、長く不眠症を病んだ[30]。

ムニの影が差しているのはここだけではない。ホダセーヴィチは小説の終盤で、この文学的には無名に終わった友の詩を、トラヴニコフの詩として引用するという離れ業を行っている。『トラヴニコフ』の隠れた対話者としてのムニについては、その箇所でまた取り上げることにしよう。

次にエレーナについて見ると、彼女が少しも「悪魔の娘」らしく描かれていないことに気づく。彼女は、聡明でいきいきとした少女であり、この時代としては例外的な女子教育を受けるとともに、同じく例外的な自由を父親から与えられて、トラヴニコフとの関係を楽しんでいる。明言されていないが、二人の恋愛において彼女が主導権を握っていたことは疑いない。

二人は連れ立って別荘の墓地の畔りを散歩し、エレーナは自分の植物標本帖のために植物を採集し、トラヴニコフはその最初の頁に詩を書いた。

エレーナの標本帖の透明な花たち／死んでミイラの如く——ミイラの如く不朽。／／その乾ききった死に顔の美を／夕辺どきにながめるのを僕は愛する。／／すると幻に、彼らの魂がかぐわしい息となって／僕を包みこみ——快い恐怖に／／心は満たされる。だが誰がそれを支配しているのか？／デルフォイの明るい神か、それとも闇の暗い神か？

そして、この小説で唯一の直接話法による二人の会話が引用される——

「僕の妻にならないか？」

「なるわ」と、エレーナは答えた。「私はけっしてあなたを裏切らない」

エレーナとトラヴニコフは、自分たちの感情をギリュスに隠さなかった。恋人たちの告白に、ギリュスは「好きにするがいい。気が変わらなければ、二年後に結婚できる」とだけ答える。エレーナはちょうど、トラヴニコフの母がグリゴーリーに恋したのと同じ年だった。未来の結納式のために、二人は自分たちの髪の毛で作った指輪を交換した。

ここで語り手の「私」がはじめて登場し、「信憑性の証言」を行う。

その後、その指輪がどうなったかはわからない。しかし、一九一九年にはそれはまだ残っていた。私はそれをこの手に取って見た。二つともほとんど同じような藁いろで、同じぐらいの柔らかさで、ただエレーナの髪の方がいくぶん黒味がかっていた。

だが、突然破局が訪れる。モスクワで天然痘が流行し、エレーナは発病して、十日目に死んでしまうのだ。「トラヴニコフは、棺の中の、青黒い瘡蓋と乾いた膿に覆われた彼女の醜い顔を見た」。彼女は、最近までいいなずけと散歩していた墓地に葬られる。

こうしてこの小説の第二の女主人公もあっけなく死ぬ。ホダセーヴィチが彼の文学的な女性像の二つ目として提示したのは、このような女性未満ともいえるニンフェットだった。このエレーナのモデルは、ロシア文学や悪魔のモチーフを離れて見れば、ダンテのベアトリーチェであろう。つまりホダセーヴィチは、先に見た「耐える女」以外に、新たにロシア文学の女性の型につけ加えるものはなかったのだ。

さて、こうした試練の意味だが、ここで主人公はいかなる誘惑に遭ったのか？ それはまずギリュスによる無神論の誘惑であり、次に（直截にいえば）エレーナによる結婚の誘惑である。そしてこの二つの誘惑は「愛する者の死」という悲劇に収斂して、宗教を含む思想と人生の課題として主人公に課されてゆく。

無神論の問題からいうと、ここでは〈悪〉や〈悪魔〉の意味もふつうとは異なっている。ギリュスは悪魔的な外見に描かれるがけっして悪人ではない。彼はただ世界を調和的に統べる神の摂理が信じられないだけである。彼が彼なりの仕方で娘を深く愛していたことは明らかだ。キリストが神の子であることも、キリストの復活も信じない彼は、娘の死後、ムニのように自殺したかもしれない。彼にすれば、自分に下された運命に神の摂理を認めるぐらいなら、神を否定する方がましだったろう。つまりギリュスの無神論とは、神がいないとするよりも、神がいてもそれに反逆するという堕天使的な性格を秘めているのである。

思い出せば、これはグリゴーリーの反逆でもあった。ここにおいて、グリゴーリーとギリュスの親縁性が明らかになる。そして、この〈神への反逆〉と〈運命との闘い〉というモチーフは、形を変えてトラヴニコフにも受け継がれる。恐らく非宗教的に育ってきたと思われる彼の場合は逆に、ここではじめて信仰の問題が突きつけられるのだ――すなわち、復活はあるのか？ 彼は天国でエレーナとふたたび会うことができるのか？と。

このように『トラヴニコフ』は、三者三様の反逆と、〈運命との闘い〉を描いた小説でもある。

七、〈地獄〉と悲喜劇

エレーナの死に衝撃を受けたトラヴニコフは父に手紙を書いた。それに答えたグリゴーリーの長大な書簡が残っている。アルコール中毒に特有の跳ねるような筆跡で書かれた、十八世紀の人間のものとしても怪物的な綴りのその手紙は、「本質的に手紙ではなく、亡きマリヤ・ヴァシーリエヴナ・トラヴニコヴァの思い出だった」と、語り手は述べる。

グリゴーリーは、息子を襲った悲劇に、正しく彼自身のドラマの反響を聴きとった。

その手紙は、文法的な誤りにもかかわらず、「完全さ」と「正確さ」と「独自の表現力」(いずれも作中の評言)によって驚くべきもので、彼が墓場に送った女への熱烈な愛情にみちあふれていた。

続いて語り手は、「特に素晴らしいのは、グリゴーリー・イヴァーノヴィチが、十四歳のマーシャ・ゾートヴァに対する己れの熱中の官能的な側面を隠さなかったばかりでなく、それをほとんど恥しらずな絶望と悦楽をこめて書いていたことだ」と指摘する。

ここでホダセーヴィチは、自らをふたたびグリゴーリーに重ね合わせている。というのは、第一に、グリゴーリーの手紙を評した三つの語(「完全さ」「正確さ」「独自の表現力」)は、明らかに彼の作家としてのモットーと重なるからだ。これは文学者ホダセーヴィチからグリゴーリーへ宛てた最大級の讃辞である。

第二に、「恥しらずな絶望と悦楽」の部分で、これは父が息子にむかってその母との性愛について語り、それが同時に息子のいいなずけへの言及にもなっている、驚くべき箇所である。(作中では、まさに手紙のその箇所が引用される。)ここにいわれていることを、現実に父が息子にむかってなしうるとは信じがたい。だが、ホダセーヴィチには別の真実の基準があった――それが、いわゆる「事実」の記録としてのドキュメントをいっそう掘り下げた、個人の「生」の全人格的な体験（「詩的真実」）を記録／表現するものとしての、もう一つのドキュメント性である。この深化したドキュメント的真実は、ふつうなら表沙汰にしないことも開示することを要求する。そしてグリゴーリーは、そうしたホダセーヴィチの要求に適う真のドキュメント作者たりえているのだ。

グリゴーリーの手紙には通常の慰めの言葉はなかった。ただ最後に、いつでも村に来るようにと書いてあった。トラヴニコフは田舎に帰ることを決意する。文学者で唯一交際を続けていたイズマイロフは、彼を何度か訪ね、会うたびに深まってゆく「厳寒に鍛えられた鉄」のような沈黙に遭う。こうして彼は、一八一〇年にモスクワを永遠に去った。

親子は何の感傷も交えずに再会した。彼らは別々の離れに暮らし、滅多に顔も合わせなかったが、そうした外面的な離間は二人の酷似性を際立たせるばかりだった。彼らはともに「己れの十字架」を背負い、違いはただ、グリゴーリーが大酒を飲んだのに対して、トラヴニコフは完全に素面だったことである。——

こう述べて語り手は、この時期の主人公の生からあるエロチックなエピソードを伝える。父のハーレムの女たちが、何らかの利益を期待して、あるいは女同士の競争心から、彼を誘惑するのだ。彼は一度だけそうした誘惑に屈した——「が、そのあとで、起こったことを、凄まじい嫌悪と、同様に凄まじい写実性にみちた詩に書き表した（その短い抜粋なりとも引用するのは不可能である）」。

このような父と子の対比及び、父の女による子の誘惑というモチーフは、どこか『カラマーゾフの兄弟』における父と子（特にアリョーシャ）の関係を連想させる。この小説が基本的に、プーシキンの小説の文体で、プーシキンの小説のモチーフを変奏しながら書かれていることはすでに述べたが、ここでホダセーヴィチは、はっきりと意識的に、プーシキンとは異質なドストエフスキー的モチーフを導入している。

それは、ここでグリゴーリーを通して、ドストエフスキー的な〈神への反逆〉と、さらにこういってよければ〈デカダンス〉が描かれているからだ。彼の登場とともに、物語には異常ともよべる冒瀆的な美意識が導入される。それはまず少女愛であり、その愛は、手紙のなかで亡き妻と息子の死んだ恋人が交じり合った近親姦に変容し、そのイメージは、さらに死んだ女を愛することにおいて屍体愛に通じてゆく。ここにすでにグループ・セックスの影が存在しているが、それは続いて主人公が受ける誘惑のなかで実現される。

このようにホダセーヴィチは、プーシキンとドストエフスキーを掛け合わせたカクテルをつくる。この選択はいかにもコントラストの手法を得意とした彼らしい。彼は、プーシキンとは一見正反対で、ふつうなら合わないと思われるドストエフスキーをもってくることで、プーシキンだけでは表現できない〈背徳の世界〉を描いたのだ。しかも、モダニズム文学の洗礼を受けたホダセーヴィチは、ドストエフスキーのさらに先へ行く。『カラマーゾフの兄弟』では可能性にとどまっていた父の女による子の誘惑は、『トラヴニコフ』において、性的乱行というかたちで実現するのである。

つまり、グリゴーリーの領するこの村は一つの〈地獄〉なのだ。トラヴニコフが農奴に対して、あたかも彼らがいないかのような態度をとり、残酷な振舞いもしなかった代わりに、グリゴーリーが彼らを罰するのを止めもしなかったとして引用される詩は、彼を取り巻く〈地獄〉の詩として読むことができる。

その詩は『牧歌』と名付けられている。

癒しなき苦悩の法のみが／制定された、この地では――／奴隷は苦しむがよい、主人が苦しむかぎり！

村の生活は、年を追うごとに陰惨になっていった。それは一八一四年にグリゴーリーが狂気の発作を起こしてから、譬えようもなく恐ろしいものになった。彼は、農民の家に二度放火を試みたあと、かつて蒸風呂のあった離れに監禁される。その離れはたちまち「豚小屋」と化した（この「豚小屋」は〈地獄〉の比喩であり縮図である）。

グリゴーリーはたけり狂い、時には一昼夜、鉄格子を揺さぶって叫び続けた。そうしたとき、トラヴニコフは日課の手を止め、凝然と座って叫び声がやむのを待った。

こうした年月にトラヴニコフはたくさん詩を書いたが、「素晴らしいのは、そのなかでエレーナに直接言及した作は、未完の詩一篇しかなかったことである」。その詩は『神曲』の第一部（地獄篇）を取り上げていた。

僕らの別離の四年目が過ぎた。／涙を流さず、墓石に伏して／あの本の言葉でお前に誓う／愛ハワレラヲ一ツノ死ニミチビイタ。

この詩は、形式と内容の両面において特別な注意に値する。まず形式では、四行目に『神曲』からの引用が一行そっくりイタリア語で行われている[31]。五脚ヤンブで抱擁韻のこの詩の場合、一行目の「四つ目」というロシア語の順序数詞と、四行目の「死」というイタリア語の名詞が押韻する。西洋の古典をこのように大胆に自分の詩に取りこむ手法は、プーシキンにおいてさえもなかった。プーシキンは外国語の単語を詩に取り入れることは盛んに行ったが、古典を引用するときは、たいていそれをエピグラフにしてしまう。この詩における『神曲』からの引用は、読者の目をそばだたせる詩人トラヴニコフの技倆である。

次に内容について見ると、ここで「別離」という語が使われている。「別離」はその後の「再会」を期待させる語である。トラヴニコフは、復活を信じようとするのだろうか？『癒しなき苦悩』の詩では、彼は無神論の方に振れていた。仮にこの詩における「主人と奴隷」が「神と人間」に重ねられるとすれば、この神は自らも救いなく苦しみ、人間に懲罰を与えるだけの神である。そのような「主人と奴隷／神と人間」の苦しみを超然とながめ、過酷な「法」の存在を認める彼は、むしろ運命論者のようであった。（この「主人と奴隷」のアナロジーは、作者が仕組んだかもしれないもう一つの隠喩を示唆する――「神」

は発狂するのである。)

その彼が『別離』の詩では、復活の信仰の方に振れているように見える。だが、はっきりそうと断定もできない。なぜなら、彼らは「死」によって「一つになる」といわれているだけで、それが来世や天国を念頭に置いているかどうかは分からないからだ。

しかし、この二つの詩のあいだには、確実にある心の揺れが感じられる。そしてそれは、トラヴニコフは結局自殺したのか/しなかったのかという問題に繋がってゆくだろう。

グリゴーリーは一八一七年に満六十歳で死ぬ。主人公は今や完全に孤独となる。それまで彼は、時おり本を送ってもらうためにイズマイロフと文通し、お礼に自分の詩を送っていた。イズマイロフは当時「ヨーロッパ報知」誌の発行者で、彼に詩を発表するよう懇願していたが、彼は頑として許可しなかった。(ちなみに若いプーシキンは、一八一四年に同誌にはじめて詩を発表している。)父の死後、彼はその文通をも突然断ちきる。そしてそのことが、「文学史上ほとんど類を見ない悲喜劇」的な事件を惹き起こすことになる。

ヴァルダイ地方の地主トラヴニコフの死を知ったイズマイロフは、文通が絶えたことと合わせて、自分の友が死んだものと勘違いする。彼はさっそく手許の詩稿を集めて、当時ボグダノーヴィチの四巻選集を刊行したばかりだったプラトン・ベケトフに渡し、かくして一八一八年に『ヴァシーリー・トラヴニコフ詩集』が出版される運びとなる。

このことを知ったトラヴニコフは激怒する。彼はただちに発行者のベケトフに手紙を送り、印刷された本を全部破棄するよう要請する。彼はその本を自分のために取り寄せようともしなかった。だが後に、彼の蔵書のなかにその詩集が一冊だけ見つかった。どうやら、イズマイロフとベケトフは著者に本を送ったらしい。その際に然るべき手紙のやりとりがあったはずだが、トラヴニコフは受け取った手紙をほとんど破棄していた。

この悪い冗談のようなエピソードをどう考えるべきか? ここに主人公の無名性のアリバイ作りを見るのはた

やすい。実際、これは彼の詩が発表されていないのに読めることの巧みな説明である。しかし、それだけではない「毒」と、作者の強迫観念に似たものが感じられる。

ここに描かれているのは、人の死を冗談にした残酷なユーモアである。西洋文化圏では、このような笑いは「悪魔の笑い」とよばれる。つまり、〈地獄〉の影はいっそう濃くなっており、運命は主人公の生を弄ぶだけでなく、死をも弄ぶのである。

もう一つ指摘できるのは、「早まった埋葬」というモチーフで、ここにホダセーヴィチの自叙が感じられる。晩年の（といっても四十歳以降の）ホダセーヴィチは、詩が書けなくなった詩人だった。一九二七年に自らの定本的な『詩集』を出してから一九三九年に死ぬまで、彼は詩人として沈黙し、周囲からは終わった詩人と見られていた。亡命ロシア詩のもう一人の巨匠ゲオルギー・イヴァーノフ（一八九四〜一九五八）は、後に当時のホダセーヴィチを振り返って「干からびた」と評している[32]。さらに『トラヴニコフ』は、死を間近にしたホダセーヴィチの最後の芸術的創作だった。つまり、生きながら死人扱いされるのも、死後に見当違いな評価を受けるだろうことも、彼には切実な問題であり、一口にいえば、トラヴニコフを見舞った悲喜劇はホダセーヴィチ自身の運命だったのだ。

このような自らの死をめぐる思念――「悪魔の笑い」は、大変苦い自己アイロニーであるといえよう。

八、虚構の完成

小説はエピローグに入り、これまで語り手の後ろに隠れていたホダセーヴィチその人の回想となる。一九〇六年の夏、「私」はヴァルダイ地方を旅行中に、荒れはてた礼拝堂と墓地を訪れ、ある墓に刻まれた墓碑銘に強い印象を受けた。

「ヴァシーリー・トラヴニコフ　この石の下に眠る／旅人よ、彼の上に偽りの涙をこぼすなかれ」というのがその文である。

生没年はなく、付近の住民に聞いても墓主のことは分からなかった。

十三年後の一九一九年、「私」はモスクワ作家書店で同姓の通信技術士に会った。驚いたことに、そのトラヴニコフ氏は、グリゴーリーの兄アンドレイの玄孫で、「ヴァシーリー・トラヴニコフ」は詩人であったことが判明した。

まもなく「私」は、詩人トラヴニコフの関係文書を閲覧する機会に恵まれた。そのなかには、前述の詩集のほかに、私家版の伝記、遺稿、書簡類、母マリヤの日記、そして蔵書の一部が含まれていた。これらの文書にざっと目をとおして、「私」は詩集に付されたイズマイロフによる伝記も、私家版の伝記も、きわめて不十分かつ不正確だと確信する。例えば、後者では詩人の没年が一八一九年となっているが、これは翌年に刊行された『ルスランとリュドミーラ』の見返しに彼の書き込みがあることから明らかに誤りである。その書き込みとは次のようなものだ。

「若い作者が卑しい冗談に才能を浪費している。危険な隣人[33]の類の作品にもとづく学習の結果である」

先のジュコフスキーの献辞と読み比べたら面白いだろう。「私」は、この寸評が「不公平で一面的であるにもかかわらず、大変興味ぶかく、きわめてトラヴニコフらしい」とコメントする。プーシキンの処女作は一八二〇年八月に刊行された。従って、トラヴニコフが死んだのは一八二〇年の秋以降となる。彼の最後の年月については何も知られていない。

「私」のトラヴニコフ研究は、文書の所有者が白軍に参加するために慌しく出立したことで、突然中断する。手許に残ったのは一九一九年に作った書き抜きだけで、本「報告」（ジャンル規定である）もそのときのノートにもとづいている、と「私」は証言する。詩集がないので、彼の詩について詳しく紹介することはできない。よって以下では、いくつかの指摘を行うにとどめよう、と――。

　ここでホダセーヴィチは、「慌しい出立」の一語で、朗読会に集まった聴衆の心を、最後に激しく揺さぶる。赤軍の徴兵や略奪を逃れて、取るものもとりあえず、宝石類を隠して「慌しく」出立する場面は、多くの亡命者たちの回想に見るところである。彼らはそれが何かを知っており、そしてトラヴニコフの関係文書が、恐らく／間違いなく決定的に失われたことを直感的に知るのだ。このようにホダセーヴィチは、真実らしさの幻想で聴衆を引きこみ、完璧なアリバイを作って、虚構を完成させる。

　さて、そうしてホダセーヴィチが持ち出すのが、トラヴニコフは何で死んだかという問題である。彼が特に何の病跡もなく三十五歳で死んでいること、前述の「十字架のない」（と、ここではじめていわれる）墓の碑文は彼自身が指示したと思われることは、最初「私」に、彼は自殺したのではないかと疑わせる。だが後に、「私」は「自殺はありえない」という結論に達した。そして「私」は、トラヴニコフの三つの詩を引用してその理由を述べる。

　一つ目の詩は『イリインスコエ』と題されている。これは彼が住んだ村の名前だが、同時に預言者イリヤにちなんだ「イリヤの日」を指しているかもしれない[34]。第一連で、七月の蒸し暑い夜が描写されたあとに、次のような二つの連が続く。


　誰が知ろう？　柵のそばで／雄鶏が呼びかけたのが／悪霊だったか、泥棒だったか。／だが、深紅の光が昇り／牧童は家畜の群れを／露の降りた草地に連れてゆく。／／笛の音が鳴りひびき／丘が、林が、野原が／静まり、沈黙する――／だが、人をあざむく静けさは／耐えがたい一日の／悪意と不吉さを隠していた。

「私」はこの詩について、「疑いなく、生は彼を苦しめた。それは彼にとって、秘密の悪意に満ちた耐えがたいものに思われた」と述べる。

預言者イリヤはロシアでは「水」に関連した聖人で、ちなみに民間の迷信では、「水」は聖なるものとみなされる一方で、沼や湿地の連想を伴って悪魔・悪霊と結びつけられる。[35] この詩の要点は、時をつくる鶏の声が「悪霊」を追いはらったにもかかわらず、実は追いはらわれておらず、真昼のなかに悪意を秘めて隠れているという点にある。これは完全に絶望した人間の詩であり、書き方は象徴派的で、ほとんど亡命者の詩のようである。ゲオルギー・イヴァーノフは、これに似た絶望感を「神がいないのはいいことだ」とうたったが、[36] ホダセーヴィチなら「だが悪魔／邪な力は存在する」と付け加えただろう。

二つ目の詩は、その斬新な比喩で読者を驚かせる。

おお心よ、埃まみれの麦の穂よ！／夥しい骨の埋まる大地に／お前は傾く、まどろみながら。

「私」はこの詩行を遺稿のなかに発見したと述べるが、「心」を「麦の穂」に譬える発想が素晴らしく、現代的であるとともに、聖書的なイメージ（一粒の麦もし死なずば）を喚起して力強い。それもそのはずで、これは百年後に書かれたムニの詩を、ホダセーヴィチが密かにトラヴニコフの詩として引用したものである。

このようにホダセーヴィチは、主人公の自殺を否定しながら、その例証の決定的部分で自殺者ムニの詩を引き合いに出す。だが、この詩が喚起する聖書的なイメージ（麦と種）に注目しよう。ホダセーヴィチの第三詩集で、彼の名声を確立した本は『種の道』（一九二〇）と名付けられている――「そのように僕の魂も種の道をたどる／闇の中を下り、死に――そして甦る」（同名の詩より）。

『トラヴニコフ』におけるムニの詩の引用は、ホダセーヴィチの自殺した友と彼の代表的詩集の題名の隠された繋がりを示唆する。つまりここには、ムニは死んだが、ホダセーヴィチのなかで「一粒の麦」となって甦るという、ほとんどオカルト的な〈死と甦り〉のモチーフが見出されるのだ。ムニは優れた文学者ではなかったが、間違いなく才能のある人間で〈否定の天才〉だった。彼の死後、ホダセーヴィチはムニの否定性（ムニだったらどう否定するか）を心に抱いて、それと絶えず対話しながら生きたといっても恐らく過言ではない。ホダセーヴィチに誰よりも影響を与え、詩人としての彼を育てたのは、この死んだ友だったのである。

こう考えると、「私」が一見主人公が自殺してもおかしくないような詩を並べながら、その可能性を否定する理由も明らかだろう。ムニとの友情の記念碑であり、鎮魂歌でもある作品のなかで、ホダセーヴィチの〈分身〉が自殺するわけにはいかなかったのだ。

「疑いなく彼は死を待ち望んでいた。だがそれでも、人為的に死を早めるのは、天から下された屈辱から目を逸らさず、人はただ己れの誇りによってすべてを最後まで耐え抜くべきだという、彼の人生と詩の全哲学に反しただろう」と「私」は述べて、三つ目の詩を引用する。

僕は己れに誇りと名誉を求める／慰めと希望をともに拒むことによって――

だが、「誇り」のもう一つの意味は「傲慢」であり、「慰めと希望」とは「宗教」の謂いに他ならない。このようにホダセーヴィチは、『トラヴニコフ』をキリスト教の神を否定ないし、それと対峙し、己れの〈運命〉を完遂する者の物語として描いた。彼が復活を信じたか否かという問いには、その限りにおいて否定的な答えをしなければならないだろう。そして「私」は、「人生における慰めと希望を拒んだ彼は、詩においてはあらゆる虚飾を排そうとした」と指摘して、最後にトラヴニコフの文学史的な位置付けを行う。

むろん形式的な面では彼の創作はまだ十八世紀と結びついていた。だがカラムジンでもジュコフスキーでもバーチュシコフ[37]でもなく、まさにトラヴニコフが、十八世紀の遺産の一つだった文学的な気取りという因襲との意識的な戦いを始めたのである。後に他の誰よりもトラヴニコフに近づいたのは、ボラトィンスキー[38]と、その創作がボラトィンスキーに結びつけられるロシア詩人たちだ。もしかしたら、今ボラトィンスキーの弟子とみなされている者たちは、実際にはトラヴニコフに学んだのではなかろうか？

九、ホダセーヴィチにおける自叙と文学史の交点

それにしても、何のためのレミニッセンスであり、何のための自叙であるのか？

まず、小説の最後の文学史的な注釈を解くことから始めよう。ボラトィンスキーはプーシキンの同時代人で、プーシキンがもっとも高く評価した詩人だった。その詩風は、ホダセーヴィチが書いているように、虚飾を排した警句的な簡潔さに特徴があり、主知的でありながら優れた抒情詩を書いた。才気煥発なプーシキンとは対照的なタイプである（そもそもこの注釈において、プーシキンの存在がまったく素通りされていることに注目しよう！）。ホダセーヴィチは、間違いなくボラトィンスキーを評価していたが、しかしこの注釈をもって、彼がボラトィンスキーを顕彰しようと意図したと考えるのは早計である。なぜなら、このボラトィンスキーの後ろにいるのは、実はホダセーヴィチ自身であるからだ。——

ここでホダセーヴィチは二重のトリックを用いている。第一に、あたかも既存のように語られている〈ボラトィンスキーの伝統〉は、十九世紀のロシア文学を通じて存在せず、二十世紀初めでもやっと再評価が始まったばかりだった。従って第二に、この詩人と結びつけられる「詩人たち」も「弟子たち」も、実際には存在しなかった。それをはじめて発見したのはアンドレイ・ベールイ（一八八〇〜一九三四）で、彼は他ならぬホダセーヴィチにボラトィンスキーとの親近性を見出したのだ[39]（『今日の詩におけるレンブラントの真実』一九二二年）。この

ベールイの批評を踏まえて、ホダセーヴィチは存在しない〈ボラトィンスキーの伝統〉を設定し、その創始者にトラヴニコフを据えた。そしてさらには、こうして創り出した〈トラヴニコフの伝統〉を、ロシア詩の主流である〈プーシキンの伝統〉の上／前に位置づけるのである。

文学史に偽史を仕掛ける『トラヴニコフ』のような〈ミスティフィケーション小説〉は、必ず論争の契機をもっている。その一端はすでにカラムジンやジュコフスキーを論じた箇所で見たが、以上の考察から明らかなように、この小説が全体として論争を挑んでいる相手はプーシキンである。これは、ホダセーヴィチとプーシキンの関係、特に前者が後者に寄せていた深い愛情を知る読者には意外に思われるかもしれない。

アヴァンギャルドが「プーシキンを現代の船から放りだせ」と呼びかけ(40)、様々な表現の実験が試みられた時代に、ホダセーヴィチは、プーシキン以来の伝統的な詩型や語法を堅持し、古い形式のなかに新しい内容を盛りこむという方法をつらぬいた。ゴーリキーからナボコフに至るあらゆる作家が、彼を「もっとも一貫したプーシキンの伝統の継承者」とよんでいる。さらに彼は、プーシキンに関する学問的研究を著したいわゆるプーシキニストでもあった(41)。

だが、こうした愛や方法、評価とは別に、プーシキンとホダセーヴィチの詩的個性はまったくといってよいほど異なっている。前出のガンドレフスキーは、プーシキンの多様な詩の目録と声域のなかで、ホダセーヴィチにもっとも近いのは、『ペスト流行時の酒もり』で座長のヴァルシンガムがうたう「ペストに捧げた讃歌」(「歓喜に酔える恍惚は［……］暗黒の深淵の際にあり」)だと述べるが(42)、まことに正鵠を射た指摘である。ホダセーヴィチは、明暗合わせもつプーシキンの詩の世界から、まさにこの〈死の舞踏〉的なモチーフを抜き出し、掘り下げることで、自らの詩のコードを創り出したのだ。

そしてもう一つ、ホダセーヴィチがプーシキンに学んだのは、詩人の〈私〉の「生」の全人格的な表現としての抒情詩――すなわち、グリゴーリーの手紙のところで述べたような、「詩的真実」に高められた個人の「生」

のドキュメントが「詩」である、という考え方であり信念である。この信念にもとづいてホダセーヴィチは、彼がプーシキンのなかに見出した一つの声域を拡大・深化する。それは結果として、彼をプーシキンとは対照的なボラトィンスキーにも比せられる詩人へと造型していった。

　このように模倣《まねび》を通じてオリジナリティーに到るという行き方は、『トラヴニコフ』の形式／文体と内容の関係においても見出される。この小説は、プーシキンの『ベールキン物語』中の一篇と見紛うような徹底的な文体模倣を通じて、しかしプーシキンの小説とはまったく味わいの異なる内容を提示するのである。

　では、その味わいの違いはどこから来るのだろうか？

『トラヴニコフ』は、非情な〈運命〉と闘う主人公の物語である。その戦いは〈神への反逆〉という堕天使的な特徴を付与されて、宗教的な「慰めと希望」を拒み、詩における「虚飾」を排して、己れの〈運命〉を完遂する詩人の生涯として描かれている。

　このような〈運命〉と〈神〉のとらえ方において、ホダセーヴィチは彼の愛するプーシキンに異議を唱えているように思われるのである。

　そもそも〈運命〉や〈偶然〉というモチーフは、プーシキンが好んで取り上げたものであり、ホダセーヴィチがこうした発想をプーシキンに学んだことは疑いない。だが両者は、このモチーフに対する理解において決定的に分かれる。

　渡辺京二は、『ベールキン物語』中の『吹雪』における「運命のいたずら」を考察して、「謎のような運命の働きの不気味さを感じさせつつ、結局は出会うべきものが出会ったという結末をつけるところに、プーシキンの世界との和解、世界への信頼が見出せると考えたい[43]」と述べている。同じことは、「運命のいたずら」がより大がかりに展開する『大尉の娘』の結末についてもいえるだろう。

　このようにプーシキンにおいては、〈運命〉の謎や不可解さに目を凝らしつつ、結局は世界との和解、世界への信頼が見出されるようであるのに対して、ホダセーヴィチにおいては、逆に、世界との不和、世界への不信の方へ研ぎ澄まされてゆくのである。あるいはこれは、モダニズム文学の〈退廃〉と〈世界喪失〉を体験し、〈実存的不安〉を抱えた亡命者ホダセーヴィチの現代性とよべるかもしれない。

つまりホダセーヴィチは、『トラヴニコフ』において、プーシキンとの論争的対話を通じて発見した己れの詩的個性を物語化して描いたのだ。そして彼は、それを歴史ドキュメント仕立てのルーツの探究として行い、大胆にもそのルーツを〈創造／捏造〉した。ロシア詩において〈プーシキンの伝統〉に先行する〈トラヴニコフの伝統〉とは、その実すでに見たように、時代を遡って投企された〈ホダセーヴィチの伝統〉に他ならないからである。

ここで注目すべきは、実験的に企てられた〈伝統の創造〉というモメントである。ホダセーヴィチには恐らく実験の意識はなかったであろうが、以上に述べたような『トラヴニコフ』の論争性は、同時代のモダニズム文学における様々な〈神話創造〉の試みとの類似性を示している。それは、例えば世界解釈の問題であり、あるいは歴史と歴史叙述にオルタナティヴな可能性を提起することで、その読み換えを図る試みである。『トラヴニコフ』は、ロシア文学の常識や規範を、つかの間にせよ根本から揺さぶり、別の次元を垣間見させるという点で、十分〈トラヴニコフの神話〉たりえていると思われる。J・L・ボルヘス（一八九九～一九八六）に『カフカとその先駆者たち』[44]という面白いエッセーがあるが、『トラヴニコフ』には——架空の詩人の伝記をとおして、文学史つまりは過去の観念を修正するという点において、何かこのエッセーを思わせる遊戯性と、価値の相対化を誘う刺激があるのである。

さらに指摘できるのは、このように文学史を相手どって複雑に自己を韜晦する（隠しながら顕す）遊戯には、ロシア文学に対するある批評的距離と、屈折した承認欲求が感じられることだ。ここには、間違いなくホダセーヴィチ自身のアイデンティティーの問題が関係している。ポーランド系のカトリックで、改宗ユダヤ人の母をもち、ロシア人の血が一滴も入っていないホダセーヴィチは、ロシア文学における自分の「居場所さがし」にきわめて自覚的な詩人だった。その痛ましいまでの告白を、われわれは彼の詩に読むことができる。
「そしてロシア、〈名だたる大国〉／彼女（乳母）の乳首を口でひっぱりながら／僕は苦痛にみちた権利を吸いとったのだ／おまえを愛し、おまえを呪うという」（『母ではなく、トゥーラの百姓女によって……』一九一七、一九二二年）
「ロシアには——継子、ポーランドには——／自分でもわからない、僕はポーランドの何なのか」（『僕はモスクワで生まれた……』一九二三年）
ホダセーヴィチがあれほどプーシキンを耽読し、その詩人の〈私〉の倫理を継承することにこだわったのは、こうした異邦人の意識をもつ彼にとって、プーシキンの作品が彼のロシアそのものというぐらいの重要性をもっていたからだ。彼は詩『僕はモスクワで生まれた……』で、自らの亡命体験を次のように圧縮して書いている。
「（プーシキンの）八巻本、それだけに——／それだけのなかに僕のすべての母国がある」
しかし、そうしたプーシキンへの愛はそのままに、己れ自身の創作がつらなる伝統としては、あたかもプーシキンの対極にあるかのような詩人を虚構しなければならなかったところに、私はホダセーヴィチのドラマを感じる。
最後にあげられるのは、この作品が書かれたときの時代背景である。一九三〇年代のパリにおける亡命生活のなかで、ホダセーヴィチを脅かしていたのは、プーシキンに始まる百年のロシア文学が終わるという意識だった。彼はその終わりに抵抗し、論敵をつくって論争したが、心の底ではそれが確実に訪れることを知っていた（事実、このわずか数年後、第二次世界大戦が勃発し、亡命ロシア人の社会も文学も消滅する）。こうした歴史上の稀有な体験のなかで、ホダセーヴィチには、百年のロシア文学を一望の下に見渡す視座が開けたのだと考えられる。そしてホダセーヴィチは彼のロシア文学史を書いた——自らに消せた百年前の詩人を創造し、その〈伝統〉

に照らして既存の歴史観を読み換えることで、ロシア文学に対する己れの存在証明を行い、かつは最終的な見解を示したのである。

むろん、そうしてできあがった[45]〈神話〉的な『トラヴニコフ』を、単純にホダセーヴィチの〈自伝〉的小説とみなすことはできない。ここには、いわゆる自伝的事実を虚構の真実へと再構成する意志が強く働いている。しかもその事実は、〈ミスティフィケーション〉という複雑な文学的遊戯をとおして隠しながら顕されるのである。だが、そうした彼の韜晦した〈自叙〉が、『ネクロポリス』をはじめとする他のいかなる自伝的回想よりも、彼の詩人としての自己を鮮明に描いていることもまた事実だ。ホダセーヴィチは『トラヴニコフ』において、ロシア文学とともに生きた己れの文学的自己の「最後の言葉」を書いた。ただスタイリストの彼は、最後まで彼らしく、それを「文学的ないたずら」として読者に差し出したのである。

[註]

(1) ブライアン・ボイド『ナボコフ伝　ロシア時代（下）』諫早勇一訳（みすず書房、二〇〇三年）五二四頁。
(2) V. I. Šubinskij, *Vladislav Xodasevič: Čajuščij i govorjaščij* (Moskva: Molodaja gvardija, 2012), 490-491.
(3) V. F. Xodasevič, "Žizn' Vasilija Travnikova", in V. F. Xodasevič, *Sobranie sočinenij v 4 tomax* (Moskva: Soglasie, 1996-1997), 4: 95. 以下、ホダセーヴィチの作品からの引用はすべて、このソグラーシエ社刊の四巻選集を底本として本章の筆者が翻訳を行うものとする。
(4) 「中尉」を含む将校階級は、レールモントフの『現代の英雄』（一八四〇）、トルストイの『セヴァストーポリ物語』（一八五五〜一八五六）、クプリーンの『決闘』（一九〇五）、ブーニンの『日射病』（一九二六）などの主要な登場人物である。
(5) 英語ではイースター。正教会でもっとも盛大に祝われる祭日で、多くの絵画の画題にもなっている。

（6） M. Aldanov, "V. F. Xodasevič," in *Kartiny Oktiabr'skoj revoljucii. Istoričeskie portrety. Portrety sovremennikov. Zagadka Tolstogo* (Sankt-Peterburg: RXGI, 1999) , 298-299.

（7） デカブリストの乱が起きたとき、プーシキンは追放先のミハイロフスコエ村から首都に潜入しようとしたが、別れを告げに隣り村へ行く途中野ウサギが道を横切り、旅立ちのときに門先で坊さんに会ったので、不吉な予感にかられて断念したというエピソードがある（当時、旅立ちのさいに聖職者に行き会ったり、行く手を野ウサギが横切ったりするのは、不吉な前兆とされていた）。また「白い人」の予言とは、プーシキンは若い頃に、「もし三十七歳のときに、白い馬、白い頭、あるいは白い人が原因でなんらかの災厄が起こりさえしなければ、長く生きられるだろう」という予言を受けて以来、この予言に対して非常に神経質になっていたというものである（池田健太郎『プーシキン伝（上・下）』（中公文庫、一九八〇年）（上）一〇二～一〇三頁、（下）三三～三五頁を筆者が要約）。後者のエピソードには、彼を決闘で斃した相手のジョルジュ・ダンテスは、色黒のブリュネットだったが、ダンテスの属する近衛連隊の軍服の色が「白」だったという後日譚が付いている。

（8） アレクサンドル・スヴォーロフ（一七三〇～一八〇〇）。エカテリーナ二世時代の将軍、大元帥。

（9） G. R. Deržavin, *Sočinenija* (Sankt-Peterburg: Akademičeskij proekt, 2002) , 288-289.

（10） "Duxovnoe rodstvo", in Ju. A. Fedosjuk, *Čto neponjatno u klassikov, ili enciklopedija russkogo byta XIX veka* (Moskva: Flinta, 2000), 28-29.

（11） Sergej Gandlevskij, "Orfej v podzemke", in *V. F. Xodasevič /Vybor Sergeja Gandlevskogo* (Moskva: B.S.G.-Press, 2016) , 8.

（12） 後出の亡命詩人ゲオルギー・イヴァーノフの詩『皇帝がいないのはいいことだ……』（一九三〇）は、こうしたホダセーヴィチの亡命観に通じる認識を示している。「皇帝がいないのはいいことだ／ロシアがないのはいいことだ／神がいないのはいいことだ。／／あるのはただ黄色い空焼けだけ／ただ凍った星たちだけ／ただ幾百万もの歳月だけ。／／誰もいないのは――いいことだ／何もないのは――いいことだ／すべてがこんなに暗く、死に絶えたようで／これ以上死に絶えることはなく／これ以上暗くなることもない／／誰も僕たちを助けることはできず／助ける必要もない」G. V. Ivanov, *Sobranie sočinenij v 3 tomax* (Moskva: Soglasie, 1993), 1: 276.

（13） アファナーシー・フェート（一八二〇～一八九二）。「純粋芸術」派の詩人。対立する「市民詩」派のネクラーソフとともに、十九世紀後半のロシア詩における二大詩人に数えられる。代表作は詩集『夕べの灯』（一八八三～一八九一）。

（14） ヤコフ・ポロンスキー（一八一九～一八九八）。「純粋芸術」派の詩人。多くの詩がロマンス歌曲に作曲されている。

(15)「整った顔立ち」の原文は“tonkie čerty lica”。ロシア語には、特に結核患者について、病状の進行とともに「顔立ちが整う／ほっそりと美しくなる」(Čerty lica utončajutsja) という言い回しがある。

(16) イヴァン・ドミートリエフ（一七六〇～一八三七）。ロシア主情主義の詩人。洗練された諷刺的な寓話詩をよくした。

(17) ヴァシーリー・ジュコフスキー（一七八三～一八五二）。ロシア・ロマン主義の詩人。イギリスやドイツの前期ロマン派の文学の優れた翻訳ないし翻案を行った。代表作は『村の墓地』（一八〇二）、『スヴェトラーナ』（一八一二）など。

(18) アレクセイ・メルズリャコフ（一七七八～一八三〇）。主情主義とロマン主義のあいだに位置する詩人・翻訳家。後にモスクワ大学教授となる。

(19) アレクサンドル・ヴォエイコフ（一七七九～一八三九）。主情主義とロマン主義のあいだに位置する詩人・翻訳家・ジャーナリスト。

(20) ニコライ・カラムジン（一七六六～一八二六）。ロシア主情主義の詩人・小説家・ジャーナリスト・歴史家。ロシア語の文章語の改革を行い、カラムジン派を形成した。代表作は『ロシア人旅行者の手紙』（一七九一～一七九二）、『哀れなリーザ』（一七九二）、『ロシア国史』（一八一六～一八二九）など。

(21) ヴラジーミル・イズマイロフ（一七七三～一八三〇）。ロシア主情主義の作家・ジャーナリスト。ルソーの崇拝者で、カラムジンの熱心な追随者だった。

(22) プラトン・ベケトフ（一七六一～一八三六）。歴史家・発行者。肖像画研究で知られ、『ロシアの作家のパンテオン』（文・カラムジン、一八〇一）、『著名なロシア人の肖像画集』（一八二二～一八二四）を著した。

(23) ヴァシーリー・プーシキン（一七六六～一八三〇）。有名なプーシキンの伯父で、ロシア主情主義の詩人。代表作は『危険な隣人』（一八一一）。

(24) *Druz'ja Puškina. Perepiska; Vospominanija; Dnevniki: v 2 tomax* (Moskva: Pravda, 1985), 1: 536.

(25) *Druz'ja Puškina*, 1:518.

(26) アレクサンドル・トゥルゲーネフ（一七八四～一八四五）。ジュコフスキーの友人で、はじめ法律家としてアレクサンドル一世のロシア憲法草案の作成に携わり、後に歴史家に転じた。博覧強記で知られ、プーシキン時代の多くの文人と交遊があった。

(27) *Druz'ja Puškina*, 1:344.

(28) プーシキン自身についていえば、彼は一八二五年に友人のデリヴィグに宛てた手紙のなかで、デルジャーヴィンの詩における不正確な文法や語法を指して、「ロシア語の読み書きを知らないタタール人」と評している。A. S. Puškin, *Sobranie sočinenij v 10 tomax* (Moskva: GIXL, 1959-1962), 9:161.

(29) ウラジーミル・ナボコフ『記憶よ、語れ　自伝再訪』若島正訳（作品社、二〇一五年）三三五頁。

(30) S. Kissin (Muni), *Legkoe bremja: stixi i proza; Perepiska s V. F. Xodasevičem* (Moskva: Avgust, 1999), 259-390.

(31) 翻訳は、ダンテ『神曲　地獄篇』三浦逸雄訳（角川文庫、二〇一三年）五九頁を参照した。

(32) S. G. Bočarov, "“Pamjatnik” Xodaseviča," in *Sjužety russkoj literatury* (Moskva: Jazyki russkoj kul'tury, 1999) , 462.

(33) 『危険な隣人』は、ヴァシーリー・プーシキンの代表作。

(34) 「預言者イリヤ」と「イリヤの日」については、*Mify narodov mira. Enciklopedija: v 2 tomax* (Moskva: Rossiiskaja enciklopedija, 1994) 1: 504-506; "Il'in den'", in *Russkij prazdnik: Prazdniki i obrjady narodnogo zemledel'českogo kalendarja* (Sankt-Peterburg: Iskusstvo – SPb, 2001) , 210-220.

(35) 沼や湿地を悪魔・悪霊の棲みかと考える迷信は、汎ヨーロッパ的なものであると思われる。

(36) G. V. Ivanov, *Sobranie sočinenij,* 1: 276.

(37) コンスタンチン・バーチュシコフ（一七八七～一八五五）。ロシア・ロマン主義の詩人。代表作は訳詩集『ギリシア詩アンソロジーより』（一八一七～一八一八）。

(38) エヴゲーニー・ボラトィンスキー（一八〇〇～一八四四）。いわゆるプーシキン・プレイヤッド（プーシキン詩人群）に数えられる詩人。「象徴的なイメージを用いつつも、明確な思想を明晰な言葉で表現するという点ではプーシキンより徹底している」（川端香男里『ロシア文学史』岩波書店、一九八六年、一三七頁）と評される。代表作は『エダ』（一八二六）、『黄昏』（一八四二）など。

(39) A. Belyj, "Rembrandtova pravda v poezii našix dnej (O stixax V. Xodaseviča)", in *Zapiski mečtatelej, No. 5* (Petrograd: Alkonost, 1922), 136-139.

(40) ロシア未来派を代表するグループ〈ギレヤ〉（フレーブニコフ、マヤコフスキー、クルチョーヌイフ、ブルリューク兄弟らが参加）は、文集『社会の趣味を張りたおせ』（一九一二）のマニフェストで、「過去は窮屈だ。アカデミーやプーシキンは象形文字よりわかりにくい。現代の船から、プーシキン、ドストエフスキー、トルストイその他を放りだせ」と呼びかけた。*Russkij Futurizm: Teorija, Praktika, Kritika, Vospominanija* (Moskva: Nasledie, 1999), 41.

（41）　プーシキニストとしてのホダセーヴィチについては、例えば次のスラートの本を参照。I. Surat, *Puškinist Vladislav Xodasevič* (Moskva: Labirint, 1994)

（42）　Sergej Gandlevskij, “Orfej v podzemke”, 5-6.『ペスト流行時の酒もり』の引用は、『プーシキン全集３』（河出書房新社、一九八〇年）所収の栗原成郎訳から行った。

（43）　渡辺京二『私のロシア文学』（文春学藝ライブラリー、二〇一六年）一四三頁。

（44）　J・L・ボルヘス『続審問』中村健二訳（岩波文庫、二〇〇九年）一八八―一九二頁。

（45）　ホダセーヴィチの『侍従日記』と題された日誌によれば、『トラヴニコフ』の執筆は一九三二年に始まっている。つまり彼は、この原稿用紙で六十枚ほどの短篇を、中断を挿んで実に四年もの歳月をかけて書き上げたわけである。V. F. Xodasevič, *Kamer-fur'erskij žurnal* (Moskva: Ellis Lak 2000, 2002)

伝記史料とイメージ操作　二十世紀ロシアの作曲家の自叙

梅津紀雄

はじめに

作曲家は自叙をなぜ、いかに著すのか。本章では、著名な作曲家の評伝が書かれ、読まれることが前提となっていた二十世紀のロシアの作曲家を例示しながら、自叙のありようを分析したい。具体的には、ストラヴィンスキーとプロコフィエフ、そしてショスタコーヴィチの事例を比較対照してみたい。そこで問題にしたいのは、二十世紀の作曲家にとって自叙とはどんなものであったか、「自叙」とくくることによって見えてくるものは何か、ということだ。作曲家に限らず、芸術家が自分について語ることが当然のように求められた時代のことである。

まず、作曲家の自叙として対象化されるものを確認しておこう。それは、自分自身や自作についての作曲家の言説（インタヴュー記事など）、自伝（自伝的散文）のほか、日記や回想、書簡などである。これらは、ジェラール・ジュネットの提唱するパラテクストと関連し、特にストラヴィンスキーやショスタコーヴィチの事例では重要な意義を持ち得るため、ここで立ち入っておくことにする。

ジュネットは著書『スイユ』[1]において、作者名、タイトル、紹介寸評、献辞、エピグラフ、序文、註、解説、インタヴュー、日記、書簡など、テクスト本文ではないがテクストの外部とも言い切れない、あいまいな領域にある、一種の媒介的機能を持つテクストをパラテクストと定義して、分析の対象とした。そのうち、タイトルや献辞など書物に含まれるものをペリテクスト、日記や書簡など書物に含まれないものをエピテクストと命名した。作曲家の場合は、書物を楽譜と置き換えて検討することができるだろう。

分析対象とするテクストは以上のとおりであるが、こうしたテクストは二十世紀の作曲家にとってどんな意義を持っていたのだろうか。

二十世紀の作曲家は、自分が残す言語テクストについて無自覚ではいられない時代を生きていた。ロシアの場合で言えば、そうした状況を決定づけたものの一つは、作曲家ピョートル・チャイコフスキー（一八四〇〜一八九三）の弟モデスト（一八五〇〜一九一六）が残したピョートルの評伝であった。モデストは兄が残した、書簡や日記などの伝記的史料をふんだんに引用しながら、資料そのものに語らせるスタイルによって、兄の生涯を描いていた。ピョートル自身は自分が残したそれらのテクストが重要な文献になると意識して綴っていたかは定かでない[2]。しかし、弟モデストがそれをふんだんに利用したことによって、大作曲家の日記や書簡は、後世の人々が史料として利用するものだ、という認識が普及する結果を生んだ。

もうひとつの二十世紀初頭に書かれた重要な文献は、リムスキー＝コルサコフの回想録である。『わが音楽的生涯の年代記』と題された書物は、いわゆるロシア五人組（「力強い一団」）やそれに続くベリャーエフ・サークルをめぐる重要な史料と見なされている。重要なことは、リムスキー＝コルサコフ自身が、自分の回想録が重要な史料になるということを意識してそれを記したことである。

こうして大作曲家が綴るテクストは後に史料になる、という認識が成立するのである。

ストラヴィンスキーとプロコフィエフ、ショスタコーヴィチらも、それぞれに、自覚的に言語テクストを綴っていた。二十世紀に生きた彼らの場合、ソ連体制や冷戦という背景が、彼らの言語テクストに独特の性格を与えている。結論を先取りするならば、ストラヴィンスキーやショスタコーヴィチが、自叙を自分自身や自作品の解釈を左右するテクストとして意識していたのは明らかである。他方で、プロコフィエフは、若い頃より自叙が著名人の重要な資料になることを強く意識していたが、後には自分の過去を反芻する手段として自叙を大事にするようになる。両者の間には明確な差異を見出すことができるはずである。

一、ストラヴィンスキー――《春の祭典》における「修正」

まず、イーゴリ・ストラヴィンスキー（一八八二～一九七一）について紹介しておこう。彼はサンクト・ペテルブルグ近郊のオラニエンバウムに、マリインスキー劇場のバス歌手フョードル（一八四三～一九〇二）の息子として生まれた。幼少より劇場に出入りして音楽に親しんだが、音楽の才能があるとは両親は考えず、音楽院には入らずにペテルブルグ大学の法学部に入学することになった。だが、そこでの友人の一人にリムスキー＝コルサコフ（一八四四～一九〇八）の息子がいた。こうして当時の大作曲家と知り合ったイーゴリは、自分の創作の試みを作曲家に見せて、個人教授を受けるきっかけを得る。彼が脚光を浴びるのは、周知のように、セルゲイ・ディアギレフ（一八七二～一九二九）からの委嘱を受けたのが発端であった。一九〇九年のセゾン・リュス（ロシアの季節）の公演でバレエの可能性に開眼したディアギレフは、西欧での興行を常設バレエ団によって続けることを決意し、翌年バレエ団を組織、一九一一年よりロシア・バレエ団（バレエ・リュス）として公演を始めることになる。その途上の一九一〇年、当初は作曲家アナトーリー・リャードフ（一八五五～一九一四）に委嘱されていたバレエ音楽《火の鳥》を担当したのがストラヴィンスキーだった。こうしてロシア・バレエ団のもとで新進作曲家として名声を確立した後、スイス時代を経て、アメリカにさらに移住し、後に同時代のフランスの作曲家オリヴィエ・メシアン（一九〇八〜九二）から「カメレオン音楽家」とも、「千一のスタイルを持つ男」とも呼ばれるほど、その生涯の中で、様々な様式で作曲を行った。

初期のロシア・バレエ団は、（西欧から見た）エグゾティシズムを売りにしており、師リムスキー＝コルサコフの延長線上でのナショナリズムが基礎となっていったが、その後、新古典主義を経て、渡米後は、アーノルド・シェーンベルク（一八七四〜一九五一）の死を契機にセリエリズム（音列技法）へと移行していく。大きな流れとしては、音楽外的な表現を志向した模倣的・描写的な音楽から、より抽象的な音楽へと移っていったと捉えることができる。それは、バレエ音楽《春の祭典》に対する彼の態度、彼の説明に象徴的にも現れてきたといえる。

《春の祭典》(3)（一九一三）は、ロシア・バレエ団のためのバレエ音楽の三作目に当たり、ストラヴィンスキーとロシアの画家・思想家・探検家のニコライ・レーリヒ（一八七四〜一九四七）が共同で台本を書き、ロシア・バレエ団の看板ダンサー、ヴァーツラフ・ニジンスキー（一八八九〜一九五〇）が振り付けた作品である。一九一三年五月二十九日のパリ、シャトレー座での初演は、音楽史上最大のスキャンダルとして知られているが、現在の評価では、それをもたらしたのは、音楽ではなく、ニジンスキー振付の踊りだったとみなされている。首をかしげたまま内股で動く姿は従来のバレエには全く無縁のものだった。ニジンスキーはリトミック（ユーリズミックス、音楽のリズムを身体で表現する教育法）の創始者ダルクローズの弟子ランバートの助力を得て、群舞をいくつかに分割して異なる踊りを対位法的に担わせる振付を編み出した。リチャード・バックルが記すように、ジャック・リヴィエールの分析はそのインパクトをよく表現している。「これは生物学的バレエである。もっとも原始的な人間の踊りというだけでなく、人間以前の踊りである。〔……〕ここにあるのは、すさまじい成長の勢い、樹液の上昇によるパニックと恐怖、恐ろしい細胞の分裂である。荒れ狂い、痙攣し、分裂する、内側から見た春である」[4]。他方で、タラスキンが述べるように、「スキャンダルを引き起こすにあたっての音楽の役割は、組織的に強調されてきた」。「序奏の終わるころ、観客は振付がより楽しめるよう、音楽を聴くのをやめてしまった」し、「多くの批評家は作曲家としてストラヴィンスキーの名前に触れることすらせず、彼の寄与について言及すらしなかった」[5]のだから。

しかし、《火の鳥》に続いて《ペトルーシカ》（一九一一）でも成功を重ねてきた作曲家にとって、《春の祭典》がもたらしたスキャンダルは深い傷跡を残すものであった。その後、一九一四年に舞台初演の指揮者ピエール・モントゥー（一八七五～一九六四）の指揮によってコンサートで（バレエなしで）演奏されて以来、この作品は管弦楽曲として広く受け入れられてきた。バランシン（一九〇四～一九八三）やベジャール（一九二七～二〇〇七）、ピナ・バウシュ（一九四〇～二〇〇九）ら、多くの振付師をひきつけてきたバレエ音楽ではあるが、基本的には管弦楽曲として聴かれ、評価されてきたことは否めない。そのような評価は結果として生じたものではあるが、実は作曲家自身が促してきたことでもあったのである。

初演直後に繰り返し引用されたストラヴィンスキー名義のテクストがある。それは、初演当日の五月二十九日に『モンジョワ』誌に掲載された、「私が《春の祭典》で表現したかったこと」というインタヴュー記事であった（後述のように、リッチョット・カニュードによる）。この記事の中でストラヴィンスキーは、自分の音楽が場面をどのように描いているかを詳細に述べ、振付を担当したニジンスキーを讃えている。以下はその抜粋である。

《春の祭典》で私は、自ら再生する、自然の崇高な生長を表現することを望んだのです。〔……〕手短に言えば、私は序奏において、牧神の自然や美に対する畏怖の念、すさまじい正午の太陽、牧神の叫びのようなものを表現したかったのです。〔……〕そして管弦楽全体、アンサンブルのすべては、春の誕生を示さなければなりません。〔……〕私はこの作品に、理想的な振り付けの共同制作者M・ニジンスキーを、そして視覚的環境の創造者N・レーリヒを見出すことができて、満足しています。(6)

このインタヴュー記事では、ニジンスキーやレーリヒに敬意を払い、彼らが称えられるとともに、音楽は何かを表現するものとして、すなわち、描写的なものとして説明されている。しかし、七年後の一九二〇年、レオニード・ミャーシン（マシーン、一八九五～一九七九）振付によって《春の祭典》が再演された際、作曲家は、音楽は描写的な性格ではなく、構成的な性格のものであり、物語は口実にすぎないと述べるようになる。十二月十四日に『コモエディア』誌に掲載されたジョルジュ＝ミシェルのインタヴュー「二つの《春の祭典》」を見てみよう。

この作品の萌芽は、私が《火の鳥》を作曲し終えたあとに生じた主題です。この主題とそれに続くものを、荒々しく直裁的に着想したため、私は、音楽が実際に喚起したものを発展の口実にしました。それは先史時代のロシアであり、私は自分自身ロシア人であるから、それを着想したのです。しかし、このアイディアは音楽から生じたのであって、このアイディアから音楽が生じたのではないことを覚えていていただきたいのです。私は逸話に基づくのではなく、構成的な作品を作曲したのです。(7)

「私は逸話に基づくのではなく、構成的な作品を作曲した」として、描写的な性格が否定されているのである。この記事は、研究書『ストラヴィンスキー《春の祭典》』（二〇〇〇）を記した研究者ピーター・ヒルが述べるように、音楽の「起源」を否定する試みであった。

ストラヴィンスキーが《春の祭典》の真の起源を全否定するのは一九二〇年のことであり、その時彼は、先史時代のロシアという設定は、音楽を表現する適当な方法に過ぎなかったと力説した。彼が強調したのは、音楽が最初にやってきたということだった。もちろん、後にニジンスキーを厳しく非難したことと同様に、これも事実ではなかった。一九二〇年の記事は、音楽をその元々のレゾンデートルから絶縁させようとする、ストラヴィンスキーの最も極端な試みであった。(8)

しかし実は、ストラヴィンスキーは初演直後でさえ、ニジンスキーを擁護していた。例えば、『ジル・ブラース』紙のインタヴュー(二十五号、一九一三年六月四日付)で、「彼らはニジンスキーの振付を批判しました。音楽と合っていないという者がいるのです。彼らは間違っています。ニジンスキーは素晴らしい芸術家です。彼にはバレエ芸術において本当の革命を成し遂げる力があります」と述べていた。これは公表することを前提とした言説だから、建前を述べていたと推し量ることもできるかもしれない。だが、自分と同じリムスキー=コルサコフの弟子の作曲家マクシミリアン・シテインベルグ(一八八三〜一九四六)宛の書簡(一九一三年七月三日、旧暦六月二十日)でも、「ニジンスキーの振付は比類がないものです。いくつかの個所を別とすれば、すべては私が望んだとおりです」(9)と述べ、ニジンスキーを讃えていたのである。

後述する『自伝』において、ストラヴィンスキーはニジンスキーが「音楽のもっとも初歩的な諸概念すら知らな」かったと主張する。(10)それはニジンスキー自身が、ストラヴィンスキーは専門知識を持っているのは自分だけだと驕っていて、自分は作品について知りたいのに、音楽の初歩理論を講義された、と証言していることと符合する。また、ストラヴィンスキーのみならず、多くの関係者がニジンスキーとの仕事の難しさを回想しているが、その一方で彼らはそれぞれに賞賛を示している。ストラヴィンスキーの主張には誇張や思いこみがあり、額面通りに受け取ることはできない。

他方、《春の祭典》の振付の背景として、ミハイル・フォーキンが振り付けたストラヴィンスキー作曲の前二作との違いを理解しておくことは有益である。《火の鳥》はフォーキンの台本によっており、《ペトルーシカ》はストラヴィンスキーも参加したものの、台本の軸となったのはバクストだった。そしていずれも経験豊かなフォーキンらの密接な関与に基づいて作曲が行われていた。これに対して《春の祭典》においては、ストラヴィンスキーはレーリヒと対等に台本に関与し、作曲が完了したのちに、振付師としては駆け出しのニジンスキーの振付が制作された。そして振付には、実はストラヴィンスキーも積極的にかかわったと考えられている。

ヒルがニジンスキーとストラヴィンスキーとの協働の根拠として掲げるのは、一九六九年に出版された、ストラヴィンスキーの《春の祭典》のスケッチブックの付録に収録された、ピアノ・スコアに書き込まれていたストラヴィンスキーの注釈である。それは振付のメモであり、後のニジンスキー振付の復元の源泉の一つとなった。リズム単位で音楽に合わせようとしたニジンスキーの振付の独自性をストラヴィンスキーが共有していたことの例証となっていると考えられるのである。(11)

ピーター・ヒルは、こうしたストラヴィンスキーの言動の変容の背景に、初演を通して作曲家が意識した、舞台と音楽との乖離をみている。「台本の表現として出発した音楽は、それを追い越してしまったのだ」と。台本に関するレーリヒの貢献は疑えないが、同じレーリヒが担当した舞台美術などに関しては古臭いと見なされた。他方で、ニジンスキーの振付は音楽の特徴を捉えたもので、単に複雑であるのみならず、フォーキンとは異なる群舞の非人格化を軸とした個性的なものであったため、ストラヴィンスキーはこれに嫉妬を覚えた、というのがヒルの意見である。(12)

こうした事実を背景に、ストラヴィンスキー研究の大著で知られるリチャード・タラスキンは、「彼はその長い生涯の後半を、前半についての嘘を言いながら過ごしたと述べても誇張ではない」とさえ述べている。(13)そうした「嘘」の一端が見て取れるのが彼の「自伝」である。[14] 以下においては、彼の自伝を検討してみよう。まず、「まえおき」では次のように述べて、インタヴューの正確さ、信憑性を端的に否定している。

私がうけた数多くのインタヴューで、自分の考えや自分の言葉が、さらにもろもろの事実までもが、しばしばまったくそれと認識できなくなるまでに歪められてきた。／だから、読者に私の真実の姿を提供し、私の作品や私という人物の周囲に積もり重なった誤解すべてを一掃するために、いま私はこの仕事を企てるのだ。[15]

インタヴューにおいて真意が捻じ曲げられることはいつの時代でも起こり得ることである。だが、ストラヴィンスキーの場合の問題は、作曲家がそれを口実に過去を書き換えている事実である。《春の祭典》に関して言えば、まず先に記したニジンスキーについての否定的評価が目につく。自分が「望んだものから」「隔たっていた」と主張しているからである。

当時私が抱いた、そして現在に至るまで変わらないその振り付けの全般的印象は、ニジンスキーが無自覚にそれを作り出したということである。〔……〕その振り付けには、音楽の指示から生じる単純で自然な造形化というよりむしろ、成果を伴わない非常に苦しい努力が読み取れていた。それは私が望んだものからなんと隔たっていたことか![16]

そして、一九一三年のインタヴュー記事の否定が続く。インタヴューをまとめたものが自分の署名のもとに公表されたことに憤慨するとともに、そこにおいては自分の言葉、考えが歪められていると主張する。

リハーサルに熱心に通ってきた人びとのなかに、リッチョット・カニュード[17]（一八七九〜一九二三）がいた。それに彼は進歩的で「時流に乗った」あらゆるものに夢中で、当時『モンジョワ』というタイトルの雑誌を刊行していた魅力的な人物だった。彼は私にインタヴューを申し込み、私は喜んで同意した。あいにく彼はそれを、《春の祭典》に関する一種の大仰であると同時にナイーヴな宣言のかたちで、そしてまったく予期していなかったことには私の署名入りで公にした。私の言葉や私の考えまでもがそのように歪められたことは、《春の祭典》のスキャンダルがその冊子の売上に寄与し、ほとんどの人々が宣言を本物と見なしただけにいっそうのこと私を深く悲しませた。[18]

しかし、二巻本のストラヴィンスキーの評伝を書いたスティーヴン・ウォルシュが指摘するように、当時は彼自身、元の記事が自分の考えを歪めているとは主張していなかった。

〔後年ストラヴィンスキーの助手となった〕クラフト[19]によれば、彼は『モンジョワ』誌に手書きで記事を否認するメモを六月五日に送り、カニュードは裏切りとして悲しんだと返答し、関係を断ったという（実際には、関係は続いた〔一九一四年の最終号にも彼は寄稿していた〕）。だが、そのようなストラヴィンスキーからのメモが再び言及されることはなかった。後にストラヴィンスキー[20]に記事のコピーを送り、彼は滞りなくそれをロシア語で『音楽』誌に掲載した。このとき、ストラヴィンスキーは翻訳が自分の考えを歪めているとして、激しく抗議した。だが、もともとの記事が自分の考えを歪めているとは主張していないのである。[21]

一方で、一九一四年の管弦楽曲としての演奏の成功について、『自伝』では「輝かしい名誉回復」であり、「聴衆はもはや舞台に気をそらされることなく、私の作品に注意深く耳を傾け、熱狂的に拍手喝采した」と述べられている。

《春の祭典》については、シャンゼリゼ劇場でのスキャンダルのあと、輝かしい名誉回復となった。聴衆はもはや舞台に気をそらされることなく、私の作品に注意深く耳を傾け、熱狂的に拍手喝采した。〔……〕私はとても感動した。そのような熱狂を私はまるで予期していなかった。一年前《春の祭典》を非難した何人かの批評家は、率直に自分たちの誤りを白状した。明らかに、聴衆の心をそのように掴んだことは、当時の私にあとあとまで残る深い満足を与えた。[22]

まさにこの「あとあとまで残る深い満足」が彼の自作品への態度を変えていったのではないだろうか。そして、『自伝』では、この記述のほぼ直後に彼が後半生で繰り返す「音楽の表現力の否定」が現れる。「音楽には」「何かを」「表現する力はない」と主張するのだ。「**音楽には、その本質からして、何かを、つまり或る感情、或る態度、或る心理的な状態、或る自然現象などを表現する力はないと私は考えている**」と。[23]（強調は梅津による。以下同じ）

描写的・模倣的な音楽から構成的・抽象的な音楽へ。《春の祭典》の音楽を擁護しながら、彼は立場を変えていったのであった。こうした立ち位置の変化は、「ロシアの」作曲家という過去を徐々に消し、やがて描写的・模倣的な音楽を推奨するソ連とも距離を置くことにつながっていく。

以上をまとめるなら、ストラヴィンスキーは自作やその創作意図についてのイメージを、インタヴューや「自伝」といった自叙によって操作して、塗り替えようとした、と言えるのではないだろうか。ジュネットに倣って言えば、パラテクストによってイメージが操作されたのである。

二、プロコフィエフ——自伝や日記に対する執拗なこだわり

次にプロコフィエフの事例を取り上げたい。セルゲイ・プロコフィエフ（一八八一〜一九五三）はソンツォフカ村（現在はウクライナ領）に農業技師の息子として生まれた。ストラヴィンスキーに続く世代の作曲家で、ロシア革命直前にはすでにモダニズムの寵児として活躍し始めていた。十月革命後、当時の教育人民委員（文部大臣に相当）アナトーリー・ルナチャルスキー（一八七五〜一九三三）の許可を得て、日本を経由してアメリカに渡り[24]、さらに拠点をヨーロッパに移したパリ時代を経て、一九三六年にソ連に帰国し、一九五三年、スターリンと同じ日に死去している。

プロコフィエフには、書簡を別として、長短二つの日記[25]、長短二つの自伝[26]がある。彼はそもそも、文学的な関心を持ち、書くことそのものを好んでいた。ドイツの作曲家リヒャルト・ヴァーグナー（一八一三〜八三）やロシアのモデスト・ムソルグスキー（一八三九〜八一）と同様に、《三つのオレンジへの恋》をはじめとした自作オペラの台本を自ら書いていた他、一九一八年の訪日の前後には密かに集中的にいくつもの短編の文学作品を書き上げ[27]、エレオノーラ・ダムスカヤのような友人あての書簡には自作の詩が散りばめられてさえいる。こうした実作の経験もあってか、日記の一節には「もし私が作曲家にならなかったなら、おそらく私は作家か詩人になっていただろう」（一九二二年十一月二十三日）と書かれているほどである[28]。

だが、単に書くことを好んでいたがゆえに自叙を多数残したのではなかった。プロコフィエフは、歴史に名を残すはずの作曲家として意識的に日記や自伝を綴り、書簡を残していたのである。そのことは、長短二種類ある

うち、「長い」自伝の冒頭に伺える。その長い自伝は、彼自身が想定していたように、自らが意識的に残してきた素材に基づいて、モデストがピョートル・チャイコフスキーの評伝を編んだのと同様のスタイルによって詳細な自伝を編む試みであった。モデストが兄についてまとめたように、書簡や日記、友人の日記さえ活用して、入念に描かれていく。残念ながら、それは幼年時代と音楽院時代のみで一九〇九年までが編まれているに過ぎず、未完である。プロコフィエフはそれをまとめるにあたって、自分がなぜ日記を綴るようになったのかを振り返って、以下のように述べている。

記録の癖は、本当に子どもの頃から私の性分だった。〔……〕**十二歳の時、私は、自分の音楽院の教授が日記を書いているのを盗み見た。これがまったく素晴らしいと思われて、私は自分自身の日記をつけ始めた**〔……〕。日記は半年実現され、放棄された。十三歳の時、音楽院に入ると、新たな印象深い出来事や交流が生じ（今日まで私はほとんど同志を持たないとはいえ）、私は再び日記にとりつかれたが、まもなく、出来事について行けず、放棄した。十六歳になり、三度目に日記に回帰した。この時、音楽院の若い女性たちがちらつくようになっていた。何も取り逃がしてはならないと強く思われたのだ。丁度その頃、私は受け取った手紙や送った手紙の下書きや写しを保存し、年代順に並べ、年ごとに綴じ始めた。**二十一歳の時、リムスキー＝コルサコフの『年代記』と、チャイコフスキーの大規模な評伝を読みながら、自分は作曲家だと意識して作曲家に関心を持ち始め、時代と共に自分の自伝を書くことに決めた。**誰かが私にいった。「私は、有名な人々には皆、自伝を書くように義務づけたい」と。
私は考えた。「自分には素材はすでにある。あとは有名になればよい」と。(29)

プロコフィエフが、作曲家として自伝や日記を書くこと、そして書簡を保存することに決定的な意義を認め、自覚的に対していることが分かる。

これら膨大な自叙のうち、ここでは彼の日記に注目してみよう。先に述べたように、プロコフィエフには二種類の日記があり、一九〇七年から三三年に渡って綴られた「長い」日記と、最晩年の五二年から翌年にかけて綴られた「短い」日記がある。「短い」日記は最晩年の彼の創作と暮らしぶりを伝えていて貴重な記述であるが、他方の「長い」日記は、ヨーロッパ、アメリカ、日本、そして一時帰国したソ連についての彼の印象が書き留められているのはもちろん、彼の日記に対するこだわりが幾重にも表現されている点で大変興味深いからである。

ここで、この前後の彼の伝記を確認しながら、彼の「長い」日記の数奇な運命について触れておこう。ロシア革命前からモダニズムの寵児として頭角を現していたプロコフィエフであったが、前述のように一九一七年の十月革命に際してアメリカ行きを決意し、ルナチャルスキーに申し出て許可を得て出国した。その際、彼が残していった書類の一部は母が西欧に持ち出したが、残りの一部は友人の音楽学者ボリス・アサーフィエフ（一八八四～一九四九）の手を経て、指揮者のセルゲイ・クセヴィーツキー（一八七四～一九五一）の手に渡り、その後、(最初からクセヴィーツキーに預けられたものと合わせて）プロコフィエフの友人で作曲家のニコライ・ミャスコフスキー（一八八一～一九五〇）に委ねられた。この事情を一九二七年のソ連旅行で彼は知り、しかもミャスコフスキーが日記に目を通していないことを知って安堵し、ミャスコフスキーから受け取ると、西欧に戻る際にソ連から持ち出していくのである。ここにいたるプロセスにおいて、彼が日記に記した記述には、自分の作品の自筆譜以上に日記を大事に思っている姿が示されている。日記の中で繰り返し日記についての言及が続くのである。

彼はアメリカに渡るためにまずは日本を目指した。先にロシアを出国したセルゲイ・ラフマニノフ（一八七三～一九四三）は北欧経由で米国に渡ったが、第一次世界大戦のさなかにヨーロッパを経由するよりは、極東から日本を経由したほうが得策だと、プロコフィエフは入念に旅行案内書などを見ながら慎重に判断していた。彼がソ連を去ったあと、その母マリヤ・グリゴーリエヴナ（一八五五〜一九二四）はソ連にとどまっていたが、一九二〇年にソ連を出国する。その際、マリヤは自分の荷物の他に息子セルゲイの書類も持ち出していた。母と再会し、それらの書類を目にしたセルゲイは以下のように綴っている。

一九二〇年七月三十日
荷物の中には私の書類もあった。《彼らは七人》の自筆譜（スコアではなく、そのスケッチ、とても完全な）、ヴァイオリン協奏曲のスコア、そしてピアノ協奏曲第二番のピアノ譜。それから三つの日記帳と三つの短編。これを受け取るのは恐ろしかった。というのも、これらすべてがロシアの捜索でだめになっているか、あるいは税関で止まっていないかと心配していたからだ。[30]

しかし、母が持参した日記はその一部に過ぎなかった。その後、彼の住んでいたアパートは略奪に遭い、書類の多くが失われたと、彼は友人から報告を受ける。そもそもプロコフィエフは二十年近くも祖国を留守にするつもりではなかった。単に混乱を一時期避けようとしていただけだったから、多くの自筆譜とともに、書簡や日記といった自叙のたぐいも部屋においたままだったのである。

一九二〇年八月〔アパートを訪ねた友人の話を聞いて〕
ミレル[31]は私のアパートに行ってきてくれた。アパートは掠奪に遭い、書類は燃やされていた。これはとても辛い。協奏曲第二番のスコアが失われたし（ママがピアノ譜を持ってきてくれたのは幸いだ）、とても残念なことに、恐らく一九一六年九月から一九一七年二月までの、日記帳も失われた。それは、《賭博者》の準備の時期、歌手たちとのリハーサルの時期、オーケストラとのリハーサルの時期で（第一幕と第二幕）、自分のキエフ、サラトフ、モスクワでのコンサート（ラフマニノフやメートネル、バリモントが来てくれた）、ペトログラードでの自作の室内楽演奏会、ゴーリキーの出演と出会い、ポリーナ〔ポドーリスカヤ〕の逃走、ハリコフの彼女のもとへの旅行、ペトログラードへの旅行、ヴァンダ・オソリンスカヤの手紙〔一九一六年一二月の日記参照〕、ナターシャ〔ゴンチャローヴァ?〕。ボリス・ヴェリン、たぶん、エレオノーラ〔ダムスカヤ〕との出来事、これらすべてが炎に飲み込まれたのだ。私の友人たちが救っていてくれなければ、一年か二年分の書簡が失われ、ほかにも多くが無くなった。日記や手紙が彼らの手にあれば、喜びも大きいのだが。(32)

「失われた」日記に書かれていた内容について、事細かく列挙する有様にまず驚かされる。確かに、ロシア革命の前後の時期は、次々に新作が生み出されており、公的にも私的にも出来事に富んでいた。しかし、それ以上に重要なのは、ここにおいて彼の意識は、自分が大作曲家となってその日記が伝記的史料として用いられる、ということよりも、むしろ日記とともに自分の過去が失われるのではないかという懸念にあることである。こうした意識は基本的に日記を書き残していない、ストラヴィンスキーやショスタコーヴィチには見受けられないものである。(33)

一部はあらかじめクセヴィーツキーに預けられていた。気がかりになったプロコフィエフは彼に書簡で、「私が気になっている問題にお答えいただけますでしょうか。自筆譜の入った私のスーツケースは無事でしょうか」（一九二〇年八月十日）と丁重に確認している。クセヴィーツキーは、ロシア出国までに自筆譜の入ったスーツケースはグートヘイリ社モスクワ支店のフョードル・グリーシンを経て、パーヴェル・ラムに預けられたことをプロコフィエフに請け合った。(34)

しかし、この時点ではアパートから書類が持ち出されたことははっきりしていなかった。この点に関する音楽院時代からの友人のハープ奏者エレオノーラ・ダムスカヤからの手紙は彼を動揺させ、興奮させた。それは日記の次の記述に明らかであり、過去の自分を対象化し、作品よりも日記を大事に思う、プロコフィエフの意識が如実に表わされている。

一九二〇年十二月十六日

エレオノーラからの手紙は私を興奮させた。彼女は過去の事実を明らかにしているのだが、それについて私はまだ完全に確信していない。というのも、つい最近もベルリンでスフチンスキー[35]とルリエー[36]が私に逆のことを主張したからだ。つまり、私の自筆譜と書類はアパートからアサーフィエフによって運ばれておらず、失われたというのである。〔以後、作品を列挙する〕それから、一九一六年九月から一九一七年二月までの日記帳。一年か二年分の書簡〔……〕。多くをまだ覚えているが、多くはすでに永遠に忘れてしまった。写真もなくなった。両親の写真、私の、幼年時代と少年時代の写真。〔……〕だが、**何よりも私が残念なのは、日記帳であり、そして手紙であり、**そしてラスケルやカパブランカとの〔チェスの〕対戦だ。そして、**実際、協奏曲第二番の音楽は全部残っているし、少年の時の作品はさほど愛しいわけではない。**なぜなら、それらにおいて、私は私ではないし、他方で重要な主題的素材を私は覚えていて、「伝記のために」それらを書き留めるつもりだからだ。**一方、日記は恐ろしく残念だ。なぜなら、たくさん面白いことがあったからだ。**〔ポリーナとのエピソードの回想をはさんで〕

ここから次の日記帳が始まる。今それはエッタールで私のもとにある。だが、一九一七年前半の書簡はすべて失われてしまった。〔……〕今、こうした回想にふけりながら、私は、エレオノーラから手紙を受け取った当初、すっかり我を失っていたが、いくらか正気に返った。[37]

自筆譜が失われたことよりも、日記が失われたことを「残念」に感じ、「我を失っ」た作曲家は、日記に思いを記しながら、「いくらか正気に返った」のである。作曲家らしからぬ言動、と言えるだろう。ここに明瞭になった、エレオノーラと、スフチンスキーやルリエーの証言の食い違いについて、プロコフィエフはアサーフィエフに、どちらが真実なのかと問いただすことにした。

次の二つの質問にお答えください。／一つ目です。私がペールヴァヤ・ロータのアパートにおいてきた自筆譜はまだ散逸していませんか。エレオノーラ・ダムスカヤを含めて、私が知る一部の人たちによれば、アパートは明け渡されて空になり、そこに移ってきた人々が卵を焼くために燃料として自筆譜を焼いたというのです。別の人たち（ルリエー、スフチンスキー）は、あなたがアパートに間に合って、公的に保全するために持ち出したと言っています。どちらの話を信じたら良いのでしょうか。もし後者が正しいのであれば、自筆譜はあなたがお持ちなのでしょうか。[38]

この結果、アサーフィエフが持ち出した書類はミャスコフスキーに預けられていたことがわかったのである。一九二七年の最初のソ連帰国の際、そのミャスコフスキーが預かった書類を確認して持ち出すことになる。次にプロコフィエフが気にかけていたことは、書類が無事かということだけでなく、ミャスコフスキーがそれらを読んではいないか、ということだった。

一九二七年一月二十二日〔最初のソ連帰国の際〕

私はもちろん、自筆譜や手紙、日記が入っていて、革命の際にクセヴィーツキーに預け、その後、ムズセクターに、そこからミャスコフスキーに渡った自分のスーツケースが非常に気がかりだった。ミャスコフスキーとの書簡のやりとりからは、このスーツケースが開封されたかどうかを突き止めることはできなかったし、彼がおもしろがるのではないかと恐れていた。**とても喜ばしいことに、スーツケースはまったく無事で、封印された書類も開封されてはいなかった。**革命期にはどんな調査や捜索が行われるか、わかったものではないからだ。[39]

親友のミャスコフスキーとの書簡のやり取りのなかで、彼が自分の日記などを読んだかどうかを探り出そうとしていたことも伺える。

一九二七年の演奏旅行は大成功に終わった。様々な不安を抱えての「ボリシェヴィキの国」の再訪だったが、友人たちが暖かく迎えてくれて、オペラ上演や演奏会が成功したのみならず、日記や書簡のたぐいも無事手元に取り戻すことができた。それらの書類をパリに戻る際に持ち出そうとするが、出国のかなり以前から、プロコフィエフは書類の束を無事に持ち出せるかを気にかけていた。音楽学者のヴィクトル・ツッケルマン（一九〇三～一九八八）とヴァイオリニストのレフ・ツェイトリン[40]（一八八一～一九五二）に相談を持ちかけたが、彼らはまだ先のことだと考えて、真剣に考慮するのを先送りにしていた。出国の日、ツェイトリンが迎えに来て、彼らは税関本部に向かっていった。そこに税関職員の検査が待ち受けていた。

一九二七年三月二十三日〔出国の日を迎えて〕

問題は、特別の許可を有していなければ、どんな手稿もロシアから持ち出してはならないということだった。これは、ロシアの図書館からの横領を防ぐための、とても良い規則である。他方、私には、自分の古い日記帳があり、ソ連滞在中に受け取った手紙の山があり、自筆譜があり、「帝室劇場所有」のスタンプが押された「オペラ」《賭博者》のピアノ譜などがあった。〔……〕駅の税関では、お役人風の女性が現れて、二本指で手紙の入ったカバンをかき回し、そして、すべてを封印するように指示した。一言で言えば、まったく滞りなく進んだのである。**彼女がもし日記を読み始めたら、どんな酷いことになったであろうか。私はそのとき、日記の中にはそこかしこに、反革命と見なされうる表現があることを思い出していた。**[41]

こうして、駅の税関の女性は書類の中身を確認することなく、プロコフィエフを通過させ、彼を安堵させた。だが、日記の話はこれで終わりではない。パリに戻った作曲家は、折にふれて取り戻した日記を読み返している。七月から九月までの間だけでも、七月十七日、二十七日、八月三日、四日、十二日、十四日、十八日〜二十日、九月七日、九日、十四日、二十二日と、古い日記を手に取っている。たとえば、一九二七年十月二十四日の日記には次のように書かれている。「家に帰ってから、音楽院時代の、自分が十八〜十九歳だった時の自分の日記を読んだ。とてもおもしろかった[42]」。久しぶりに手にした日記を読み返しながら、自分の過去を振り返ることに多くの時間を割いて楽しんでいる様子が伺える。その翌月にはソ連旅行の日記の口述を始めていた。

一九二七年十一月三日

古い日記を読んだ。旅行中に行った簡略化した記述に基づいて、ソ連邦旅行の日記をグローギイに口述し始めた。潮時だ。まもなくロシアをまた訪れて、古い印象が新しい印象と混ざってしまう。最初の訪問はおそらく、自分の人生で最も重要なものの一つだから、それは詳細に記録する価値がある。[43]

このソ連旅行で得た印象は、一九三六年の完全帰国につながるものであり、たしかに彼の「人生でもっとも重要なものの一つ」であり、「詳細に記録する価値があ」った。そのように彼が考えたが故に、詳細に記録され、以上の考察が可能になったことはいうまでもない。単に筆まめであるだけでなく、自叙を自分の伝記的資料と意識し、しかもそれによって自分を正当化するのではなく、過去の自分を異なる自分として見つめるプロコフィエフの眼差しは特異なものではなかろうか。ストラヴィンスキーの事例に立ち返るなら、過去の自分を現在とは別の自分と位置づけるなら、過去の言論を否定する必要はなかった。そこにも二人の違いは鮮明に現れていると言えるだろう。

三、ショスタコーヴィチの自叙――パラテクストによる数々の操作

最後に、ショスタコーヴィチの事例を検討することとしよう。自分が残す自叙が作曲家像や作品解釈に影響を及ぼすということについて、ショスタコーヴィチは強く意識しており、多くの事例において、作曲家像や作品解釈を操作する目的でそれらを意図的に発していたと考えられる。他方で、もう一つ、彼の固定観念として指摘できるのは、自分が死んだ後に、作品全集が編まれるなどして、自分の生涯や創作全体が総括されるという自覚だった。自分の死を意識した作品は、弦楽四重奏曲第八番(一九六〇)、交響曲第十四番、交響曲第十五番、弦楽四重奏曲第十五番といくつも掲げることができるが、その中でも最も個性的な作品の一つに、歌曲《自作全集への序文とその序文についての短い思索》(一九六六)がある。二分あまりの短い歌曲で、プーシキンの『詩人の話』をもじりながらではあるが、珍しく彼自身が詩を書いている(つまり、自叙である)ことも注目される。以下に歌詞全文を掲げよう。

「私は一気に原稿を書きなぐる。
罵りの口笛には聞き慣れた耳。
構わずに、世人の前で読み上げる。

それから出版すれば、忘却の彼方へ[44]！」
こんな序文は書きつけることができる
私の作品全集だけでなく、
多くの作曲家たちの全集にも――
とっても、とっても多くの作曲家たちの全集にも――
ソ連のみならず、外国の作曲家の全集にも。
それから、署名だ。
「ドミートリー・ショスタコーヴィチ、
ソ連邦人民芸術家」
とても多くのほかの称号――
「ロシア社会主義連邦共和国・作曲家同盟第一書記。
ソ連邦・作曲家同盟平《ヒラ》の書記」
それから同様にとても多くの、
誠に重大な責務・任務だ。

「序文」とそれについての思索、そして序文の本文以上の長さの署名という構成である。大仰な肩書きを自嘲的に挙げ連ねていく歌詞は、聴き手を笑わせるのみならず、あからさまな諷刺によって当惑させもする。署名の「ドミートリー・ショスタコーヴィチ」は、自分の名前のドイツ語によるイニシャル（ドイツ語でD. Sch.）からとった音型（音名象徴）レミ♭ドシによって歌われるというおまけ付きだ。この音名象徴は、交響曲第十番や（次に取り上げる）弦楽四重奏曲第八番などでも用いられていることで知られるが、ここでの用例はユーモラスであることと、自分を示していることを歌詞によって明瞭に示していることで際立っている。
「序文」が歌われる冒頭の同音反復とフレーズ末尾のオクターヴの跳躍は、ムソルグスキーの《神学校生》をモデルとしているともされるが、同様に規則的なリズムを刻むピアノ伴奏とあいまって、タイプライターの模倣となっている、という解釈も捨てがたいところである。「思索」の部分では、ムソルグスキーのオペラ《ボリス・ゴドゥノフ》の高僧ピーメンの抑揚が喚起され、ゆったりとした筆記が想起される。続く「署名」は、二部音符でレミ♭ドシを朗々と二度繰り返して歌われ、続いて諸々の肩書がせわしなく綴られていく。

　作品全集である以上は、これ以上作品が現れない、ということ、すなわち、作者が死んでいることが前提となるであろう。[45]ショスタコーヴィチの死後、ソ連時代に作品選集が編まれ、[46]現在は新選集が進行中であるが、[47]いずれも「全集」を名乗ってはいない。しかし、一九七五年に彼が死去した際、当時のソ連邦共産党書記長ブレジネフから始まる錚々たる署名の伴った、その追悼文には、たしかに長大な肩書が伴っていた。「ソ連邦最高会議代議員、社会主義労働英雄、ソ連邦人民芸術家、レーニン賞および国家賞受賞者」と。[48]国を代表する作曲家であり続けたことの重みを改めて感じさせられる。

　この歌曲《自作全集への序文とその序文についての短い思索》に、自嘲的なものを含めた諷刺、音名象徴DSCH（レミ♭ドシ）を用いた自分語り（自叙）、自分の死を意識しての生涯の振り返り、といった特徴があるとするならば、同じように、自分の死を前提とし、DSCH（レミ♭ドシ）の音名象徴を含んだ作品に弦楽四重奏曲第八番（一九六〇）がある。この作品は、先の「署名」でショスタコーヴィチ自身が列挙した肩書の一つ、ロシア社会主義連邦共和国・作曲家同盟第一書記就任の前提として、共産党入党を強いられた作曲家が、それを自分の精神的な死と考えて、音楽的に自分の生涯を回想した作品として一般に理解されている。[49]その目的のために、交響曲第一番にはじまって様々な自作の引用を散りばめながら作曲されており、いわば音楽的自叙と言える。このため、ショスタコーヴィチの主要作品を聞いてきた人びとにとってはその自伝的な性格は隠しようもない。

DSCH（レミ♭ドシ）の音型は主要主題として五楽章を通じて現れ、第一楽章もこの音型のフガートに始まり、全体のレクイエム的な雰囲気を決定づける。第二楽章は交響曲第八番第三楽章を思わせるような、無慈悲なトッカータで、ピアノ三重奏曲第二番からのユダヤの主題の引用でクライマックスに達する。緊迫した楽章のあと、第三楽章は間奏曲的役割を果たす。チェロ協奏曲第一番の主題が導入されて、強奏される和音（深夜のノックの音をイメージさせ、突然の逮捕を連想させる）が登場すると第四楽章に入り、革命歌《過酷な徒刑に苦しめられて》に続いて、一九三六年に『プラウダ』紙で酷評されたオペラ《ムツェンスク郡のマクベス夫人》から終幕の場面のカテリーナのアリア〈私の愛するセリョージャ〉のフレーズがチェロに流れ出す。この部分は作品全体のクライマックスであり、透明感にあふれた最も美しい瞬間でもある。我に返るかのように和音の強奏が響き、革命歌をかすかに反復しつつ強奏が繰り返されて、第五楽章に入ると、かすかに交響曲第一番からの引用が響くほかは、もはや追憶はなされない。最後は全楽器が弱音器をつけて、第二楽章のトッカータの主題を第一ヴァイオリンが繰り返し、モレンドで（消え入るように）閉じられる。

作曲当時、ショスタコーヴィチは、友人レフ・アルンシターム監督（一九〇五〜七九）の、英米軍のドレスデン空爆の際のソ連軍による名画救出の顛末を描く映画《五日五夜》[50]の映画音楽の作曲のためにドレスデンに滞在していた。そのさなかにわずか七月十二日から十四日にかけてのわずか三日間で作曲されたのが第八番の四重奏曲であった。彼は、この事情を親友イサアク・グリークマン（一九一一〜二〇〇三）宛ての手紙（一九六〇年七月十九日付）で以下のように述べている。

　映画の課題を果たそうと、どんなに努力しても、未だにできていません。でも、その代わりに、誰にも無用で、思想的に欠陥のある四重奏曲を書き上げました。いつか私が死ぬとして、私の思い出に捧げる作品を誰も書いてはくれないと思いました。それゆえ、私は自分でそういった作品を書くことにしたのです。表紙には、「この四重奏曲の作者に思い出に捧げる」と書いても良いでしょう。四重奏曲の主要主題は、D Es C H、つまり、私のイニシャルです(D. Sch.)。四重奏曲には、私の作品群と革命歌《過酷な徒刑に苦しめられて》が用いられています。私の主題は次のとおりです。交響曲第一番、交響曲第八番、三重奏曲、チェロ協奏曲、《マクベス夫人》。ほのめかしとして用いられているのは、ワーグナー(《神々の黄昏》の葬送行進曲)、チャイコフスキー(交響曲第六番第一楽章の第二主題)。そうそう、自分の交響曲第十番を忘れていました。〔……〕あまりに四重奏曲が擬悲劇的であるため、私はこれを作曲しながら、ビールを半ダース飲んだあとに出る小便と同じぐらい涙を流しました。[51]

自嘲的なトーンはここにも明らかだが、他方で、これを読む限り、映画音楽と四重奏曲との間には何の関係もないと考えられよう。しかし作曲家はあえて、この作品に「戦争とファシズムの犠牲者の思い出に」という献辞を付している。そこにはいかなる結び付きがあるのだろうか。新聞『イズヴェスチヤ』の記者のインタヴューに答えて、ショスタコーヴィチは次のように述べている(一九六〇年九月二十五日付「人民のために創作する喜び」)。

被災者の言葉から知った、ドレスデンの住民が体験した爆撃の恐怖は、私に弦楽四重奏曲第八番のテーマを暗示しました。私は、過ぎ去った出来事を再現した映画の印象のただ中にいたのです。数日のうちに、私は新しい四重奏曲のスコアを書き上げました。これを私は戦争とファシズムの犠牲者の思い出に捧げます。[52]

個人的な動機から書かれた作品であることを親友に明かしながら、公的にはそのことを伏せて、映画音楽のために滞在したドレスデンでの経験に伴う、社会的背景を持つ作品として発表したのであった。この記事のタイトルが「人民のために創作する喜び」であるとは皮肉が効きすぎてはいないだろうか。「戦争とファシズムの犠牲者」を悼むという「公表されたテーマ」が作品と一致していないことは隠しようもなく、ショスタコーヴィチの生前からその評伝を書き続けてきたソフィヤ・ヘーントヴァ（一九二二〜二〇〇二）も苦し紛れの説明をせざるを得なかった。「しかしながら、これほど意義深い献辞も徹底したものではなかった。〔……〕四重奏曲は公表されたテーマを深めていたのである」[53]。すなわち、ここでの「戦争とファシズムの犠牲者の思い出に」という献辞は、インタヴューとともに独特のパラテクスト＝自叙の実践であり、自作のイメージを操作するために使われていたことは明らかであろう。

ただし、この公的な献辞にまったく意味が無いとも言えない。ショスタコーヴィチの親友でもあった音楽学者のマーシャル・ヤクーボフ（一九三六〜二〇一二）はこの作品のより広い射程について、以下のように述べている。

この器楽によるレクイエムは、それと同時に生存者の運命と自分自身の運命に関するものであった。それは、戦場やガス室で殺された人々だけでなく、全体主義によって生活が歪められ、破壊され、遮られた人々に関するものであった。〔……〕「私はこの作品を自分自身に捧げたのだ」。それは、ヒューマニストである作曲家の、すべての犠牲者、かつて苦しみ、また今も苦しんでいる人々のための、心からの嘆願と叫びである。[54]

ヤクーボフが示唆するのは、ショスタコーヴィチ自身が「戦争とファシズムの犠牲者」の一人であるとも言える、ということであろう。しかし音楽そのものが個人的な自分語り（＝自叙）を強烈に示唆することから、「人民のために創作する」作曲家としての建前を、たとえどんなに表層的であったとしても、保持するために、献辞とインタヴューが用いられたと考えられるのである。

このように、パラテクスト＝自叙を用いたイメージ操作は、ショスタコーヴィチの他の多くの作品にも見られるが、ここでは諷刺的作品群からもう一つ、実例を挙げてみよう。それは作品番号の上で、弦楽四重奏曲の直前にあたるソプラノとピアノのための声楽組曲《サーシャ・チョールヌィの詩による諷刺（過去の情景）》である。サーシャ・チョールヌィは一九二〇年にソ連邦を出国し、十二年後の一九三二年にパリで死去している。一九六〇年、コルネイ・チュコフスキーの編集により、彼の初めての大規模な詩集が刊行された。ショスタコーヴィチの作品は、この詩集出版を契機としている。

全曲は、第一曲〈批評家に〉、第二曲〈春の目覚め〉、第三曲〈子孫〉、第四曲〈思い違い〉、第五曲〈クロイツエル・ソナタ〉の五曲である。一九六〇年六月十九日に完成すると、ショスタコーヴィチはソプラノ歌手のガリーナ・ヴィシネフスカヤ（一九二六〜二〇一二）とチェロ奏者で指揮者のムスティスラフ・ロストロポーヴィチ（一九二七〜二〇〇七）夫妻を呼び寄せて、作品を披露した。数日間リハーサルをして彼らがショスタコーヴィチに演奏を聞かせると、作曲家は「ただ心配なのは、演奏が許可されないのではないかと思うのだよ」と率直にこぼした[55]。

チョールヌィの詩は、ロシア革命前に書かれたものであったが、特に第三曲〈子孫〉は、ヴィシネフスカヤも述べているように、「ショスタコーヴィチの音楽によってこの詩はまったく別の意味を獲得し、現在のソ連政権とその狂気じみたイデオロギーに対する告発として、書かれたものとなっていた[56]」。

わが祖先は物置小屋の中に入り込み、
そこで何度となくささやいた。
「兄弟たちよ、辛い時代ではあるが、おそらく
子供たちはもっと自由になるだろう」

その子供たちは成長して、彼らもまた
恐るべき時代に物置小屋に入り込み
溜め息をついた。「我々の子供たちは
我々の死後に太陽を迎えるだろう」

今は、いつの時代とも同じように、
慰めはただ一つ。
「我々はそんな運命にないにしても、
我々の子供たちはメッカにいるだろう」

彼らはその時代まで予言した。

ある者は二百年後と言い、ある者は五百年後という。

それまでは悲しみにくれ、
白痴のように唸っていろと。

「……」

おれは生きている間に
自分のためにささやかな光が欲しい。

「……」


ちょうど共産主義社会の実現について楽観的に語られ始めた時代であった。第二十二回共産党大会（一九六一）の閉会の辞でフルシチョフは、「私たちは、現在共産主義を理解せず、受け入れない者たちの子どもたちや孫たちが共産主義のもとで生きる時代が来ることを固く信じている」と述べているし(57)、「今の世代のソ連の人々は共産主義のもとで生きることになるだろう」という言葉がキャッチフレーズとなった時代であった。チョールヌィの詩は、一九六〇〜六一年のコンテクストに置かれることで、輝かしい未来のために現在を耐え忍ぶことを当てこするものとなったのである。

ヴィシネフスカヤは提案した。「この歌曲集を〈過去の情景〉と名付けましょう。連中の機嫌を取れば、許可されるかもしれません。いつの過去かって？　昨日だって、それももう過去です。聴衆はきっとそんなふうに受け取るでしょう」。ショスタコーヴィチはこれに同意する。「うまい考えだよ、ガーリャ、うまい考えだよ。《諷刺》の下に、イチジクの葉みたいに、括弧にかこんで（過去の情景）と置こう。それでやばいところを隠してしまおう(58)」。

弦楽四重奏曲第八番と同じく、「人民のために創作する喜び」において、作曲家は公的には以下のように説明している。「私は革命前の有名な風刺詩人サーシャ・チョールヌイの詩による五つの風刺的ロマンスを書き上げました。チョールヌィは一九〇五年の革命後にやってきた反動期の俗物どもを辛辣な皮肉で嘲笑しています(59)」。あくまで声楽組曲が描くのは「過去の情景」と示唆することで、一九六一年二月二十二日に、モスクワ音楽院小ホールでヴィシネフスカヤとロストロポーヴィチによって無事初演が行われ、大成功を収め、聴衆の求めで全曲がもう一度演奏された(60)。こうして、ショスタコーヴィチは副題とインタヴューという二つのパラテクスト＝自叙によって作品を救ったと言えよう。

ただ、この場合でも、同曲が現在とは無縁だと解釈することには無理があった。ショスタコーヴィチの標準的な評伝を記しているレフ・ダニレーヴィチも、「歌曲集は〈過去の情景〉と名付けられてはいるが、精神的な俗物根性は、根絶し尽くされたとは言えない」と述べている(61)。

以上、ショスタコーヴィチに関しては数多くの事例が挙げるべきところで、そのうちの幾つかを検討したに過ぎないが、彼が献辞や副題、インタヴューといったパラテクスト＝自叙を駆使して、作品の表面的なイメージを操作し、作品のお蔵入りを逃れるよう振る舞ってきたことは明らかであろう。他方で、そうしたカモフラージュが完全に成功していたかといえば、そう言い切ることは出来ず、音楽の専門家ではない官僚たちやまだ作品に接していない人々の印象を短期間操作できたに過ぎないと思われる。それはヘーントヴァやダニレーヴィチといった、ソ連時代に彼の評伝を書いていた人々の記述に明らかであるが、しかしその記述の控えめさには、彼らと作曲家との間の共犯関係を見て取ることもできよう[62]。ヘーントヴァにしても、ダニレーヴィチにしても、作品の持つポテンシャルを十全に記述するというよりは、ショスタコーヴィチがカモフラージュしようとしたことを考慮に入れて、折衷的な記述を行ったと考えられるからである。

こうしたショスタコーヴィチの態度は従来、二重思考と（評者により二重言語、二枚舌とも）呼ばれてきた。そうした振る舞いが後期ソ連においては特別なことではないことは例えば、ジョレス・メドヴェージェフが「二重生活」として記したとおりであり[63]、同様の記述は、ソルジェニーツィン『嘘によらずに生きよ』、同『オブラゾーヴァンシチナ』にもみられるし、また東欧の事例を基にした先駆的な記述としてミウォシュ『囚われの魂』があった。この現象に新たな視点を与えたのがアレクセイ・ユルチャク『すべては永遠だった、終わるまでは──最後のソ連世代』である[64]。

ユルチャクは後期ソ連において、単なる擬制とはみなしがたいような形で、公的なレトリックが文脈転換を施されて用いられた例を膨大に提示している。それらのなかには（多くスターリン時代にさかのぼる事例を含む）ショスタコーヴィチの実践に呼応するものが多く見いだせる。弦楽四重奏曲第八番の献辞にみられるショスタコーヴィチの自叙＝パラテクストの実践は、まさにその一つである。

一九八五～八八年にレニングラードのロック・クラブの検閲官としてロック・ムーヴメントに関わっていたニ

ーナ・バラノフスカヤは、彼らの活動への共感から、検閲を許可する方法を編み出した。その方法の一つが「アメリカの攻撃をうけたニカラグアに献呈」といった献辞を付すことだった。[65] これは一例に過ぎず、後期ソ連に広くみられる行為が、少なからずショスタコーヴィチによって先取りされていた、ということができる。

ユルチャクは、こうした事例を公式／非公式、体制派／異論派、といった二項対立によって描写するステレオタイプを批判する。抑圧されていた体制において例外的に非公式芸術の精華が花開いた、とするような記述は実態からかけ離れているということである。この事例での文化官僚との協力関係は、そうした二項対立をいっそう曖昧にしている。

《自作全集への序文とその序文についての短い思索》では、生前の作曲家が、死後に現れるべき自作全集を前提とした歌詞に、全集の序文や追悼記事を模したように権威づけの肩書きを羅列したものであり、ユルチャクが挙げている例では、権威的言説の模倣によるプリゴフの「追悼文」が酷似している。[66]

このように、ユルチャクの研究は、音楽史・芸術史上の事例、知識人や芸術家の行為を、より広くソ連社会史の文脈で位置づけ直して考えることを可能にする。そこでは異論派や国内亡命者と一般大衆といった二項対立は解体を余儀なくされるだろう。そして、自叙を軸としたショスタコーヴィチの様々なふるまいは、彼特有のもの、体制の犠牲者の特権的なものとしてではなく、先駆的なもの、普遍性を持つものとして記述し直されることだろう。

四、おわりに

以上に見てきたように、ストラヴィンスキーやショスタコーヴィチの事例においては、自作の受容を操作するために自叙／パラテクストが駆使されてきた様子が伺える。ストラヴィンスキーの事例では、自分の過去の立場を塗り替えて更新する目的で行われていたとするならば、ショスタコーヴィチの事例では、自分自身や自作のイメージを操作するために行われており、ソ連社会における芸術的統制のあり方に対応して、より緻密な振る舞いが求められたと考えられる。またそうした振る舞いをショスタコーヴィチが行っていたことは、完全な秘密ではなく、多くの識者が感じ取っていたはずだが、ソ連時代にはショスタコーヴィチの実践が率直に曝露されることはなく、ほのめかされるにとどまっていた。

他方でプロコフィエフには日記や書簡に表象される自分の過去に対する強いこだわりが見られる。そもそも弟モデストが編んだチャイコフスキーの評伝などに着目して、伝記的な情報を保全することを意識しながら日記が綴られ始めたこと自体が二十世紀的な現象と言えるが、その後、日記や書簡に表象されている過去を保全することと自体が自己目的になることすらあった。そして失われていたと思っていた日記や書簡を取り戻した後には、自らモデストの手法を適用して自伝を編もうとした（未完に終わったが）。

本章では具体的に検討できなかったが、逆にプロコフィエフには、自作を擁護するために自叙／パラテクストを駆使するという振る舞いがあまり見受けられないし、自ら作品の解釈を変えたり、両義的な解釈を駆使したりするといった態度も見られない。オペラ《戦争と平和》や交響曲第七番の改訂に見られるように、作曲した作品を自叙＝パラテクストで擁護するのではなく、批判的な指摘に応じて作品自体を改訂するのがプロコフィエフの姿勢であった。ここに、同じようにソ連時代を生きたショスタコーヴィチとは明確な違いが見られる。

音楽評論が普及し、書簡や日記に基づいて伝記が編まれることが当然となった二十世紀、そして戦争と革命の世紀を生き抜いた作曲家のそれぞれの実践から、自叙／パラテクストに対するそれぞれの個性が見えてきたのではないかと考えるものである。

［註］

（1） ジェラール・ジュネット『スイユ　テクストから書物へ』和泉涼一訳（水声社、二〇〇一年）。

（2） ただし、チャイコフスキーが、自分の死後に自分の日記が読まれることを意識してつづっていたことは間違いない。日記中には「たぶん、私の死後に私がどんな音楽的嗜好や偏見をもち合わせていたか、知りたいと思わないこともないだろう。というのも、私が口頭でそうしたことを語ることはまれだったからだ」と前置きした上で、ベートーヴェンやグリンカについての意見を記している箇所がある。P. I. Čajkovskij, *Dnevniki 1873-1891* (Moskva: Gosudarstvennyj izdatel'stvo muzykal'nyj sektor, 1923), 212. また、弟のモデストは、彼が日記を「誰にも見せず、自分の死後に日記を燃やすことを私に委ねていた。なぜかはわからないが、彼はそれを自ら行い、他人に見せてもよいと思ったものを残した」と証言している。Modest Čajkovskij, *Žizn' Petra Il'ic Čaikovskogo v 3 tomax*, tom 1, 1840-1877 (Moskva: Akgoritm, 1997), 382.

（3） 原題は Svjaščennaja vesna（露）または Le sacre du printemps（仏）、英語では The Rite of Spring。ロシア語に即せば《聖なる春》、英語ないし仏語に即せば《春の祭祀》といった訳が適切であろう。なお、引用文中では、"The Rite", "Le Sacre" などと略されることが多い。特にストラヴィンスキーが略称を用いる場合には自分の子どものように愛着を込めた呼称となっているように感じられるが、本章中では《春の祭典》として統一したことをお断りしておく。

（4） リチャード・バックル『ディアギレフ　ロシア・バレエ団とその時代　上』鈴木晶訳（リブロポート、一九八三年）二九五頁。

（5） Richard Taruskin, *Stravinsky and the Russian Traditions: a Biography of the Works Through Mavra* (Berkeley: University of California Press, 1996), 1007.

（6） Igor Stravinsky, "Ce que j'ai voulu exprimer dans Le Sacre du Printemps," *Montjoie!*, 29 May 1913, quoted in Truman C. Bullard, *The First Performance of Igor Stravinsky's Sacre Du Printemps*, 2 (Ann Arbor : University Microfilms International, 1971), 5-7, 9.

（7） Michel Georges-Michel , "Les deux Sacre du printemps", *Comoedia*, 14 December 1920, quoted in Stephen Walsh, *Stravinsky: A Creative Spring: Russia and France 1882-1934* (New York: Alfred A. Knopf, 1999), 376.

（8） Peter Hill, *Stravinsky: The Rite of Spring* (Cambridge: Cambridge University Press, 2000), 116.

（9） V. P. Varunc, ed., *I. F. Stravinskij: Perepiska s russkimi korrespondentami, Materialy k biografii*, 2, 1913-22 (Moskva: Kompozitor, 2000), 99.

（10） Igor Stravinsky, *An Autobiography 1903-1934* (London: Marion Boyars, 1975), 40. イーゴリ・ストラヴィンスキー『私の人生の年代記　ストラヴィンスキー自伝』笠羽映子訳（未来社、二〇一三年）、五〇頁。

（11） Hill, *Stravinsky: The Rite of Spring*, 107.

（12） Hill, *Stravinsky: The Rite of Spring*, 117.

（13） Richard Taruskin, *Russian Music at Home and Abroad: New Essays*, (Berkeley: University of California Press, 2016), 415. 言動の変容が無意識のもの、すなわち記憶の変容だったという解釈もあり得る。しかし現在の自分の立場に即して過去を変容させている、と考える方が合理性があると判断する。

（14） 註10を参照。

（15） Stravinsky, *An Autobiography*, xi.『ストラヴィンスキー自伝』五〜六頁。

（16） Stravinsky, *An Autobiography*, 48 ;『ストラヴィンスキー自伝』五九頁。しかし、死の四年前には当初の見解に立ち返り、「私が見たすべてのものの中で、《春の祭典》の最良の具現化は、ニジンスキーの上演だと思います」とユーリイ・グリゴローヴィチに述べていた、とヴェーラ・クラソフスカヤが指摘している。Vera Krasovskaja, *Pavlova, Nižinskij, Vaganova: tri baletnye povesti* (Moskva: Agraf, 1999), 271. また、以下も参照のこと。Vera Stravinsky and Robert Craft, *Stravinsky in Pictures and Documents* (London: Hutchinson, 1979), 511.

（17） イタリア出身のフランスの映画評論家。映画を「第七芸術」と呼んだことで知られる。

（18） Stravinsky, *An Autobiography*, 49 ;『ストラヴィンスキー自伝』六〇〜六一頁。

（19） ロバート・クラフト（一九二三〜二〇一五）。アメリカの指揮者。一九四八年以降、ストラヴィンスキーの助手を務め、ストラヴィンスキーとの対話、ストラヴィンスキーについての日誌を出版したことで有名。

（20） ヴラジーミル・デルジャノフスキー（一八八一〜一九四二）。ロシアの音楽批評家。ドビュッシーやシェーンベルクとともに、ストラヴィンスキーやプロコフィエフなど、同時代の先端的音楽の宣伝者として知られる。

（21） Walsh, *Stravinsky: A Creative Spring*, 207-8.

(22) Stravinsky, *An Autobiography*, 52 ;『ストラヴィンスキー自伝』六四頁。

(23) Stravinsky, *An Autobiography*, 53 ;『ストラヴィンスキー自伝』六五頁。

(24) 日本滞在については、後述の「長い」日記に詳細な記録がある。該当部分は以下の書に邦訳されている。セルゲイ・プロコフィエフ『プロコフィエフ短編集』サブリナ・エレオノーラ、豊田菜穂子訳（群像社ライブラリー、二〇〇九年）滞在時の音楽評論家・太田黒元雄との交流については、梅津紀雄「プロコフィエフ　日記に見る太田黒元雄との交遊」、長塚英雄編『続・日露異色の群像30　ドラマチック・ロシアin JAPAN 4』（生活ジャーナル社、二〇一七年）を参照されたい。

(25) 本章で主として言及するのは「長い」日記で、公刊されている。Sergej Prokof'ev, *Dnevnik, 1907-1933 v 3 tomax* (Paris:Sprkfv, 2002). 短い日記（一九五二年八月一五日～一九五三年三月一日）は公刊されてはいないが、ロシア文学芸術文書館で閲覧可能である。*Konspekt dlja dnevnik ili Kratkij dnevnik* (Russian State Archive of Literature and Arts, f.1929, op.2, ed.khr.98). 手書きで母音を省略する独特の速記法によっている。

(26) プロコフィエフの「自伝」として知られてきたのは「短い」自伝である。邦訳が二種類あるが、いずれも重訳でロシア語からの翻訳は存在しない。邦訳のうち、新しい方は現在も入手可能である。セルゲイ・プロコフィエフ『プロコフィエフ　自伝／随想集』田代薫訳（音楽之友社、二〇一〇年）。「長い」自伝は一九七三年が初版だが、本章では増補版の新版（二〇〇七）を用いる。Sergej Prokof'ev, *Avtobiografija* (Moskva: Sovetskij Kompozitor, 1973; 2-e dop. izd. 1982; Moskva: Izdatel'skij dom, 2007).

(27) Sergej Prokof'ev, *Rasskazy* (Moskva: Kompozitor, 2003). 武田昭文氏のご厚意により、同書を入手できた。記して感謝したい。なお、前述のように、すでに邦訳されている。

(28) Sergej Prokof'ev, *Dnevnik 1907-1933: č. 2, 1919-1933* (Paris: Sprkfv, 2002), 113.

(29) Sergej Prokof'ev, *Avtobiografija* (Moskva: Izdatel'skij dom, 2007), 6.

(30) Prokof'ev, *Dnevnik 1907-1933: č. 2, 1919-1933*, 113.

(31) 音楽院時代の友人。

(32) Prokof'ev, *Dnevnik 1907-1933: č. 2, 1919-1933*, 116.

(33) 弟モデストの指摘が正しければ、ピョートル・チャイコフスキーも同様のこだわりを日記とそこに記録された過去に対して抱いていた。ピョートルは情熱的に日記を記していたが、それは「毎日が彼にとっては重要な価値があり、日々に対して永遠の別れを告げねばならないこと、そしてその経験の痕跡がすべて失われることを思って、彼は憂鬱になっていた」からだった。Modest

Čajkovskij, *Zizn' Petra Il'ič Čaikovskogo v 3 tomax*, tom 1, 382.

（34） Sergej Prokof'ev, Sergej Kusevickij, *Perepiska: 1910-1913* (Moskva: Deka-VS), 2011, 68-69.

（35） ピョートル・スフチンスキー（一八九二～一九八五）。ロシアの音楽批評家。ユーラシア主義者として知られる。

（36） アルトゥール・ルリエー（一八九二～一九六六）。ロシアの作曲家。

（37） Prokof'ev, *Dnevnik 1907-1933: č. 2, 1919-1933*, 212, 213.

（38） Harlow Robinson ed., *Selected Letters of Sergei Prokofiev* (Boston: Northeastern University Press, 1998), 90.

（39） Prokof'ev, *Dnevnik 1907-1933: č. 2, 1919-1933*, 468.

（40） 今回の演奏旅行でプロコフィエフは、指揮者を置かないオーケストラ、ペルシムファンスと何度も共演したが、その組織者がツェイトリンだった。

（41） Prokof'ev, *Dnevnik 1907-1933: č. 2, 1919-1933*, 552.

（42） Prokof'ev, *Dnevnik 1907-1933: č. 2, 1919-1933*, 600.

（43） Prokof'ev, *Dnevnik 1907-1933: č. 2, 1919-1933*, 586.

（44） この箇所がプーシキンの『詩人の話』のパラフレーズになっている（三人称単数を一人称に置き換えている）。

（45） この作品の背景として、当時ショスタコーヴィチの作品全集の企画が持ち上がっていたとする指摘もあるが、確認できない。Tamara Levaja "Pozdnie kamerno-vokal'nye opusy D. D. Šostakoviča soč. 121, 123, 146 i ix instrumentovki", in *Dmitrij Šostakovič: Novoe sobranie sočinenij, 94* (Moskva: DSCH, 2014), 187. また、以下も参照のこと。Kiril Kozlovsky, Opyt...", *Russkaja filologija*, vol. 26, 2015, 218.

（46） D. Šostakovič, *Sobranie sočinenij v 42 tomax* (Moskva: Muzyka, 1980-1987).

（47） D. Šostakovič, *Novoe sobranie sočinenij v 150 tomax* (Moskva: DSCH, 2005-).

（48） G. M. Šneerson, *D. Šostakovič: stat'i i materialy* (Moskva: Sovetskij, kompozitor, 1976), 4.

（49） I. D. Glikman ed., *Pis'ma k drugu: Dmitrij Šostakovič- Isaaku Glikmanu* (Moskva: DSCH, 1993), 160-161.

（50） ソ連・東ドイツ合作。第二次世界大戦のさなかのソ連軍によるドレスデンの美術館の絵画救出をめぐるドラマ。

（51） Glikman ed., *Pis'ma k drugu*, 159.

（52） D. Šostakovič, "Sčast'e tvorit' dlja naroda", *Ivestija*, 25 sentjabrja, 1960, 5.

（53） Sof'ja Xentova, *Šostakovič: žizn' i tvorchestvo*, 2 (Leningrad: Sovetskij kompozitor, 1986) , 357.

（54） Jakubov, Manashir, *Shostakovich: Chamber Symphony, Symphony for Strings, Requiem for Strings* (CD Booklet, Claves Record, CD50-9115, Switzerland, 1992), 5.

（55） Galina Višnevskaja, *Galina. Istorija žizni* (Čimkent: Aurika, 1993), 312; ガリーナ・ヴィシネフスカヤ『ガリーナ自伝　ロシア物語』和田旦訳（みすず書房、一九八七年）二九七頁。

（56） Višnevskaja, *Galina*, 312; ヴィシネフスカヤ『ガリーナ自伝』二九八頁。

（57） *Materialy XXII s'ezda KPSS* (Moskva, 1961), 264.

（58） Višnevskaja, *Galina*, 313; ヴィシネフスカヤ『ガリーナ自伝』二九九頁。

（59） Šostakovič, "Sčast'e tvorit' dlja naroda," 5.

（60） Manašir Jakubov, "Vokal'nye cikly Šostakoviča 1940-x - 1960-x godov," in *Dmitrij Šostakovič: Novoe sobranie sočinenij, 91* (Moskva, DSCH, 2010), 156.

（61） L. Danilevič, *Dmitrij Šostakovič* (Moskva: Sovetskij kompozitor, 1980), 214.

（62） 拙論の「ショスタコーヴィチとロシア革命」『総合文化研究所年報』（青山学院女子短期大学、第一八号、二〇一一年、九七～一一三頁）は、ショスタコーヴィチの伝記的エピソードについての記述の比較を通して、ヘーントヴァの立場について明らかにしている。

（63） Zhores A. Medvedev, *Soviet Science* (New York: Norton, 1978), 169-170. ジョレス・メドヴェージェフ『ソ連における科学と政治』熊井譲治訳（みすず書房、一九八〇年）、一七二～一七三頁。

（64） Alexei Yurchak, *Everything Was Forever, Until It Was No More : the Last Soviet Generation* (Princeton: Princeton University Press, 2005). Aleksej Jurčak, *Eto bylo navsegda, poka ne končilos': Poslednee sovetskoe pokolenie* (Moskva: Novoe literaturnoe obozrenie, 2014). アレクセイ・ユルチャク『最後のソ連世代　ブレジネフからペレストロイカまで』半谷史郎訳（みすず書房、二〇一七）。ここでは増補版であるロシア語版とそれに準ずる邦訳を参照する。

（65） Aleksej Jurčak, *Eto bylo navsegda, poka ne končilos'*, 378-379. アレクセイ・ユルチャク『最後のソ連世代』二六四～二六五頁。四五三～四五四頁も参照のこと。

（66） Aleksej Jurčak, *Eto bylo navsegda, poka ne končilos'*, 503-507. アレクセイ・ユルチャク『最後のソ連世代』三六六～三七〇頁。

自叙は過去を回復するか　オリガ・ベルゴーリツ『昼の星』考(1)

中村唯史

一、はじめに

第二次世界大戦でソ連第二の都市レニングラードがナチス・ドイツ軍によって数年に渡って包囲されたとき、ラジオ放送で自作の抵抗詩の朗読を続け、市民を鼓舞して「バリケードの聖母」と呼ばれたオリガ・ベルゴーリツ（一九一〇〜一九七五）を、偉大な詩人と呼ぶことは難しいように思う。彼女の詩にはすばらしい表現やイメージがけっして少なくはないのだが、それらは膨大な常套句のなかに埋もれている。

バリケードで誰もが死と隣り合わせに生きているなかで、抵抗の詩が彼女の肉声を通して響いたとき、それが人々の心を揺り動かしたことを疑う理由はない。だが、ベルゴーリツの詩が今日、レニングラード封鎖という歴史的事象から独立して読まれることは、ほとんどないだろう。彼女の詩は時空を超えない、あくまでも時代の証言として貴重なものだ。一九四二年五月の詩『前線への道』のなかで、詩人自身が「苛酷で短い私の開花よ、おまえに感謝する」とうたったことは、[2]きわめて的確な予言だったと言わなければならない。
本章の対象は彼女の自伝『昼の星』（一九五九年）である。たいへん美しい文章で書かれている複雑な構成のこの抒情的な散文が、その意図や志向においてソ連期の文学潮流のひとつの典型ではないかと思うのだ。

二、『昼の星』における詩的連鎖

まず、本の題名であり、全編をつらぬくキイ・モチーフともなっている「昼の星」とは何だろうか。これは詩人が少女時代、ある七月の夕暮れに、村の教師ピョートル・ペトローヴィチから農村図書室で話を聞いて、自分でも想像を広げていったイメージに端を発している。

ピョートル・ペトローヴィチは、星は空からけっして消えないものだというようなことを言った。夜や夕べの星のほかにも、さらに昼の星というものがある。それらは夜の星よりも明るく、美しくさえあるのだが、陽の光に覆われているために、けっして空に見えることはない。昼の星はとても深い、静かな井戸の中でだけ見ることができる。私たちの頭上高く、私たちには至ることも見ることもできないこれらの星は、地中深くの小さな黒い水の鏡のなかでは燃えているのだ、後光のように短く鋭い光線を自分の周囲にまき散らしながら……。実は先生はこの光線のことは話さなかったのだが、すぐに私はこのような光景を思い浮かべたのである――だって必ずやそうでなければならなかったから。[3]

空には昼も星が輝いているのだが、それらは陽の光にさえぎられて、地上からは見えない。ただし太陽の光が届かない深い深い井戸の水面にだけは昼の星が反射している――先生の話をこう理解した幼い「私」は、いろいろな井戸をのぞいて歩く。だが、昼の星が映っている井戸をどうしても見つけられず、落胆する。

大人になってから、「私」はふと、自分が先生の話を誤解していたことに気づく。昼の星が深い井戸に映っているのではない。ピョートル・ペトローヴィチ先生が言ったのは、ひとが太陽光線の届かない井戸の底に立ち、そこから空を見上げれば星が見えるという意味だったのだ。しかし、今は詩人となっている「私」は、自分が長年誤って抱いてきたイメージにあえて固執する。事実がどうであれ、深い井戸の水面には、上空では不可視である昼の星が映っていると信じつづけることを選ぶのである。

今なお信じたいのだ――私たちの大地には星の井戸があって、しかもそれはお伽話のヤハギアザミにひっそりと覆われている古い井戸だけでなく、私たちの下で生まれ、コンクリートですっきりとかたく固められた新しい井戸が、激しい勢いで地の深みに入り込み、古い井戸が夢にも見たことのないような静かで暗い水の鏡を湛えているということを。私は、そのような井戸の存在を確信しているだけではない。それ以上に欲しているのだ――私の心、私の本、すなわちすべての人に開かれているこの心が、昼の星――誰かの心、生そして運命、いや、より正確に言えば、時代と祖国を私と同じくする人々の心と運命を、わが身に映し、捉えている、あの井戸のようなものであってほしいと。(4)

ロシア研究者の袴田茂樹は、一九九五年の『文化のリアリティ』のなかでベルゴーリツのこの「昼の星」に言及し、これは「目に見えない精神的な価値を信じて疑わないロシア知識人の象徴的なイメージ」であると指摘した。(5) 私はこの著書で初めて『昼の星』に興味を持ち、読んだのだが、ベルゴーリツの意図に即して言えば、これはむしろ記憶を語り、留めていくこと一般の象徴である。

もしかしたら、昼の星は、自分が目に見えないことにとても苦しみ、「見つけ出されることを渇望している」のかもしれない。渇望しているのは自分を目にすることだけではない、〔昼の星は〕他の人々が自分を見て、認めてくれたことを知りたいと欲している。自分の最も神聖な、目に見えない、深みからの光を、他の人々と分かち合いたいのである。巨人のような過去を経てきたソヴィエトの人間は、みずからの精神的経験を、同じ時を生きてきた同胞とだけでなく、全世界の人々とも、自分の子孫とも分かち合いたいのだ(6)……。

ベルゴーリツにとって、「昼の星」とは無数の名もなき、しかしさまざまな思いを抱きながら生きてきた人々の比喩にほかならない。そして、それを映し出す深い井戸の水面は詩人の比喩であり、それはまた詩人が紡ぎだす言葉でもある。このイメージには、無名の人々、語られなければ忘却されてしまう人々の生や思いを、詩人の言葉が映し出すことへの確信、あるいは希求が込められている。

人々の生と詩人の言葉との相互牽引と照応というこの主題は、『昼の星』のなかで、さまざまな詩的変奏をかなでている。ベルゴーリツ自身の思い出に直接関係して、とりわけ大きな比重を占めているのは、ヤロスラヴリ州、ヴォルガ河川域の古都ウーグリチをめぐる一連の記述である。革命に続く国内戦のあいだ、ベルゴーリツの父親は軍医として赤軍に参加していたが、彼女と妹は母に連れられて当時窮乏していたペトログラードを逃れ、ウーグリチに疎開していた。疎開は一九一八年から二一年まで続いたが、その際の記憶や、この街の歴史が、さまざまな連想の網の目を介して、「昼の星」の主題と結びついているのである。

ウーグリチという街には十六世紀末、イヴァン雷帝の末子ドミートリー王子が暮らしていたが、一五九一年にわずか九歳で斬殺体となって発見されている。その黒幕が誰であったのかはいまだに確定していないようだが、建国以来続いていたリューリク王朝の末裔の死が、何らかの政治的陰謀によるものだったことは疑いないと言われている。ドミートリー王子の悲劇は、ベルゴーリツに限らず、文学や絵画で取り上げられることの多い事件で

ある。(7)

ただしベルゴーリツが『昼の星』のなかで詳しく語っているのは、むしろドミートリー王子殺害後のウーグリチの人々の苦難の方である。王子が暗殺されたとき、民衆は悲しみ、その死を知らせるために教会の鐘楼に上がって、鐘を鳴らしたが、彼らはみな国家への反逆者としてシベリア流刑に処せられた。それぱかりでなく、王子の死を告げた鐘もまた、その舌を抜かれて、やはりシベリアに送られた。この鐘はようやく十九世紀末になって名誉を回復され、ウーグリチに戻されたが、その際にも鐘楼に上げられ、音色を響かせることは許されなかった。最後の点について、ベルゴーリツは次のように述べている。

けれども舌を抜かれた鐘は、鐘楼には上げられなかった。戻ってきて、おごそかに迎え入れられたのが、宗教的なものではなくて、叛乱の、民衆の聖遺物であることを、僧侶たちですら理解していたからである。聖職者たちと政府は鐘をその故郷に戻し、うやうやしく出迎えることを余儀なくされたけれども、この鐘が祈祷に来るよう民衆に呼びかけるなどということはありえなかった。この鐘にそんなことは任せられなかったのである！(8)

ひとたび民衆の思いを奏でたこの鐘は、すでに圧政に対する抵抗の意志の象徴と化していた、その神聖さはもはや宗教的なものではなく、民衆の聖遺物になっていたというわけだ。

第二次世界大戦後、「私」はウーグリチを訪れ、今は博物館に保管されているその鐘を鳴らして良いかと管理者に尋ねる。管理者は、高名な詩人の奇矯な質問にあっけにとられるが、それでも許可してくれる。

鐘の下に私は立ち、力を込めて鐘のひもを引っ張った。鐘は、あの頃のように、私の頭上で鳴り響き始めた。だがその音色はやはり、今の私には、新しい力、新しい意味に満ちたものだった。それは、戦争によって、飢えによって、両親を奪うことによって子供を辱めようとしているすべての者に警告する声であり、警戒と報復を真っ先に呼びかけることは、鐘である詩人の役目だと告げる声だった[9]。

最後の一文では、このウーグリチの鐘の音が、明示的に詩人の言葉と結びつけられている。戦争や苦難に対する民衆の思いを語るものが鐘であり、詩人もまた鐘であるというのだ。

『昼の星』において、ウーグリチのモチーフは、さらなる詩的連鎖の網の目に組み込まれている。第二次世界大戦後、ヴォルガ河川域水力発電所計画の関係で、ウーグリチの旧市街は当時、かなりの部分が水底に沈みつつあったが、詩人はこのことについて、次のように述べている。

ウーグリチ水力発電所が建設され〔……〕古きウーグリチの一部は永遠に水中へと去った。〔……〕だがそれさえも、この水力発電所さえも、大いなる「ヴォルガ階段状発電所群」の初段階に過ぎないのだ。〔……〕私を取り巻いているすべてのもの、地底と水中に去りつつあるもの、大地と水面の上に築かれたもの、現在建設中のもの、またさまざまな時代に祖国のため、共産主義のために命を捧げた人々、ウーグリチ水力発電所を建設した人々、この地ウーグリチで、レニングラードで、全国で生まれ、育ち、働いている人々との切っても切れない生の結合、自分がそうしたすべてに生きた関わりを持っているのだという、より大いなる何か、ほとんど恐ろしいまでに開かれた感情、とても多くのソヴィエト人が知っている、あのすべてを包含する強い感情が、〔私の〕意識と心を捉えたのである[10]。

やや意外なことに、民衆の思いや自分の幼少期の記憶を湛えているこの古都が沈むことを、ベルゴーリツはかならずしも惜しんではいない。たとえ古きものが新しい企図によって水の底に沈んでゆくとしても、それは古きものの消滅を意味するのではないという前提に立っているからだ。古きものは揺るぎなく存在し続け、ただ不可視の領域に移るだけだという確信である。現在のソヴィエトにおける建設は、ロシアの過去を抹消するのではない。ソヴィエトの大事業である水力発電所とウーグリチという古きロシアとが、それぞれ地上と水底からたがいに照応しあい、共鳴し合うイメージである。

ソヴィエト時代というのは社会主義を標榜する一方で、日本でいえば明治維新以降に相当する近代化の過程でもあったのだが、ベルゴーリツの詩的ヴィジョンには、近代化に不可避的に伴うといわれる伝統の断絶や記憶の破壊の影、あるいはそれらへの危惧が希薄である。このような姿勢は、当時の日記や生前未発表の『昼の星』関連のメモでも同様なので、かならずしも検閲を慮ってというのではなく、彼女の心からの確信だったと思われる。

先ほど触れた「昼の星」を映し出す井戸にしても、ベルゴーリツにしてみれば、草が生えている素朴な井戸でなくてもかまわない。むしろ、コンクリートによって固められて井戸がさらに深くなっていけばいくほど、昼の星はますます美しくはっきりとその水面に映るだろうというふうに考える。このように、近代以前と近代以降、過去と現在、さらに言えば形而下の現実と不可視の領域とのあいだに、断絶ではなく照応と共鳴とを見ていることは、『昼の星』の世界観の大きな特徴である。

ウーグリチの沈下のイメージは、ベルゴーリツの企図としては、さらに「キーテジ伝説」と結びつくはずだった。これは、要約すると、十三世紀にモンゴルが攻めてきたときに神が危機に瀕しているキーテジを哀れんでスヴェトロヤールの湖底に沈め、義人たちの住むこの街を敵の目から隠してくださった。キーテジの人々は今でも湖底で正しい生活を営んでいる。湖のほとりに立てば、心の清い人には、キーテジの教会の鐘の音が聞こえ、湖底の街並も見えるという伝説である。日本では中村喜和が『聖なるロシアを求めて――旧教徒のユートピア伝説』のなかで考察している。(11)

この伝説は旧教徒のあいだで語り継がれてきたが、メーリニコフ＝ペチェルスキー（一八一八〜一八八三）の民俗学的長篇小説『森の中で』（一八七一〜七四）や、ニコライ・リムスキー＝コルサコフ（一八四四〜一九〇八）の歌劇『見えない街キーテジと乙女フェヴローニヤの物語』（一九〇七）などによって広く知られるようになり、二十世紀の文学・音楽・絵画でくりかえし取り上げられてきたものである。ベルゴーリツは『昼の星』のなかで、この伝説とウーグリチの歴史とを詩的に連鎖させようとする意図を持っていた。

この意図は、刊行された『昼の星』の枠内では、一編の挿入詩によって示唆されているだけだが、『昼の星』のさらなる増補に向けてベルゴーリツが書き残したメモには、明確に示されている。たとえば、おそらく一九六一年頃に書かれたと思われる「キーテジについて」という断片は、次のようなものだ。

「でも私たちには聞こえるんです」
「申し上げましたよ、それ〔キーテジ〕はあまりにも深く沈んだので、その鐘の音はもはや聞こえないのだと」
「でもあなたは耳にするでしょう！」
「私にそれが聞こえるのは、それが私の中にあり、私の中に深く沈んでいて、どうあろうともそれが私の聖地であるからです！（彼はロシア的な性格だ、旧教徒的、革命的、レーニン的）」[12]

「記憶」と題するメモも見てみよう。

ウーグリチ——キーテジ。カリャジンの鐘楼。〔……〕

ロシア的性格の破壊……ロシア的性格の崩壊……。

だがひょっとしたら、それもまたキーテジの街のように、どこか深みへと下り、そこからときおり鐘を鳴らしてくれているのではないだろうか[13]？

このように、ベルゴーリッツは『昼の星』という作品に、多層的な詩的連鎖を作りだしている。詩人が子供時代に抱いた「昼の星」のイメージが、思い出の地「ウーグリチ」の歴史と呼応し、なかでも「詩人」のイメージが「鐘」の形象と結びついている。ウーグリチの旧市街が水力発電所の建設で沈んでいくことは、湖底の街「キーテジ」の伝説と共鳴している。これらの連鎖が一体となって、昼の星と井戸の水面へのその反映、民衆の思いと鐘の音色によるその代弁、人々の生と詩人の言葉によるその体現とが、いわばたがいに平行な関係に位置づけられている。これらに共通しているのは、過去と現在と、あるいは現実と表象との共鳴・照応への確信ないしは希求である。

もっとも、戦後十六年目に刊行された『昼の星』で最も多くの紙幅が割かれている主要なテーマは、詩人自身が夫を栄養失調で失い、多くの知人や同朋の死をも体験しつつ、詩を書き、読み続けた包囲下のレニングラードの記憶にほかならない。今まとめたような詩的連想がさらに、最大の主題「レニングラード」——そこで倒れた人々と苦しんだ人々、そして彼らの生を記憶し語る営為——と渾然一体となっていくのが、この叙情的散文の基本的な構造なのである。

三、「主要な書物」と「高みの昼」

一九二四年のレーニンの死をきっかけとして、敬虔な正教徒だった家族に無神論者であることを宣言し、わずか十四歳で熱狂的なコムソモール員となったベルゴーリッツは、「大粛清」が行われていた一九三八年から翌年にかけて「トロツキー＝ジノヴィエフ反党グループ」の一員との嫌疑をかけられて獄中生活を送ったにもかかわらず、おそらく死ぬまでソヴィエト社会主義の理想に忠実だった。しかしその一方で、『昼の星』に見られる過去と現在、現実と表象との共鳴・照応・全一性への希求は、明らかに唯物論的ではない。むしろ神秘主義的な、ほとんど宗教的な希求と言って良いものだ。

『昼の星』には、著者が作中で何度もくりかえし、章や節の題名ともなっている顕著なキーワードが二つある。その一つは「主要な書物」だが、留意すべきは、この語が実際に書かれ、完成した文学作品を指しているのではないということである。

> 主要な書物はいつも草稿のままであり、永遠に草稿であるかのようだ。なぜなら、それは生の運動、作家の意識の成長および運動と一致した絶えまない動きの中にあるからである。[14]

ベルゴーリツが言う「主要な書物」とは、語られるものと語るものとが共鳴し、照応していく動的な過程それ自体である。ロシア語の原文ではこの語の冒頭が大文字で示されていることもあって、ほとんど聖書との類推を誘う。

もうひとつのキーワードは「高みの昼」という語だが、この語が次のような神秘的な瞬間の体験を指していることにも、やはり留意する必要がある。

> いや、私は思い出していたのではなかった。かつてあったもの、今あるもの、これからあるだろうものを**生きた**のである。〔……〕
>
> かつて、これからは時間というものがなくなるだろうと、言われたことがあった。あなたは信じてくれる

だろうか、それが本当だということを。私はそれを知っている、しばしば時間がなくなることを知っている！　その日、時間はなかった。すべての時間が私の中で圧縮され、放射状の一つの束になった――すべての時間が、すべての存在が。生と死を、芸術と生を、過去と現在と未来とを隔てていた仕切りは小気味よく崩れ落ちた。おお、それらの仕切りがなんと脆く条件的なものであったことか！　生のすべてを、その詩と悲劇のすべてを、生の最端で〔……〕一挙に享受することが、私にはどんなに容易だったことか！[15]

〔強調は原文〕

ベルゴーリツが「高みの昼」と呼ぶのは、過去と現在とのあいだに垣根がなくなり、現実と表象とが一体となる瞬間、時間が超克されて、いわば永遠に動的な生が顕現する瞬間だった。『昼の星』の世界観は唯物論的、マルクス・レーニン主義的という以上に直観的、ベルクソン的だ。実際、いま引用した「高みの昼」についての記述などは、明らかにフランスの哲学者アンリ・ベルクソン（一八五九〜一九四一）が語った「直観」による「純粋持続」の観照を想起させる。

ただし、ベルゴーリツとベルクソンとのあいだには、ひとつ決定的な違いがある。ベルクソンが純粋持続の観照を直観による直接体験と考え、したがって示唆するよりほかには言語化・表象化できないものとしていたのに対して、ベルゴーリツがこれを表象可能であると考えていたことである。一九六〇年七月の日付の入ったメモの一節。

『昼の星』は私にとって、生のようにすべてを包括する形式となった。そして生と同様に前へ前へと広がって行く。[16]

単に表象可能であるのみならず、ベルゴーリツにとっては表象それ自体が生だった。書くことが彼女自身の生であるのは詩人として当然だが、それだけではなく、過去にあった他者の生もまた、彼女の言葉によって生を得るというのである。過去と現在の別、死や忘却、時間は、言葉において超克されるというのである。

時間というものは存在しないし、生は一瞬である。しかし私たちはいまでは、この一瞬がすべてを含み、無限であることを知っている。

生と死、芸術と生とを分かつ境界は、こうして崩れ落ちた。それらは一つに融け合って、すべてに打ち勝った完全なる自由となった。[17]

思想家のアイザイア・バーリン（一九〇九～一九九七）や現代の研究者ヒラリー・フランクは、現実と生と芸術のあいだに明確な別を立てずに両者を同一視し、芸術や思想によって新たな知覚や認識を得ることがそのまま生の実践であり、変革であると見る傾向が、ロシアの文芸、とりわけ二十世紀初頭の「銀の時代」以降に強かったことを指摘しているが、[18] ベルゴーリツもまたこの系譜に属していたと言うことができる。

四、言葉を生とする試みと綻び

今、『昼の星』の記述とベルクソンの哲学とを直結させて述べたが、正確を期すなら、ベルゴーリツの世界観の直接の源泉は、二十世紀初頭にベルクソンの哲学を精力的にロシアに紹介するとともに、時間の内を流れすぎる動的過程が最終的な基体であると見なすベルクソンの見解に反駁し、時間を超越した静態的なイデアこそが世界の根本であると唱えたニコライ・ロスキー（一八七〇～一九六五）の方だ。ちなみに、この哲学者にも「認識活動は実践的活動であり、生の創造である」という発言がある。[19]

ロシア正教に深く帰依して一九二二年にソヴィエト・ロシアを追放された宗教哲学者と、熱狂的なソヴィエトの詩人との関係は、やや唐突に聞こえるかもしれない。だが、ベルゴーリツは、一九二七年にペテルブルグの国立芸術史研究所に入学しているが、後にこの研究所を「〈確信的なイデアリスト〉、〈哲学的直観主義者〉、ロスキー、ベルクソンの崇拝者たち」の巣窟だったと回想している。もちろん当時コムソモール員であり、プロレタリア作家同盟レニングラード支部の細胞だったベルゴーリツは、彼らに反対するべき立場にあったので、マルクス主義を擁護して論争する目的から「たくさん勉強」したという。[20] 別の回想における彼女自身の表現によれば、「ロスキーのこのうえない聡明さを克服する」ために「イデアリズムの微妙さを会得」したのである。[21]

ベルゴーリツが学んだ国立芸術史研究所は、当時ボリス・エイヘンバウム（一八八六～一九五九）やユーリー・トゥイニャーノフ（一八九四～一九四三）などのロシア・フォルマリストたちが拠点としており、作家のベニアミン・カヴェリーン（一九〇二～一九八九）や、後に批評家となるリディヤ・ギンズブルグ（一九〇二～一九九〇）など、フォルマリズムの影響下にある学生も数多く在籍していた。したがって、プロレタリア文学派だった彼女の立場からいえば、フォルマリズムもまた批判の対象だったはずなのだが、ベルゴーリツの言及はもっぱら「ロスキー、ベルクソンの崇拝者たち」をめぐるものである。

ベルゴーリツは、これらの回想を書いた一九五〇年代から七〇年代にかけて――それは彼女が『昼の星』を刊行し、なお続篇を書こうと断章やメモを書いていた時期と重なる――、若き日に批判的に学んでいたロスキーやベルクソンの思想を固着的に志向するようになっていたのではないか。『昼の星』の記述には、「持続」や「直観」、「生」の哲学に対する彼女なりの理解が、直接間接に反映していると感じられるのである。

米国の研究者トーマス・セイフリードは、十九世紀末から二十世紀初めにかけてのいわゆる「銀の時代」に、言語を物質的な世界に対する人間の認識の表出とみなし、物質ではなく言語をこそ世界の基体と見なす「言語実体論」がロシアの思想の主潮流となっていたことを指摘している。[22]「銀の時代」の思考の枠組は、さまざまなかたちで、ソ連期のインテリゲンツィヤにも受け継がれていったのだが、一九一〇年に生まれ、ソヴィエト体制の支持者だったベルゴーリッツもその例外ではなかったのである。

ただしそれは、ベルゴーリッツの主観的な認識がどうであれ、第三者的な立場から言えば、最初の夫の処刑、政治犯としての逮捕とその結果としての流産、包囲された中での二人目の夫の衰弱死、三人目の夫の背信と戦後の孤独という苛酷な経験にもかかわらず、彼女が自分の生きてきた行程と世界を肯定するために、若き日の記憶から呼び起こされたものだと言わなければならない。

だが私はあなたに言おう　私が生きてきたなかに
むなしく過ぎたただ一日もないのだと
必要もなく通り過ぎたただ一本の道もなく
いたずらに耳にした報せもない
この世界に私が感受しなかった一隅もありはしない
うわべだけの贈り物をしたことも
むなしい愛もなかった
欺かれた、病める愛などは――
朽ちることなく清らかなその光は
いつも私のなかに
　　いつも私のそばに
だから生のすべてを　すべての行程を

また初めから歩むのに
遅すぎるということはない
過去のただ一つの言葉　ただ一つの呻きも
けっしてかき消すことのないそのように[23]

『応答』と題するこの詩は一九五二年に書かれ、六〇年に推敲されて現在の詩句が確定した。それはベルゴーリツが『昼の星』の構想を抱くようになり、刊行するまでの時期と重なっている。「ただ一つの言葉、ただ一つの呻きも、けっしてかき消すこと」なく、過去のすべてを言語化できるという確信、その言語において「生のすべてを、すべての行程をまた初めから歩む」ことができる（それはしたがって回想ではない）等の詩句は、先に言及した『昼の星』中の記述「生と死を、芸術と生を、過去と現在と未来とを隔てていた仕切り〔……〕が脆く条件的なもの」に過ぎない、「私は思い出していたのではなかった。かつてあったもの、今あるもの、これからあるだろうものを生きた」等々の、いわば反歌となっているのである。

この詩の原題となった「otvet」というロシア語は、「責任 otvetstvennost'」という語の語源でもある。詩人は、過去をただ一つも洩らすことなく言葉にすることができるし、そうしなければならない責任があるという、一種の信条告白《クレド》と見て良いだろう。

だが、生と表象、過去と現在を一体と見る、このような全一的な世界観・言語観をベルゴーリッツが信じていた（あるいは信じようとしていた）ことと、彼女がその信念に真に充足していたかどうかは別のことであり、後者は慎重に検討されなければならない。伝記的事実に即して言えば、ベルゴーリッツは第二次世界大戦後も死ぬまで詩を書き続けたが、その一方で酒に溺れ、何度もアルコール依存症を克服しようとしなければならなかった。

詩『応答』に即して言えば、（一）「だが私はあなたに言おう」という冒頭の一句の前に（つまり、この詩の枠外で）「あなた」は「私」に何を言ったのか、（二）ベルゴーリツはなぜ先立つ「あなた」の見解をこの詩稿から排除したのか、（三）それにもかかわらず、異なる見解を持つ「あなた」の存在を示唆したのはなぜなのかを考えてみる必要がある。

現在の言葉――たとえば自叙――は過去の生・現実を取り戻し、回復することができるのだろうか。『応答』冒頭の一句は、過去の事実と現在の言葉のあいだの有機的な連続性、世界の全一性に対する確信をうたったこの詩の世界に、ベルゴーリツ自身がかならずしも意図しないまま、切り開いてしまった亀裂のようにも思えるのだ。

【註】

（1）本章は、拙稿「ベルゴーリツ『昼の星』考（「ソ連文学」の典型としての）」、野中進・中村唯史編『いま、ソ連文学を読み直すとは』（埼玉大学教養学部リベラル・アーツ叢書四、二〇一二年）四七～六五頁に加筆修正したものである。

（2）Ol’ga Berggol’c, “Doroga na front,” in *Izbrannye proizvedenija* (Leningrad, 1983), 233-234. 以下、本章の日本語訳は著者による。なお、後出の『昼の星』には邦訳がある。オリガ・ベルゴリッツ『昼の星』角圭子訳（新日本出版社、一九六三年）。

（3）Ol’ga Berggol’c, *Vstreča. Dnevnye zvezdy* (Moskva, 2000), 65.

（4）Berggol’c, *Vstreča. Dnevnye zvezdy*, 68-69.

（5）袴田茂樹『文化のリアリティ――日本・ロシア知識人　深層の精神世界』（筑摩書房、一九九五年）、一〇一～一〇六頁。

（6）Berggol’c, *Vstreča. Dnevnye zvezdy*, 70-71.

（7）たとえば、アレクサンドル・プーシキンの劇詩『ボリス・ゴドゥノフ』（一八二五）、ミハイル・ネステロフ（一八六二～一九四二）の絵画《殺されたドミートリー王子》（一八九九）など。

（8）Berggol’c, *Vstreča. Dnevnye zvezdy*, 127-128.

（9）Berggol’c, *Vstreča. Dnevnye zvezdy*, 129.

（10） Berggol’c, Vstreča. *Dnevnye zvezdy*, 42-43.
（11） 中村喜和「見えぬ町キーテジの物語」、『聖なるロシアを求めて――旧教徒のユートピア伝説』（平凡社、一九九〇年）二七～一〇一頁。
（12） Berggol’c, *Vstreča. Dnevnye zvezdy*, 251-252.
（13） Berggol’c, *Vstreča. Dnevnye zvezdy*, 291. なお「カリャジンの鐘楼」は、十九世紀末にウーグリチ地方に建設されたが、ヴォルガ河川域水力発電所計画によって河川流域面積が拡大した結果、陸地から切り離され、今日まで孤立した島地に立っている。
（14） Berggol’c, *Vstreča. Dnevnye zvezdy*, 33.
（15） Berggol’c, *Vstreča. Dnevnye zvezdy*, 99.
（16） Berggol’c, *Vstreča. Dnevnye zvezdy*, 282.
（17） Berggol’c, *Vstreča. Dnevnye zvezdy*, 161.
（18） Isaiah Berlin, “A Remarkable Decade,” in *Russian Thinkers* (Penguin Books, 1979), 116; Hilary L. Fink, *Bergson and Russian Modernism 1900-1930* (Illinois: Northwestern university press, 1999), xv.
（19） Nikolai Losskij, “Mir, kak organičeskoe celoe. Glava III,” in *Voprosy filosofii i psixologii*, 127 (1915), 126.
（20） Ol’ga Berggol’c, “Avtobiograhija,” in *Sobranie sočinenij v trex toma*, 3 (Leningrad, 1990), 482.
（21） Ol’ga Berggol’c, “ Popytka avtobiografii,” in *Izbrannye proizvedenija* (Leningrad, 1983), 52.
（22） Thomas Seifrid, *The Word Made Self: Russian Writings on Language, 1860-1930* (Ithaka and London: Cornell University Press, 2005).
（23） Ol’ga Berggol’c, “Otvet,” in *Nikto ne zabyt, i ničto ne zabyto* (Moskva, 2013), 259.

後書きに代えて——自叙と歴史叙述のあいだ

中村唯史

一、ロシア的自叙と歴史叙述

ソ連の文芸学者ボリス・エイヘンバウム（一八八六〜一九五九）は、著書『若きトルストイ』（一九二二）の中で、十九世紀前半のロシアにおいては自伝的小説と歴史小説とが交互に隆盛してきたと述べている。

作家のニコライ・カラムジン（一七六六〜一八二六）は、ロシアにおける自伝的長編小説の嚆矢とも言うべき『現代の騎士』（一八〇二〜〇三）の序文で、「意識的に自分の伝記を〔当時流行していた〕歴史小説に対比している」(1)。その後の二〇年代にかけてロシアの散文は詩に道を譲っていたが、三〇年代に入ると歴史小説が復興してくる。ニコライ・ゴーゴリ（一八〇九〜一八五二）の『タラス・ブーリバ』（一八三五）、アレクサンドル・プーシキン（一七九九〜一八三七）の『大尉の娘』（一八三六）などが代表的な作品である。ところが一八四〇年代に入ると再び自伝への転換が起こり、五〇年代前半に至って、レフ・トルストイ（一八二八〜一九一〇）がいわゆる「自伝三部作」――『幼年時代』『少年時代』『青年時代』（一八五一～五七）――によって登場してくる。

以上がエイヘンバウムの見取り図である。十九世紀前半のロシア文学史を、自伝的小説と歴史小説のあいだの往還運動として描き出しているわけだ。だが、ここで留意すべきは、これらのジャンルが二つの対極と位置づけられていること自体が、両者のあいだの何らかの共通の土台、連続性を前提としているということだ。エイヘンバウムは、自伝的小説と歴史小説とに通底する何かを見いだしていたからこそ、ほかならぬこの二つのジャンルをロシア文学が行ったり来たりする両の極に設定したのである。

実際、エイヘンバウムによって列挙された上記の作家たちの軌跡を辿ってみるなら、自伝的小説と歴史小説の連続性が明らかに認められる。自伝的小説『現代の騎士』の筆を未完のままに折ったカラムジンは、翌一八〇四年から『ロシア国家史』の執筆に転じ、その後の死に至る二十余年をこの仕事に捧げている。

プーシキンは詩が他のジャンルを圧倒していた一八二〇年代を代表する詩人だが、本書序文で言及したボリス・トマシェフスキー（一八九〇～一九五七）の論考「文学と伝記」が指摘しているように[2]、その詩における「私」は深くプーシキン本人と重なり合っている。彼の一連の抒情詩は、詩人の伝記的な情報を読者が共有していることを前提として書かれ、また事実そのように読まれていた。だが、このように二〇年代には自叙的な創作を行っていたプーシキンが、早くも二七年には自分の祖先を題材とした『ピョートル大帝の黒人』を書き、さらに三〇年代に入ると政府保管文書の閲覧に基づく『プガチョーフ史』（一八三四）を著すなど、しだいに歴史への傾斜を強めていったのである。

トルストイも、既述のように「自伝三部作」でデビューした後、しばらくは自身のクリミア戦争従軍時の見聞に基づく『十二月』『五月』『八月』の『セヴァストーポリ』三部作（一八五五～五六）、『地主の朝』（一八五六）、『ルツェルン』（一八五七）、『コサック』（一八六二年発表）など自伝的要素の濃い中短篇を発表していたが、その後はおもむろに、十九世紀初頭のロシア社会をパノラマのように描き出した歴史小説の大作『戦争と平和』（一八六四〜六九）の執筆へと移行している。なお、『戦争と平和』で主要な役割を果たしているボルコンスキー公爵家、ロストフ伯爵家に属する登場人物の多くが、ある程度、トルストイの父母の家系の実在人物を念頭に置いて書かれたことは、今日、定説となっている。プーシキンが『ピョートル大帝の黒人』を書いたのと同様の、自叙から父祖の歴史へという関心の遡行、拡大の動きが認められる。

このようにジャンルではなく個々の作家の軌跡に即するなら、自叙と歴史記述は時代によって交代する両極というより、むしろたがいに通底し、連続性を持つ営為のように見えてくるのである。実際、両者のあいだには、過去の事実への志向という共通性が指摘できる。他方、相違と言えば、過去を表象する際に「私」を組み入れるか否か、過去を個（「私」）の視座から語るか、それとも俯瞰的な視点に立つかという点であろう。

米国の研究者アンドリュー・ウォーチェル（一九五九〜）がかつて「ロシア文学は歴史に憑依されてきた」と述べたことがあるが[3]、自叙の系譜もこの例外ではない。再びトマシェフスキーの「文学と伝記」に依拠するなら、自伝的要素が後景に退いた十九世紀後半を経て、十九世紀末から二十世紀初頭のいわゆる「銀の時代」に自叙が復興してくるが、本書収録のこの時代を対象とした諸論考からも明らかなように、そこには自分を囲繞する状況と切り結ぶ「私」が、ときに直截に、ときに陰画的に、しかしいずれにせよ如実に表れている。

歴史と切り結び、その変動の中に自己を描き出す傾向は、前章で取り上げたオリガ・ベルゴーリッツ（一九一〇〜一九七五）ほか、その後のソ連期を通しても顕著であった[4]。もちろん例外はあるにせよ、またそのあり方はさまざまだったにせよ、近代ロシアにおける自伝的言説とは、総じて「歴史の中の自叙」であったと言うことができる。

二、近代日本における自叙と歴史の問題――素描

以上のことは、さらなる思考へと私たちを誘う。たとえばロシアと同じく近代の後発国であった日本における自叙は、いかなる特徴を有していたか。それは歴史およびその叙述とどのような関係にあったのだろうか。

近代日本文学の代表的な自叙のかたちは、いうまでもなく私小説・心境小説だろうが、たとえば私小説の嚆矢とされている田山花袋（一八七一～一九三〇）の『蒲団』（一九〇七）や、心境小説の傑作と言われる志賀直哉（一八八三～一九七一）の『城の崎にて』（一九一七）に、歴史の叙述はない。描かれているのは主人公「渠」の愛欲、あるいは語り手「自分」の透徹した死生観であり、その記述の範囲は「渠」や「自分」の生理や精神に限られている。彼らを囲繞していたはずの社会状況は、作中にその影を落としていない。「渠」や「自分」は、いわば歴史から隔離された、真空の時空間に生理や精神の軌跡を描いているのである。

『蒲団』や『城の崎にて』のようなタイム・スパンの短い中短篇ではなく、長い時の流れに沿って描かれている自叙ではどうだろうか。たとえば花袋の随想『東京の三十年』（一九一七）では、一八八〇年代初頭からほぼ執筆当時までの東京の変遷と、その変遷の中で生きてきた花袋自身の軌跡や交友が、簡潔で平明な文体で書かれている。だが全編を貫いているのは「本当に、本当に遠い昔だ……」、「過ぎ去った昔よ、なつかしい昔よ」、「こうして時は移って行く。あらゆる人物も、あらゆる事業も、あらゆる悲劇も、すべてその中へと一つ一つ永久に消えて行ってしまうのである。そして新しい時代と新しい人間とが、同じ地上を自分一人の生活のような顔をして歩いていくのである。五十年後は？　百年後は？」といった無常観、時の流れに対する運命論的な諦観である。[5]作中には維新後の士族に蔓延していた沈滞した空気、日清戦争後の排外的気分の高揚、日露戦争への従軍、大逆事件で処刑された菅野スガの墓などが点描されているが、それらは歴史的――社会的事象というより、時の流れと

いう運命の一部として、友人・知人の生死と同じような観照と詠嘆の対象となっている。

あるいは芸妓と作者自身とのやはり三十年に及ぶ交流を描いた宇野浩二（一八九一～一九六一）の『思い川』（一九四八）。確かに「大正十二年は、九月一日に、関東地方に、稀な大地震のあった年である」、「その頃から、次第に、世の中が、暗くなり、暮らしにくくなった。〔……〕昭和十六年の十二月八日に、日本は二つの大国をむこうにまわして戦争をはじめた」、「昭和十九年は空襲で暮れ、昭和二十年は空襲であけた」、「やがて、その年の八月の中ごろに、突然、戦争がすんだ。そうして、その昭和二十年もくれ、あけて、昭和二十一年になった」等の記述は散見される。[6]だが、それらの歴史的事象の意味を考察する記述は皆無だし、宇野自身と重なり合わさる牧新市と芸妓三重次の人生に、関東大震災や太平洋戦争が有機的に関わってくるわけでもない。歴史的事象や当時の社会状況は、あくまでも主人公たちの人生の背景、あるいはほとんど時の流れの指標としてのみ作中に導入されている。

近代日本文学の自叙が、歴史と無関係であったと言いたいのではない。みずからを囲繞する状況や歴史を遮断しようとすることも、歴史と切り結ぶ際の一つの選択肢である。ただ、近代日本が私小説さらには心境小説という独自の自叙を発達させた際、たとえば近代ロシア文化と比較して、かなり後になるまで、歴史を表象の外に置いていたことはまちがいない。

このことの傍証として、ここでは文学史上のいくつかのできごとを挙げておこう。たとえば大正末～昭和初期に起きたいわゆる「私小説論争」である。この論争の発端となった「本格小説と心境小説と」（一九二四）の冒頭で、批評家の中村武羅夫（一八八六～一九四九）は次のように書いている。

私の言う本格小説というのは、形の上からだけで言えば、一人称小説に対する三人称小説のことである。

主観的行き方に対する、厳正に客観的な行き方の小説である。作者の心持や感情を直接書かないで、或る人間なり生活なりを描くことに依って、そこにおのずから作者の人生観が現れて来るような小説である。端的に作者の心持を書いてしまわないで、全円的に描かれた事象の奥に、作者の人生観がひそんで居る――〔……〕「作者」は、「描かれたもの」の蔭に全くかくれてしまって居る小説である。(7)

引用において二項対立で列挙されているうち、前者が私小説や心境小説、後者が「本格小説」の定義である。「花鳥風物に託して、己れの感懐を詠ずる歌俳諧の境地に近い」私小説・心境小説に対して、「ツルゲーネフでも、トルストイでも、チェホフでも、アルツイバアセフでも、ロシアの作家は多く本格小説を書いて居る(8)」。本格小説というのが「一体どんな作品であるかということを、実例を以て示すならば、私は躊躇なく、トルストイの『アンナ・カレニナ』を挙げる(9)」と中村は言う。

作家の久米正雄(一八九一~一九五二)は、その論考「私小説と心境小説」(一九二五)で、中村の「本格小説」礼賛に反論し、私小説と心境小説を擁護している。だが、その際に書かれた「トルストイの『戦争と平和』も、ドストエフスキイの『罪と罰』も、フローベルの『ボヴァリイ夫人』も、高級は高級だが、結局、偉大なる通俗小説に過ぎない(10)」という著名な一文にしても、その評価が逆転しているとはいえ、やはりトルストイを自己の直接的な表出ではなく、「『他』を描いて、飽く迄『自』を其の中に行き亙らせる(11)」タイプの作家と見なしていた点では、中村と同様だった。中村と久米は、「本格小説」と私小説・心境小説のどちらを擁護するかという点では真逆の立場だったけれども、日本で発達した後者と、ヨーロッパ、とりわけロシアで発達した前者とを対照的に捉えるという点では一致していたのである。

この私小説論争が問題としていたのが、あくまでも小説の様式・構成であったことには留意しなければならない。中村と久米が争ったのは、「作者の人生観」を多様な人物の相関に担わせるべきか、作者の像と密接に重なり合っている「私」や特定の作中人物に託すべきかということであって、個々の人間と彼らを囲繞する歴史―社会との関係に対する意識は、どちらの側にも希薄だったのである。このことは、最晩年の芥川龍之介（一八九二～一九二七）と谷崎潤一郎（一八八五～一九六五）の間に起きた、「小説の筋」をめぐる論争においても同様だった。[12]

近代日本文学に「歴史」を導入したのは、おそらく大正末期から急速に勃興してきたプロレタリア文学、とりわけ昭和に入ってから一時は文芸雑誌をほとんど制覇したかに見えた「戦旗」派の作家・批評家たちである。ただしそれは絶対的な権威を持つ歴史観・世界観――マルクス・レーニン主義――の文学作品に対する適用であり、自叙の要素はむしろ抑圧された。また、「戦旗」派の文学が人民の革命運動への動員を主要な目的としていたため、「想定される読者」である人民にとって直接的ではない「過去」は、少数を除いて、題材としても重視されなかった。

歴史叙述の問題が前面に出てきたのは、ソ連から直輸入のあまりに図式的な創作原理を批評家たちに課されたために作家たちが執筆に行き詰まり、政治的な弾圧もあって、プロレタリア文学が急速に退潮に向かった一九三二～三三年以降である。プロレタリア文学の内部から出現したそのような傾向の一例として、三三年の高瀬太郎の論考「最近の所謂『歴史小説』の問題に寄せて」を挙げることができる。

戦後に本名の本多秋五（一九〇八～二〇〇一）として『近代文学』誌の主導的な批評家の一人となる彼が、林房雄（一九〇三～一九七五）の歴史小説『青年』（一九三二～三三）を機に、あくまでもプロレタリア文学の理論家としての立場から書いたこの論考を読んでみると、近代日本文学にはこの時期に初めて「歴史」の問題が本格的に現れたとの感を強くする。過去の時代に題材をとる作品は、もちろんそれまでにも無数に書かれていたが、それらの多くは、高瀬＝本多によれば、「非現実的な空想の非現実性をおおい隠すヴェール」として過去の題材が利用されるか、「作者当面の問題を具体化するための手段として」歴史に取材するかのどちらかであった。[13]つまり、一種の現実離れしたファンタジーか（テレビドラマの『水戸黄門』のたぐい）、自己の主題に好都合な題材を過去に求めるか（たとえば芥川の王朝もの）であったというのである。高瀬＝本多は、こうした作品を「主観主義的」として斥ける。では「弁証法的唯物論」に基づく「客観主義的」な歴史小説とはどのようなものか。

〔……〕積極性ある主題を構成する題材が、特定の過去の歴史の中にのみ発見されると云うことが真実であるならば、即ち過去の具体的な諸条件の中にのみ発見されるものであるならば、作者は当然この過去の歴史的断面に於ける諸条件を、具体的に、現実的に再現せざるを得ない。そこでは過去の歴史の恣意的なつくり変えはあり得ない(14)。

高瀬＝本多はこの時点では「弁証法的唯物論」の正当性を疑っておらず、その立場からあるべき歴史小説を語っているが、問題はそのことではない。重要なのは、過去の事実が当時の具体的な歴史的諸条件の下にあった一回かぎりのできごとであり、現在の立場によって自由にできる素材ではないという認識である。高瀬＝本多は、過去の事象をその当時の文脈の中に置いて、それ自体として描くことを要求したのだった。本書序文で取り上げたロラン・バルト（一九一五〜一九八〇）の言葉を借りるなら、過去の事実が動かしがたく「そこにかつてあった」という認識に基づく歴史叙述が必要不可欠であると主張したのである。

個々の人間を歴史との連関の中に描き出そうとする志向は、その後、昭和一〇年代から戦後にかけて、必ずしもマルクス主義との関連においてだけでなく、しだいに日本文学の中に浸透していくが、高瀬＝本多のこの論文は、その嚆矢と言うことができるだろう。ちなみに本多秋五はその後、転向者として戦時中を生きる中で、トルストイの『戦争と平和』と真正面から向き合っていくことになる。

この時期には、歴史叙述とともに自叙の問題も前景化した。労働運動や前衛の正当性を描く図式的なプロレタリア文学が退潮した際には、多くの作家が語り口や題材の選択に腐心することとなったが、かつて『太陽のない街』（一九二九）を書いた労働者出身の作家、徳永直（一八九九～一九五八）は、「ゴルキーに学べ！」と主張した[15]。歴史や社会を唯物弁証法的に見る「意識」と民衆の「生活感情」の間には「おそろしい開きがあるのだ。創作は『意識』ではつくられない」[16]。徳永は、自身の生活実感に基づく創作が必要であると述べ、ロシア・ソ連の作家マクシム・ゴーリキー（一八六八～一九三六）がその放浪経験に基づいて書いた自伝的作品群を範として、自身も『最後の記憶』（一九三八）ほかの自叙に取り組んでいく。

プロレタリア文学の退潮期に、作家たちが、唯物弁証法が普遍的な歴史法則と信じられていた時期の図式的な作品から自叙へと転じたことは、たとえば中野重治（一九〇二～七九）の初期の短編『春さきの風』（一九二八）や『鉄の話』（一九三〇）と、転向後の『村の家』（一九三五）、『むらぎも』（一九五四）、『甲乙丙丁』（一九六九）他の一連の小説とを比べてみても明らかである。昭和十年代から戦後にかけて、プロレタリア文学系作家の作品においては、自叙が大きな比重を占めるようになる。そしてそこには、従来の私小説・心境小説に比べてはるかに強い「私」と歴史や社会状況との関わりが認められる。

以上はごく粗い素描に過ぎないけれども、近代日本文学における歴史叙述と自叙の問題は、このようにたえずロシア文学の影に伴われつつ展開してきたのである。フランス象徴派の影響下に文学活動を開始した批評家小林秀雄（一九〇二～八三）が六三年に「私は、文学者になるについて、ロシヤの十九世紀文学に、非常に世話になった」と述懐している例にも見られるように[17]、近代日本文学に対するロシア文学の影響には決定的なものがあったのだが、自叙と歴史叙述の問題もその例外ではなかった。

ただし、その上で、ともに過去に向き合うジャンルである自叙と歴史叙述との関係、それぞれの展開については、日本とロシアの近代の間に大きな違いがあったと言わなければならない。ロシア文学とは直接の関係なしに、近代日本の典型的な自叙である私小説から歴史小説『夜明け前』（一九二九～三五）への道を切り開いていった島崎藤村（一八七二～一九四三）のような作家もいる。近代日本文学における「歴史の中の自叙」は、戦後は、野間宏（一九一五～一九九一）の『暗い絵』（一九四六）など、さらに複雑な様相を呈していく。

三、おわりに――近代の「私」の概括はまだ終わっていない

一九九〇年代初頭の冷戦構造の崩壊以降、さかんに論じられてきた「近代の終焉」。実際、いわゆる「ポストモダン」的状況の進行とメディア環境の激変のなかで、従来すぐれて近代の産物として語られてきた自意識や内面、「私」といった機構が大きく変容したことは、これまでにも多くの批評家によって指摘されてきた[18]。では、その終わりつつある近代における「私」とは、いったい何だったのだろう。この問題についての概括がすでに行われたかと言うと、少なくとも人文科学の領域で、テキストに即した具体的な構造分析や史的な考察を伴った総括は、まだ不十分なのではないか。

近代における「私」の表象の典型的なあり方を「自叙」に求め、ロシア文化におけるその諸相を具体的な事例に即して考察しようとした本書は、このような問題意識から出発している。考察の結果として明らかになった「歴史の中の自叙」という近代ロシアの特徴は、しかし前節で見たように、近代日本においては、ロシア革命とソヴィエト社会主義の影響も受けつつ、プロレタリア文学系の批評家・作家によって提起されるまでは、前景化することがなかった。

私小説・心境小説という「歴史を遮断した自叙」とロシア的な「歴史の中の自叙」の優劣を、ここで論じる意図はないし、その必要もないだろう。なすべきは、同じく近代の後発国でありながら、ロシアと日本において自

叙のこのような相違が生じたのはなぜかということ、それぞれの自叙の性格を規定した歴史的―社会的条件の解明である。

けれども、それは本書の射程を越える。今後に考えていくべきこととしたい。

本書は、日本学術振興会科学研究費「近代ロシア文化の『自叙』の研究――自伝的散文と回想を中心に」(基盤研究(B)、課題番号二六二八四〇四四)による共同研究の成果を反映している。今回は諸般の事情で執筆に加わらなかったが、ともに研究を進めてきた野中進、福間加容、八木君人の諸氏に感謝する。特に八木氏には今回、すべての原稿に目を通してもらい、さまざまな提言をいただいた。

公開研究会やパネル発表の際に、建設的な意見や問題提起をくださった方々にも謝意を表したい。

水声社の井戸亮、板垣賢太の両氏には、(ひとえに私の)原稿の遅滞にもかかわらず、快く刊行を引き受けてもらい、迅速かつ的確な助言をいただいた。心よりのお礼を申し上げる。

若い頃には、研究とは孤独な作業で、それこそ「私」の中で完結するような気がしていたものだ。だが、その後三十年ほど研究を重ねるなかで、人文学の研究とは対話であり、その対話はけっして完結することなく続いていくのだと実感するようになったのは、自分にとって幸福なことである。近代ロシアの自叙の研究も、本書をもって完結するのではない。さらに広がり、続いていくはずだ。

[註]

(1) ボリス・エイヘンバウム『若きトルストイ』山田吉二郎訳(みすず書房、一九七六年)八四頁。

（2）　ちなみにトマシェフスキーの「文学と伝記」は、エイヘンバウムの『若きトルストイ』が書かれた二年後の一九二三年、ほぼ同時期の論考である。この歴史の激動期に自叙が革命後のロシア文学界の焦点の一つとなっていたことの傍証となる事実だろう。
（3）　Andrew Baruch Wachtel, *An Obsession with History: Russian Writers Confront the Past* (Stanford University Press, 1994).
（4）　ソ連期の歴史叙述の系譜の素描として次の拙論も参照されたい――中村唯史「希望と幻滅――歴史を生きた人びとを描く」、『トレブリンカの地獄　ワシーリー・グロスマン前期作品集』赤尾光春・中村唯史訳（みすず書房、二〇一七年）三三七～三五一頁。
（5）　田山花袋『東京の三十年』（岩波文庫、一九八一年）一六、五二、二六四頁。
（6）　宇野浩二『思い川・枯木のある風景・蔵の中』（講談社文芸文庫、一九九六年）九、二〇四～二〇五、二〇九、二一一頁。
（7）　中村武羅夫「本格小説と心境小説と」、平野謙・小田切秀雄・山本健吉編『現代日本文学論争史 上巻』（未来社、新版二〇〇六年）一三九頁。
（8）　中村「本格小説と心境小説と」一四〇頁。
（9）　中村「本格小説と心境小説と」一四三頁。
（10）　久米正雄「私小説と心境小説」、『現代日本文学論争史 上巻』一六七頁。
（11）　久米「心境小説と私小説」一六七頁。
（12）　芥川と谷崎の一九二七年のこの論争は「「小説の筋」論争」と題して、『現代日本文学論争史 上巻』二〇九～二四四頁に抄録されている。
（13）　高瀬太郎「最近の所謂「歴史小説」の問題に寄せて」、『クオタリイ日本文学』第一輯（耕進社、一九三三年）二一～二三頁。
（14）　高瀬「最近の所謂「歴史小説」の問題に寄せて」三〇頁。
（15）　徳永直「芸術至上主義的傾向と闘え――プロレタリア文学の現状――」、『改造』一九三四年六月号、二五六頁。
（16）　徳永直「「ナルプ」に対する希望」、『新潮』一九三三年一〇月号、一七頁。
（17）　小林秀雄「ソヴィエトの旅」、『考えるヒント』（文春文庫、一九七四年）二〇六頁。
（18）　代表的なものとして、東浩紀「郵便的不安たち――『存在論的、郵便的』からより遠くへ」、『郵便的不安たち』（朝日新聞社、一九九九年）二二～六七頁、鈴木謙介『ウェブ社会の思想――〈遍在する私〉をどう生きるか』（ＮＨＫブックス、二〇〇七年）など。

編者／執筆者について――

中村唯史（なかむらただし）　一九六五年、北海道に生まれる。東京大学大学院人文科学研究科博士課程退学。現在、京都大学大学院文学研究科教授。ロシア文学、ソ連文化論専攻。著書に、『再考ロシア・フォルマリズム――言語・メディア・知覚』（大平陽一、武田昭文他と共著、せりか書房、二〇一二）、『映像の中の冷戦後世界――ロシア・ドイツ・東欧研究とフィルム・アーカイブ』（共編著、山形大学出版会、二〇一四）などが、訳書に、バーベリ『オデッサ物語』（群像社、一九九五）、ペレーヴィン『恐怖の兜』（角川書店、二〇〇六）などがある。

大平陽一（おおひらよういち）　一九五五年、三重県に生まれる。東京外国語大学大学院修士課程修了。現在、天理大学国際学部教授。戦間期チェコにおける亡命ロシア文化専攻。著書に、『都市と芸術の「ロシア」』（共著、水声社、二〇〇五）、『映画的思考の冒険』（共著、世界思想社、二〇〇六）などが、訳書に、『ロシア・アヴァンギャルド③／キノ――映像言語の創造』（共訳、国書刊行会、一九九五）などがある。

＊

三浦清美（みうらきよはる）　一九六五年、埼玉県に生まれる。東京大学大学院人文科学研究科博士課程修了。現在、電気通信大学教授。中世ロシア史、中世ロシア文学専攻。著書に、『ロシアの源流――中心なき森と草原から第三のローマへ』（講談社、二〇〇三）などが、訳書に、ペレーヴィン『眠れ』（群像社、一九九六）、ストヤノフ『ヨーロッパ異端の源流――カタリ派とボゴミール派』（平凡社、二〇〇一）などがある。

奈倉有里（なぐらゆり）　一九八二年、東京都に生まれる。東京大学大学院人文社会系研究科博士課程退学。現在、早稲田大学講師。ロシア詩、現代ロシア文学専攻。訳書に、シーシキン『手紙』（新潮社、二〇一二）、ウリツカヤ『陽気なお葬式』（新潮社、二〇一六）、アクーニン『トルコ捨駒スパイ事件』（岩波書店、二〇一五）などがある。

武田昭文（たけだあきふみ）　一九六七年、栃木県に生まれる。早稲田大学大学院文学研究科博士課程退学。現在、富山大学人文学部准教授。ロシア詩、ロシア近現代文学専攻。著書に、『文化の透視法』（共著、南雲堂フェニックス、二〇〇八）などがある。

梅津紀雄（うめつのりお）　一九六六年、福島県に生まれる。東京大学大学院総合文化研究科博士課程退学。現在、工学院大学、埼玉大学講師。ロシア音楽史、表象文化論専攻。著書に、『ショスタコーヴィチ――揺れる作曲家像と作品解釈』（東洋書店、二〇〇六）などが、訳書に、F・マース『ロシア音楽史――『カマーリンスカヤ』から『バービイ・ヤール』まで』（共訳、春秋社、二〇〇六）などがある。

装幀——西山孝司

自叙の迷宮――近代ロシア文化における自伝的言説

二〇一八年二月二〇日第一版第一刷印刷　二〇一八年二月二八日第一版第一刷発行

編者――中村唯史・大平陽一

執筆者――三浦清美・奈倉有里・武田昭文・梅津紀雄

発行者――鈴木宏

発行所――株式会社水声社

東京都文京区小石川二―七―五　郵便番号一一二―〇〇〇二

電話〇三―三八一八―六〇四〇　ＦＡＸ〇三―三八一八―二四三七

［**編集部**］横浜市港北区新吉田東一―七七―一七　郵便番号二二三―〇〇五八

電話〇四五―七一七―五三五六　ＦＡＸ〇四五―七一七―五三五七

郵便振替〇〇一八〇―四―六五四一〇〇

URL : http://www.suiseisha.net

印刷・製本――モリモト印刷

ISBN978-4-8010-0321-7